發條精靈戰記

天鏡的極北之星

Alderamin on the Sky

2

朴人
さんば插

Kadokawa Fantastic Novels

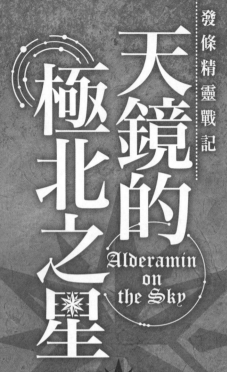

這裡比地上更接近天空，或者該說更鄰近死亡。

在岩盤上零散生長的草木密度稀疏，動物的氣息也很稀薄，無論從哪裡都很難取得生命的恩惠。和水量豐富的水源也沒有什麼緣分，說不定，在這裡連空氣都不太足夠。

「……呼……！嘿……嘿……！」

男子揮動的鋤頭刺入大地，攪動著到處是小石頭的土壤。

不管世界對自己這些人再怎麼不友善，只要沒有其他可去之處，就連這種地方人類也能定居下來。開墾荒地、耕作、種植、培育，靠著稀少的收成活下去。

當然，會和精靈(赫赫席克)攜手共存……和唯一確切的世界之愛一起共存。

「喂～辛苦了！那，我要把玉米粉拿走囉，你家要繳三袋！」

「喔～我知道了～拿去吧！」

男子停下揮動鋤頭的手，回頭轉向聲音傳來的方向。那裡有著自家的穀倉，可以看到數名同胞打開門閂走了進去，從裡面運出在去年收穫並磨成粉的玉米。

總共是三大袋。重量並不輕，絕對不能算輕，那可是足以讓四人家族度過四個月的分量。

「到下次收穫前一天只能靠一餐來支撐，真的沒問題嗎？梅萊傑。」

身體被X字型的皮帶固定在男子背上，在男子耕田的同時撒下肥料的搭檔水精靈向主人如此發問。

「沒關係，艾庫。那些是給將來的孩子們吃的食物。只要這樣一想，我的肚子就不餓了。」

「在未來之前，現在的孩子們就會挨餓。梅萊傑你家明明有三個小孩啊。」

「那麼，我自己兩天只吃一頓。這樣一來，孩子們一天可以吃兩餐。」

男子懷抱著無可動搖的決心回答。確認這已經是主人心中堅定不移的結論後，精靈也接受這點並點了點頭，雙方默默地繼續工作。

「喂！梅萊傑！今天娜娜克頭目（韃爾）會來！只要耽誤你一下就好，過來打個招呼吧！」

聽到這聲音，耕作土地的手停了下來。下一瞬間，男子丟下依然刺在腳邊地面上的鋤頭，從田裡飛奔而出。他跟在先走的同胞們後方往前跑，即使越過了對方的背影，也依然持續跑著。

不久之後，他看到了。在這附近最高的高台，在那個可以眺望地上的地點，出現那個身影。

僅僅只看一眼，男子就倒吸了口氣。那個身影的背後，率領著許多以風槍或十字弓武裝的戰士。男子即將要託付孩子們未來的對象，正以極為遠大的目光看向遙遠的前方。

「好久不見了，大小姐。」

男子對著嬌小的背影如此稱呼。隔了一拍後，有點生硬的少女聲音才做出回應。

「梅萊傑，不要再用那種稱呼了……昨天夜裡，頭目名號的繼承儀式已經正式結束，從今以後要以嚴肅的態度把我視為族長對待。」

那是故意排除親切感的語氣。從中察覺出對方的決心後，男子也改變態度。

「……真是失禮了，娜娜克頭目。」

「就是這樣。」

少女重重點頭，堅持不肯回身。這毅然的態度讓男子感到可靠，同時也感到一抹寂寞。

「頭目——那麼，戰鬥的準備……」

「戰士們已經鍛鍊充分，在山脈中準備據點候補位置的工作也完成了八成。」

「是嗎……」

「這些事情讓你們農夫被迫扛起更重的負擔吧。為了誘使那些傢伙的放鬆戒心，最近完全不允許去平地工作，甚至連被搶走的赫赫席克也沒讓人去搶回……失去搭檔至今的人，還有讓孩子餓著的人，都可以恨我。」

聽到少女充滿苦澀的發言，男子只是默默地搖頭。這些全都是先有心理準備才做出的行動。

「——戰爭何時開始？」

「快了，大概不會等到下次的謝靈祭。」

命運之日比原本的預想更為逼近。男子身體一抖，開口發問：

「……我們能獲勝嗎？娜娜克頭目。能贏過那些傢伙……那些可怕的平地惡鬼嗎？」

聽到質問後，少女以彷彿深深渴望的態度，把手伸向在眼下展開的無垠光景。

「……我說，梅萊傑。我們現在擁有的山岳地帶，只有一半。」

接著，保持伸出手動作的少女帶著要掌握未來的決心，用力握緊五根手指。

「所以我們必須去，去奪回，奪回被偷走的另外一半世界。」

這動作比任何一切都能明確表現出部族長年以來的悲壯願望，以及必勝的約定。

「——你懂吧，為了達成目標，我們只能勝利！」

這個聲音越過山脊，貫穿森林，通過峽谷——響遍遙遠群山的每一個角落。

第一章

Alderamin on the Sky

打開的盒子和空虛的內容

從帝都邦哈塔爾往南三十公里，是帝國軍中央軍事基地。

在烈日照射下，駐紮的士兵們今天同樣在嚴格的訓練裡流下汗水。

「搬運的速度加快！到達後方支援線後就開始應急處理！」

盡可能以最大音量對部下發出指示的人，是一名以修長身材和水藍色頭髮為標誌的女性軍官哈洛瑪·貝凱爾准尉。經驗不足再加上年輕的相互作用雖然讓她看起來似乎有點不可靠，不過和這種印象相反，她其實是擁有「帝國騎士」稱號，在年輕一輩中數一數二的希望之星。

「那邊的人！縫合動作要更加流暢！至於你，用太多冰了！那種範圍的挫傷只要用半個冰就夠了！……啊，那邊在心臟復甦按摩的人，手的位置太高！要在患者胸骨突起的部分按壓心臟！懂嗎？類似從下方往上頂的感覺，像這樣！」

在使用假人作為負傷兵的救助訓練中，哈洛乾脆俐落地糾正部下不合格的問題點。雖然多少有顯得笨拙的部分，但看在旁人眼裡，她身為長官的表現相當優秀。

出身於護理專校，擁有水精靈的她負責指揮醫護兵排。醫護兵排和其他單位同樣採用男女混合編組，不過女性士兵的比例稍微高了一些。另外雖然無論哪種部隊裡都會配置醫護兵，然而哈洛的部隊卻是以救助友軍為目的，並把在前線四處奔波作為主要任務的游擊部隊之一。

他們的工作表現，會基於兩種意義被比喻成天使。一是對無法移動的負傷者來說，他們等於是救星；另外一個意義則是他們會成為在最後前來迎接陣亡者的人物。

「到此為止！還沒有處理完畢的小組請向我報告反省點！其他人可以在整列後回兵營！」

聚集在廣場上的士兵約有一半離開，剩下一半則向哈洛提出報告。在這段期間內，在視線邊緣忽隱忽現的熟悉人影讓她一直感到很在意……等到解決最後一組後終於不需要繼續忍耐，她主動走向那個男性身邊。

「午安，伊庫塔先生。你在這種地方睡覺沒問題嗎？」

哈洛以帶著親切的語調對俯臥在草地上看信的黑髮少年搭話。聽到這句話的伊庫塔抬起上半身，以類似貓的動作伸了個懶腰。

「嗨，午安啊，哈洛。妳放心，無論我睡在哪裡，床鋪的右半邊都會隨時為妳空著。」

這是一如往常的戲言。哈洛覺得總是單方面被吃豆腐實在很沒面子，因此今天也展開反擊……

「……真……真的嗎？接下來的好一段時間應該都已經排滿預約了吧？」

「為了讓這種夢幻般的行程表得以實現，妳的表現可以讓我前進一步……妳希望預約哪一天呢？」

伊庫塔的眼中散發出詭異的光芒。哈洛發現繼續追擊會有危險，急忙改變話題。

「比……比起這事，伊庫塔先生，你自己的部隊呢？」

「部隊？噢，那邊只要有蘇雅在就能順利運作不會有問題。而且啊，雖然我知道這是必要的訓練，但比起生吃蜈蚣，我更不擅長反覆練習。」

伊庫塔吐著舌頭說道。這藉口讓哈洛露出苦笑，同時也鬆了口氣——在以規律為宗旨的嚴格軍隊組織中，他這種完全不像軍人的偷懶癖好讓哈洛覺得彷彿是一片綠洲。

「那麼，你之前在看什麼呢？」

哈洛不經意地發問後，伊庫塔先把視線放回紙張上，才一臉無趣地哼了哼鼻子。

「——我在打開『阿納萊的盒子』。」

「……盒？你是說某個箱子嗎？」

哈洛歪著頭表示不解，伊庫塔懶懶地開始說明：

「簡單來說就是金庫，不過放在裡面的東西並不是金銀財寶而是智慧財產……呃，我有跟哈洛妳提過我曾經接受阿納萊．卡恩博士的教導嗎？」

「就是逃到齊歐卡的那一位吧？你說從他那裡學到的東西……是不是科學呢？」

「沒錯，我是『阿納萊的弟子』之一。他在世界上還有其他許多弟子，彼此之間有幾條共有的規則。例如其中之一規定阿納萊．卡恩和其弟子間培育出的研究成果，首先會被放入『阿納萊的盒子』——換句話說，要視為不能洩漏給外部的知識。」

「是祕密主義嗎？」

「與其說是祕密主義，不如說是慎重派吧？畢竟禁止外流再怎麼說都只是暫時的處置，其中也包括後來經歷過參照了各式各樣狀況的協議，最後決定公諸於世的例子。總之，我們採用不會把研究成果輕率排出的風格，畢竟也有可能出現只因一個發明就顛覆整個世界的情況。」

伊庫塔雖然講得一派輕鬆，但老實說，哈洛並無法想像「能夠顛覆世界的發明」究竟是什麼東西。這種彼此間的不一致，有時會讓她感覺到自己和少年成長經歷的差別。

「只是如果單單針對這次，與其說是仔細觀察過狀況才下定決心公開，反而更像是受到走投無路的狀況逼迫所以不得不公開吧……那個老先生讓齊歐卡接納逃亡行動的代價，似乎是要求他提供幾個能夠應用到軍事上的技術，因此出現了幾個逼不得已只好決定公開的技術。然後，那些情報的列表也送到了像我這樣留在帝國裡的弟子們手上。」

說明到這邊後，伊庫塔以滿心厭煩的表情聳了聳肩。

「──之後在這邊也進行協議後的結果，決定以維持雙方均衡的形式，在帝國也要公開幾個新技術。至於其中和軍事有關的新技術，不知為何隸屬於軍隊的我在立場上似乎無論如何都得擔任傳信的使者。」

雖然伊庫塔表現出此事麻煩到極點的態度，然而哈洛還是無法完全理解這番話所指的規模。或許是注意到她的這種困惑吧，伊庫塔哼了一聲之後起身。

「我講了些無聊話。總之，這只是在說戰場將會再進化一個階段。完全不值得慶祝，我反而可以斷言──這種事情實在是徒勞無益！」

伊庫塔用力舉起已經被他揉成一團的信件，當成垃圾以全力丟向高空。

「停止射擊！」

以這聲命令為信號，先前接連不斷再三重複響起的槍聲戛然而止。排成一橫列的士兵們迅速地重組成縱列，以舉槍敬禮的姿勢重新面對指揮官所在的方向。

「嗯，成果優秀。你們表現得很好！」

以亂翹的茶色頭髮和微胖體格為特徵的軍官，馬修・泰德基利奇准尉講出率直的評價。這並不能說是自賣自誇，實際上和他剛開始負責指揮部隊的時期相比，士兵們對命令的反應在速度和精準度上都讓人刮目相看。

「接下來是先齊射兩次再以刺刀衝刺。重組為戰列橫隊，所有人上刺刀！」

鏘！刺刀嵌入槍身的聲音重疊在一起，隨後指揮官立刻下令。在開槍兩次後，士兵們想像出眼前有著潰散的敵方部隊，並英勇地往前衝鋒。在他們通過後，當成敵兵立起的稻草束都破破爛爛地四下散落。

「看著部下逐漸成長的模樣，其實感覺相當好呢。」

講出這句話的馬修雖然期待出現附和反應，然而平常總是以溫柔語調講出「是啊」的同僚也不知道是怎麼了，正在旁邊以嚴肅表情瞪著士兵們的背影。

「……這樣下去不行……這種內容的訓練不管過多久都……」

在掉下來的瀏海後方，托爾威・雷米翁准尉的碧眼正因為焦急而晃動。他眼中沒有喜悅也沒有達成感。明明在士兵的熟練度方面，他的部隊甚至比馬修這邊更高一個水準。

看到托爾威這種模樣，讓馬修覺得自己很丟臉——還敢說什麼成果優秀，領先自己數步的競爭對手正在像這樣勇於面對不足之處啊。

「……啊，對不起，小馬。你剛剛說什麼……？」

「……不，沒什麼。」

馬修嚴厲反省自己的大意心態，接著打算把注意力放回自己的士兵們身上。然而，這時強勁踩踏地面的馬蹄聲傳入耳中，讓兩名軍官不由自主地望向同一方向。

「……雅特麗小姐。」

看到在騎馬隊前方馳騁的身影，也就是熟悉的英勇女性那美麗的模樣，托爾威倒吸了一口氣。那迎著風往後飄揚的美麗炎髮讓他們心中的憧憬更加累積，也讓試圖到達那領域的少年們懷有的熱情和焦躁一起更為加速。

「那傢伙已經開始騎兵訓練了啊……就算她擅長馬術，再怎麼說也太快了吧？明明帝國軍的慣例是必須先讓指揮步兵達到完美才能進入騎兵階段啊。」

縱使嘴上這麼說，但馬修自己也很清楚這只是沒有意義的不服輸嘴硬行為……不知道是幸運還是不幸，在他的友人中，具備的器量無法完全納入慣例的人選多達三名。雖然在旁邊煩惱的青年也是其中之一——然而就連他，也沒能到達和炎髮少女相同的高度。

在課堂講習和訓練結束，空著肚子的士兵們紛紛前往餐廳吃晚餐的黃昏時刻。名身邊由四名護衛保護，散發出高貴氣質的金髮少女在教育大樓的寂靜走廊上往前走。

「晚餐我要和『騎士團』的成員們一起吃，聽到了嗎？」

「您何必特地前往擁擠的餐廳，可以在房內幫您準備好餐點……」

「光是個人房就已經是過度的禮遇，你的意思是還要我更進一步要求把餐點送進房內嗎？」

「恕在下直言，殿下在身為軍人之前，更是皇室的一員。」

「那身分在這裡只不過是個附贈品，除非皇族具備將槍彈彈開的神通力才能另當別論。」

「當殿下有一天獲得至尊之冠時，萬民都將對您伏地跪拜。那種情況正可與神通力相提並論吧。」

聽到這番沒有結論的對話，讓芳齡十二歲——史上最年少的陸軍准尉兼卡托瓦納皇室第三公主，夏米優．奇朵拉．卡托沃瑪尼尼克嘆了口氣。

守護她周遭的人是經過先前綁架事件後重新挑選出的護衛士兵們。雖然忠誠又可以信賴，然而他們徹底強調夏米優殿下「皇族」身分的行動卻很讓當事者本人感到麻煩。要是太極端地表現出皇族架式，也會對她加入軍屬的表面理由——「提昇皇室形象」帶來負面影響，不過這些人似乎欠缺考量到那麼深層的柔軟頭腦。

「別誤解，是權力讓人伏地跪拜，而且雖然有程度差異，但許多人都擁有權力。如果要將這種東西稱呼為等同神的力量，恐怕也不符合主神的意志吧………嗯？」

因為視線角落捕捉到在意的身影，讓夏米優殿下不由得放慢腳步。接著她嗯哼咳了一聲，對著在同一時機減速並維持固守四方布陣的護衛們說道：

「……我要晚一點再過去，你們先去餐廳。可以先用餐沒關係。」

「咦？不，我們怎麼能……」

「沒聽到嗎？我剛剛是以皇女身分下令。」

聽到這句話，就連護衛們也只能乖乖聽從。夏米優殿下目送帶著心中掛念離開的他們背影遠去直至消失，才轉過身子，進入先前剛路過的教室。

「索羅克，你在這種地方做什麼？」

在昏暗的教室角落，認識的少年正面無表情地移動筆尖。雖然他對公主連一瞥都沒有看一下，然而這是經常發生的事。過了一會之後，才響起語調不快的聲音。

「我在畫平面圖，這點小事看就知道吧？」

「在這麼昏暗的光線下？視力會變差，拜託庫斯使用周照燈不就好了。」

「就是有困難啦，在這時間要是點燈不就很引人注意嗎？」

意思是內容不想讓其他人看到？興趣被挑起的公主伸頭窺視畫面，不過光是只有略為瞄過並無法理解上面畫著什麼，似乎是某種細長物體的內部構造。

「我說，請不要把身體往前傾，原本就不夠的光線會被遮住。」

伊庫塔沒好氣地說道。一時火起的公主殿下把身子靠往對面的桌子瞪向伊庫塔。

「你別弄錯，我是來斥責你。」

「請自便，反正現在我離不開手。」

「那我就說吧——你打算懶散賴在准尉這位子上多久？」

少年連眉毛都沒有動一下。公主認定對手的沉默是個大好機會，繼續追擊。

「你封爵之後已經過了半年以上，我等剩下的時間正在確實減少。你認為這種樣子能夠趕上嗎？」

「……我說啊，公主殿下。正常來說，高等軍官候補生要在入隊四年後才會和同期一起晉升成為少尉喔，至於出人頭地之類要在那之後才有可能發生。這是連小孩子都懂的道理吧？」

「要是按照那種理所當然的步驟，怎麼能在五年左右就成為上將或元帥。你應該命中已經註定必須重複進行凡夫俗子幾乎不可能辦到的飛躍晉升。」

「上將或元帥嗎……我直接發問，您能想像五年後的我和雅特麗及托爾威他們的老爸們並肩而立的模樣嗎？沒辦法吧？如果真能想像，這就是公主殿下想像力過於豐富的證據，請快點離開軍隊轉行成為童話作家。」

「巴達・桑克雷就和那兩人並肩而立，我認為身為他兒子的你成為後繼是極為自然的事情。」

聽到這反駁，伊庫塔深深嘆了口氣。公主深信伊庫塔・索羅克毫無遺漏地繼承了已辭世名將的才能，這是愚蠢又幼稚的盲目信仰。

然而，造成這種盲目信仰的人別無其他，正是伊庫塔本身。少年一邊不快地感受到命運的諷刺，同時另外找出常識論以外的反駁材料。

「基本上，就算我想要出人頭地，沒有機會大展身手不也束手無策嗎？」

「唔……」

「所謂軍人是在戰爭中立下功勞才能晉升的存在，而戰爭才剛在東域劃下句點。我不知道何時會發生下一次紛爭，而且首先，那種事情當然是不要發生會比較好。因為戰爭通常是外交失敗後的代價。」

看公主陷入沉默的模樣，讓伊庫塔明白自己的反駁產生了效果……不，公主原本就沒有打算認真責備自己吧？他換了個結論。只是，公主也感到焦急。即使她有意為晉升提供助力，要是本人沒有獲得最低限的成果也不可能辦到。

「……唉，講什麼晉升什麼立功，腦子裡動不動就在打著小算盤。」

這不是年僅十二歲的少女該煩惱的事情，小孩子應該有適合小孩子的煩惱吧——這樣想的伊庫塔強行把話題切換到世俗的方向。

「——話說回來公主，因為我是個自身和他人都承認的戀母情結患者，所以不太想被周遭認為是個戀女童癖。」

「……啊？」

「所以我是在說關於面子上的問題。要和『騎士團』眾成員們有關係是還無所謂，但是公主，妳經常像現在這樣來見我個人吧？有時甚至還甩開護衛士兵們過來。您認為這種事情看在旁人眼裡會被怎麼想？」

公主殿下一開始雖然表現出茫然反應，然而隨著腦子逐漸理解，臉頰也慢慢泛起紅暈。沒辦法顧慮到這層的行為顯示出她還是個孩子呢……伊庫塔不懷好意地聳聳肩膀。

「……我……我們被別人以那種眼光看待嗎！」

「我的意思是隨處都有往不良方面臆測自己的人。不，算了，也可以採取反過來把這當作藉口利用的手段。如果放寬心去思考，愛人是個即使頻繁會面也不會讓人起疑的關係。不過相反來說，這關係本身也有可能被視為問題啦。」

伊庫塔這番根本不成安慰的發言讓公主殿下的臉更是漲得通紅。不久之後少女或許是覺得正面相對也很難為情吧？她以符合年齡的慌張態度轉過身子。

「以……以後我會注意……！今天我就先走了！」

「是是是……祝您今晚有個好夢，大小姐。」

橫著眼目送背影小跑離去後，伊庫塔把意識放回圖上，卻發現太陽已在談話期間西沉得太低，只能隱約看見自己寫上的圖案和文字。雖然他暫時集中視線注視，但很快就放下筆決定放棄。

「……今天就到此為止吧，肚子也餓了。來去餐廳嘍，庫斯。」

「好的，伊庫塔。今天吃飯時，請多吃一點葉菜類。」

伊庫塔把捲起的繪圖收進懷裡，從位子上起身走出教室。接著他倚靠搭檔光精靈的周照燈，悠哉地在陰暗的走廊上往前邁步。

那天的彈道學講義對雅特麗希諾．伊格塞姆來說，並不是讓人舒服的時間。

「……聽說她不到三十秒就斬殺了三十人……」

「據稱有一半屍體沒有頭，還留有全屍的人連一個都沒有。」

「不愧是伊格塞姆，根本不像是人類。」「笨蛋，萬一被聽到你的腦袋也會被砍飛！」

因為像這樣的謠言從課堂一開始就在她本人周遭不斷地被拿來討論。

雅特麗打從心底認為——就算她能理解其他人講這些有的沒有的事情是理所當然的反應，但至少能不能以讓她聽不到的音量來討論呢？在上次的公主殿下綁架未遂事件中，雅特麗一一砍倒伊森．胡上尉手下親衛隊成員的事情，已經成為被加油添醋的故事，在軍方內部裡廣為流傳。

雖說事件之後已經過了兩個月以上，作為八卦的新鮮感也逐漸降低……但只要像這樣在課堂講習等場合中和不熟悉的人們共處一室，當時的興奮就會立刻重新復甦。古今東西不論哪個國家，印象強烈的英雄傳說都特別受到軍人喜愛。

「……不過啊，既然她那麼強，又何必把所有人都殺光呢？」

「是啊，要是至少留個活口，說不定連首謀者也能夠查出。」

「別提出無理的要求，殺人菜刀哪有辦法算計到那麼複雜的事情。」

在率直無惡意的讚賞中，偶爾也會聽到類似誹謗中傷的發言。雖然再怎麼說聽起來都讓人感到不悅，然而關於「殺光所有人太過火」的理論，連雅特麗本身也沒有打算反駁。

——殺人菜刀嗎？

縱使雅特麗並沒有興趣自虐，但對於這評價她依然率直接受。那時候的自己只能把映入眼中的敵人一個接一個砍倒。劍即是自身，這個事實無從否定。

「要是在軍人家族裡傳承太多代，說不定就會變成那樣。簡單來說伊格塞姆家就是……好痛！」

不知道從哪飛來的小石頭命中了熱衷發表最有惡意發言的那傢伙後腦。他壓著腦袋縮成一團後，同樣的東西也飛向和他一起討論的周圍人們。

「好痛！」「嗚啊！這是什麼？石頭？」「到底是誰做的！喂！」

慘叫和怒吼接連響起，注意到騷動的教官把面向黑板的身子轉了過來。

「給我安靜！……那邊的傢伙，在幹什麼！我就是在說你，伊庫塔．索羅克！」

教官似乎已經對老是引起麻煩事的問題人物心裡有數，幾乎是在零延遲的狀況下就確定騷動原因。被指名的少年抱著組合木材和繩索製成的手掌大投石機站了起來。

「真是抱歉。我想要針對我軍炮兵的現狀，用這東西來做個簡明易懂的說明。」

伊庫塔厚著臉皮這樣宣稱。教官走了過來，一言不發地毆打他的臉頰。

「不要得意忘形！誰允許你發言！」

「痛……咦？您不是叫我嗎？」

「現在是我在上課！你們這些傢伙給我老實學習彈道學！」

「嗯，所以我才想要說明和彈道學有深厚關聯的炮兵現狀……您沒有叫我嗎？真的嗎？真的是真的嗎？」

面對繼續以奇妙魄力追問的伊庫塔，教官表現出帶有怒氣的不滿神色。然而或許是過去經驗讓他產生了什麼想法吧，不久之後教官維持著嚴肅表情退後一步。

「……你就說來聽聽。不過要是內容無聊，你們這些傢伙全都得去繞基地跑二十圈。」

在實行徹底全體主義的軍隊中，連帶責任是基本中的基本。即使其他士兵們都帶著「開什麼玩笑啊」的表情看向伊庫塔，他依然若無其事地點了點頭，彷彿在主張只要大家一起跑就沒什麼好害怕。

「——既然獲得許可那我就不客氣了。

首先，現代帝國軍的主要武裝之一是風臼炮。這是一種使用四～八隻風精靈產生的壓縮空氣來射出鐵球，說起來該被稱為巨大風槍的武器。至於對這武器的處置，似乎經常讓在現場戰鬥的士兵們感到困擾。

原因方面——第一是太重。即使是最小的尺寸，也需要一匹馬或三名士兵才能搬運。第二，雖然沉重但威力卻不強。碰到石造堡壘時，炮彈被彈回的情況似乎經常發生。第三是射程短。最大射程是五百公尺左右，然而有效射程頂多是兩百公尺。這樣一來除非運氣好碰到地形優勢否則難以藏身，而且在發射出第二炮之前敵方就會攻擊過來。由於扛著重炮會讓士兵無法完全甩開追兵，因此只發射過一次後就不得不捨棄的案例也屢屢在報告中被提及。」

這番發言流暢得像是早已背熟劇本。伊庫塔完全不把連帶責任的壓力當一回事，舉起手工製作的迷你投石機繼續輕快地說明。

「那麼，講到失去風臼炮後的士兵們接下來該怎麼辦？就是要在現場調集材料製作出這個。我想大家看就知道，這是投石機。明明是從一千年以前就開始被使用的原始武器，目前卻還是現役，實在讓人驚訝。而且不可以小覷，雖然威力和射程都輸給風臼炮，然而除了鐵球以外還可以射出各式各樣東西的特性就是它的優點。例如可以把點火的稻草投向敵人引起火災，或是把生病而死的馬匹屍骸丟出去造成傳染病蔓延等等。這個應用性跟能夠在現場製作的優點，甚至造成士兵之間提出『希望讓風臼炮退休並把投石機設為正式裝備』這種復古意見的狀態。」

他做出誇張的聳肩動作。聽眾們在不知不覺間紛紛豎耳傾聽他的發言。即使在非刻意的狀態下，伊庫塔·索羅克也能夠做出這種促使他人熱心聆聽的演出動作。

「就算那是極端的理論，風臼炮的性能不足也是事實。那麼要改善風臼炮的哪部分才好呢？雖然輕量化這種方針也是一種可能性，然而就算無視技術上的問題，這也是錯誤的判斷吧。因為如果只是讓搬運變方便卻維持著目前的威力，那麼與其說是炮，還不如說是大口徑的風槍，已經對設計的概念有著根本性的誤解。人們對火炮的要求，首要項目是威力必須強大到足以抵銷重量上的缺點而且還有剩餘，換句話說，就是能夠打碎敵方堡壘轟垮戰壕的壓倒性破壞力。第二則是射程，不過這點只要能夠實現在威力上的需求，自然就能伴隨產生。

那麼，目前擁有最強攻擊力的兵科是騎兵。即使是兩倍數量的風槍兵，也無法阻止受到嚴格掌控的騎兵隊衝鋒。就算現在騎士單挑的戰法已經成為過去的遺物，『對上騎兵能占上風的兵科』事實上並不存在。

然而，在想像中則可能實現。騎兵的衝鋒力是整齊排列的隊伍製造出的力量。那，只要給予足以破壞隊列的衝擊就好了……我想講到這裡各位應該已經聽懂了吧？

——沒錯，我們就是希望火炮的威力能滿足這條件。增加威力的炮兵有可能成為比騎兵占優勢的存在。把騎兵放在頂點的兵科金字塔階級會因此而崩壞，將重新形成騎兵↓步兵，步兵↓炮兵，炮兵↓騎兵這種類似猜拳互剋的角力關係吧。至於步兵為什麼比炮兵強，是因為敏捷性以及攻擊中的隊列具備了柔軟性。」

伊庫塔別有含意地停止說明後，教官以不愉快但明白他所指為何的態度開口發問：

「……伊庫塔．索羅克。換句話說是那樣嗎？你這傢伙想主張帝國軍也該採用共和國軍開始使用的『爆炮』嗎？」

「或許也能解釋成那樣，但一切都要交由聽眾自行決定。」

教官的嘴角扭曲——即使稱讚敵方技術是被默認的禁忌行為，但伊庫塔都已經如此明顯地誘導聽眾的意識，居然還敢厚著臉皮說什麼「一切都交由聽眾自行決定」。

然而，教官也無法以「無聊」為由將這些內容一腳踢開，這樣做等於是在自我欺騙。因為無論是身為現役軍人，還是身為彈道學教師，若要主張「沒有感覺到風臼炮的性能具備決定性不足」就是在說謊。

「……這是一番很有趣的發言。好，關於所有人跑基地二十圈這事就饒過你們吧。」

士兵們這時想起伊庫塔的演講有可能會帶來的懲罰，露出明顯的放心表情。然而，本人那像是在表示「這是當然結果」的自鳴得意表情卻因為接下來的一句話而完全崩壞。

「那麼這是導致課程中斷的懲罰，你一個人去給我繞基地跑四十圈，伊庫塔．索羅克。」

「……咦？」

拉緊的喉嚨中擠出奇妙的聲音。伊庫塔戰戰兢兢地觀察教官的神色，確認那上面不帶任何一絲幽默後，立刻乖乖死心跑出教室。

「……哎呀～那傢伙偶而會想要自己去戳馬蜂窩呢。」

教室中響起帶著失笑的低語。不過下一瞬間，雅特麗毫不猶豫地自椅子上起身。

「──教官，我也可以去外面跑嗎？」

「基於什麼理由？雅特麗希諾．伊格塞姆准尉。」

「關於這點，我現在毫無意義地造成課程中斷。所以作為這點的懲罰如何呢？」

雅特麗若無其事地這樣說完後，教官的嘴角不自然地收緊……是雅特麗多心嗎？與其說是在表現出怒氣，看起來反而更像在強忍快要浮上表面的苦笑。

「……去跑吧，但是，別讓伊庫塔．索羅克有機會混掉任何一圈。」

「Yes, Sir!」

炎髮少女毅然敬禮，宛如一陣風般從教室內疾奔而出。

「啊～終於來到去北域出差的時期嗎……我從現在就開始感到很憂鬱，真是……」

隔天早上，看到兵營公告欄上張貼的聯絡事項後，馬修嘆了一口氣。

「赴任地是索明州的駐紮地……這是大山脈山腳的鄉下地方。只有基地、農田和山脈，再加上一個小村莊，其他什麼東西都沒有，是卡托瓦納的最北端。明明這樣卻還有席納克族那些山裡老粗在亂晃，因此治安不佳。」

「覬覦軍需物資的山賊好像也不少。不過我們是反過來利用那種環境作為累積實戰經驗用的訓練地，所以或許該說帝國軍也很有韌性嗎……」

托爾威面露苦笑。突然，同時有隻手搭上並排站立的兩人肩膀。

「——我聽到了，瞧不起北域的人是哪裡的哪個傢伙！」

「咦？阿伊？」

「什麼啊，居然為了奇怪的事情來找喳，事實上目的地的確是鄉下吧？」

「你不～懂！沒錯，我也喜歡都會，但『鄉下＝沒有魅力』可以稱之為偏見！尤其是馬修，你剛剛嘲笑席納克族是山裡老粗吧？我要糾正你，這是你不理解他們多美好的證據。」

「哦？阿伊對席納克族很了解嗎？」

「多少了解一些。以前直接在阿納萊老爺子身邊學習時，有跟著他前往席納克的文化圈進行實地調查。目的雖然是去調查高山的地層和氣候，不過對我來說，能和當地人們相互交流的部分比較有趣，是很棒的回憶。」

「哼，那些傢伙是住在山上的野蠻人吧？有什麼會那麼有趣？」

「雖然有各式各樣的魅力——不過如果要特地舉出一個例子，那就是女性很有活力也很美。」

伊庫塔以認真表情如此斷言，馬修厭煩地搖了搖頭。

「你這傢伙不是喜歡老女人嗎？標準差太多沒辦法作為參考。」

「這點我不否認，但席納克的女性之美並不僅限於外表部分。那裡是極端的母系社會，無論什麼事，站在領導立場的都是女性。這點醞釀出獨特的習俗。例如舉個極端的例子……到了每一年的某個時期……」

伊庫塔嘀嘀咕咕地在耳邊低語後，托爾威微微臉紅，馬修則往後跳開，臉上肌肉不住抽動。

「那……那樣太不知羞恥了！由女性對男性……？」

「世界很寬廣啊，馬修。不知羞恥的行為基準會根據地區而有不同。」

馬修驚慌失措，托爾威紅著臉不再說話，伊庫塔則在旁邊挖苦他們。當三人以三種模樣吵吵鬧鬧時，公主殿下和其他「騎士團」成員湊巧走向這裡。

「你們心情真好，在這種地方吵什麼呢？」

「奉勸殿下還是不要追問為佳。因為這種情況，十有八九是低俗的內容。」

眼神冰冷的雅特麗一開口就尖銳命中目標。欠缺經驗的托爾威光是這樣就自感羞恥而低下頭，但馬修卻以深感遺憾的態度予以否定。

「我……我才沒有講什麼上不得檯面的事情！是伊庫塔那傢伙擅自……」

「低俗的內容？如果要舉例的話就是那個吧？例如被汗水浸濕的襯衫緊緊貼在身上，讓人一眼就可以看清形狀如蓋碗的哈洛那部位……這類充滿浪漫的發言嗎？」

「咦……啊啊啊！」

注意到自己狀態的哈洛為了整理儀容而慌忙衝向陰影處。雅特麗目送她背影離去後，為了至少幫她報個仇而以全力踹向犯人的小腿正面部分。

「——……唔……！」

沒有傳出慘叫，只有低沉的聲音響起，額頭噴出冷汗的伊庫塔原地蹲下。膝蓋以下部分都消失了——本人有一瞬間真的如此認為。

「給我好好反省，在女性面前擺出這種厚臉皮態度根本是敗類中的敗類。」

雅特麗這樣痛快罵完後，拋下因為激痛而無法反論的伊庫塔，把視線放向公告欄。

「……噢，往北域的調動配屬嗎？今年也到了這種時期。」

「聽說除了對付山賊和監視山岳民族以外，整體來說是個閒暇的部署。必須在那裡待半年。雅特麗，對妳來說這不是個無聊的慣例嗎？」

「不，這調度正符合我的期望。因為即使是小規模，現在我也想要盡可能多累積實戰的經驗。」

這回答非常可靠，公主也沒有掩飾自己面露欣賞的神色……然而另一方面，她把視線放回還無法從腳痛中恢復的伊庫塔後，立刻吐出一口失望的嘆息。

「……真希望哪裡的某人也能展現出這點程度的霸氣。」

第二章

Alderamin on the Sky

北方大地的諸多問題

往國土北方前進後，彷彿纏著人不放的濕氣隨之消失，覆蓋乾涸大地的植物也轉變成以矮小草地為中心。繼續往前後來到一片廣大的砂礫地帶，散布於整面荒野上的水源地極少，嚴苛地拒絕沒有準備的旅人。

士兵們在漫長的馬車旅行期間，只能按照順序不斷眺望著這些地形變化。最後他們到達因為被判斷為「再過去的地方連開墾的價值都沒有」而遭到棄置的土地邊緣。從最後一個村落，同時也是最鄰近的村落往北約十公里的場所，存在著將迎接他們進入的帝國最北方軍事據點。

「各位高等軍官候補生，還有訓練部隊的士兵們，歡迎你們今年也來到此地。我等北域鎮台對於諸位的到來感到極為歡喜。」

所有人員都被收容進基地中之後，開始對整齊列隊的士兵們發表歡迎演講。主講人是北域鎮台司令長官的塔姆茲庫茲庫．薩費達中將。那肥肉似乎有些過多的體型，以及用樹脂整理好的嘴邊鬍鬚讓人特別有印象。

「那麼，在此要突然換成陰鬱的話題……想必各位早已得知東域陷落。站在負責保護五分之一國土的立場上，我感到極為遺憾。在齊歐卡的蠻兵們即將蹂躪帝國大地的時刻，若是我能和一票士兵處於東域，應該不至於出現這樣的結果……一想到這點，我的胸口至今仍會充滿悔恨。」

聽到這段發言，就算不是伊庫塔，也有許多人感到不以為然……雖然不知道「一票士兵」是指多少人，但是連身在現場的利坎中將都無計可施的戰局，薩費達中將具體上到底想用什麼方法來顛覆情勢呢？而且在他的言論中，甚至沒有對那些殉職犧牲的將兵們表達追悼之意。

「為了避免重蹈覆轍，我等務必要日日切磋琢磨，不屈不撓地鍛鍊力量、技術和心志。因為在總有一天會到來的復仇戰中，我等能不能成功反攻齊歐卡，全看我等軍人忠君與愛國的意志。」

接下來，全都依序從右耳進左耳出的精神論囉哩八嗦地持續了二十分鐘。發言者完全沒有察覺到士兵們逐漸高漲的無聊感受和厭煩情緒。

「……基於以上，希望肩負軍方未來的各位的愛國心能純粹又堅固——那麼雖然簡短，但以上就是我的發言。」

演講以這些話結尾後，站在光照兵第三訓練排最前方的伊庫塔不以為然地聳聳肩——哪裡簡短啊，哪裡短？既然是缺乏內容的發言，至少該早點結束。

盡情發言而顯得滿足的薩費達中將走下講台後，換成一個身材修長削瘦，看似副官的男性站上同一地點。或許是身體不舒服吧？他的臉色相當難看。

「……我是鎮台司令長官的幕僚……咳咳……尤斯庫西拉姆．特瓦克少校。咳……咳咳……抱歉。那麼，現在要說明各位在此會受到的對待。」

和主題浮誇內容空洞的司令長官發言相反，副官的特瓦克少校發表了完全只針對實用性到了徹底程度的說明。例如哪個訓練部隊會被編入哪個當地部隊，指揮系統會變成如何，士兵們要在哪一棟建築裡住宿，還有要前往哪裡用餐等等。

「……以上，如果有什麼……咳咳……不明白之處，現在可以接受提問。」

眾人判斷並沒有什麼不足處該提問，因此沒有任何人舉手。確認這點後特瓦克少校對著所有人敬禮，一邊乾咳一邊走下講台。

明明歲數還沒有那麼大，但是他那微駝的背影卻飄散出宛如老貓的哀愁。

「……一眼就能看出職務分擔，那人應該精神壓力很大吧。」

也只有在這時，伊庫塔這句喃喃低語代替所有外派組講出了感想。

被帶往房間並放下行李喘口氣後，立刻傳來要求大家出席歡迎會的通知。和在室外舉辦的士兵歡迎會不同，伊庫塔等人獲邀前往僅限軍官參加的聚會。

由於目前時間是中午，地點又是邊境的軍方設施，所以雖然是歡迎會，倒也是個很自制的聚會，連會場也是拿平常當成會議室使用的大房間。以內容上來說，伊庫塔和雅特麗就讀過的帝立希嘉爾高級中學的畢業餐會反而豪華得多，不過這種情況是理所當然，會在這邊抱怨沒有酒喝的人大概也只有伊庫塔吧。

「祝福由皇帝陛下統治，由我等軍人堅守的帝國能永享榮耀——乾杯！」

配合薩費達中將的發話，軍官們舉起裝有葡萄果汁的杯子。接下來是各自尋找對象的社交時間，對於年輕的高等軍官候補生們來說，成了一段必須接受前輩軍官們不斷前來致意的時間。

當然，這些人的興趣不可能放過傳言中的「騎士團」眾成員。

「你們就是五個人一起接受封爵，備受期待的新人嗎？」

「聽說你們帶著公主殿下越過齊歐卡國境？那份好運真值得乾一杯，喝吧喝吧！」

「有碰上齊歐卡的士兵嗎？聽說那些傢伙以手腳奔跑還吃生肉，是真的嗎？」

面對獲得特例封爵的五人，前輩軍官們的態度真是各式各樣。有單純因為好奇而接近他們的人；也有發言處處滲出嫉妒心的人；還有為了出人頭地試圖拉攏他們的人。

要求他們敘述和齊歐卡兵交手情況的人特別多。因為大部分的北域軍人在至今為止的人生中，都沒有參加和齊歐卡之間戰事的經驗。

雅特麗和托爾威表現出習於應付的態度，馬修和哈洛則帶著困惑品嘗被視為話題中心的立場。順便說一下，夏米優殿下以不怎麼感到有趣的表情坐在上座，和旁邊的薩費達中將交談。她是因為不想打擾到軍官間的親睦活動，才刻意退了一步以皇族的立場出席。

那麼，講到剩下的那個人，已經躲在會場的角落裡四處亂晃，避免自己成為話題的標靶。他原本就對軍人之間的社交活動欠缺興趣，再加上少數的女性軍官已經圍在托爾威身邊，所以對於伊庫塔來說，無聊到如此地步的場合也算少見。

然而，當他正像這樣以意圖把會場中餐點全都掃光的氣勢默默動口時，突然有一名軍官脫離人群往這邊走來。那是一名下顎和嘴邊長著些沒剃乾淨的鬍鬚，看似青壯年的男性。腰包中可以看到和伊庫塔的庫斯同樣的光精靈。

「——嗨，覺得好玩嗎？」

男子親切地對伊庫塔搭話，並隨手拉了一張椅子在他身旁坐下。

「嗯，託您的福。」

「別以根本不覺得有趣的表情回答嘛……話說回來你的搭檔也是光精靈呢。」

男子的視線朝向伊庫塔的腰間。伊庫塔一開始原本打算用沒好氣的言行拒絕對方，但發現對方的意志並沒有因此改變後，就稍微修正態度開口自我介紹：

「……我是光照兵第三訓練排排長伊庫塔・索羅克准尉，這是我的搭檔庫斯。」

「我是北域鎮台第一團所屬，第九光照兵連連長的暹帕・薩扎路夫中尉。這是我的搭檔契，請多指教。」

主人們互相敬禮後，彼此的精靈也在腰包中做出相同動作。等形式上的交流結束，薩扎路夫中尉露出大膽但討人喜歡的笑容。

「之前有聽過傳說中的『騎士團』裡混著一個問題人物，果然就是你嗎？」

「因為和他們站在一起會顯得特別格格不入，我才像這樣自動保持距離。」

「嗯，你的確不是騎士的長相，那邊的帥哥小弟倒是挺有模有樣。」

薩扎路夫中尉不經意講出的言語利刃狠狠刺中少年的胸口。

「哈——哈哈哈哈，哎呀～真是嚴格呢。哈哈哈……哈……哈哈……」

伊庫塔原本打算用笑聲來度過衝擊的行動失敗，他帶著要笑不笑的表情整個人僵住……

「……嗚嗚嗚嗚啊嗚嗚嗚嗚嗚嗚嗚嗚嗚嗚嗚…………！」

最後，他用雙手抱住腦袋，低下頭開始發出類似野獸的呻吟聲。

「嗚喔！等等……你因為這樣就哭了嗎……？這是傳說中的男兒淚嗎！」

「可恨……！即使不說話女性也會自動靠上去的小白臉這種生物真可恨……！」

「喂喂喂，你把腦袋裡的想法全都說出口了啊！你這人的形象也崩潰得太突然了吧！」

從遠方似乎也能注意到這份騷動，當薩扎路夫中尉正感到不知所措時，已經因為應付中將而感到疲勞的夏米優殿下帶著不以為然的表情走了過來。

「……才稍微沒注意這邊就……索羅克，宴會才剛開始，你是對什麼事情感到不滿？」

比起被公主直接搭話的伊庫塔，這時反而是薩扎路夫中尉表現出過敏反應。看到他以最敬禮的姿勢站直身子，公主帶著為難表情輕輕搖了搖頭。

「嗯，你可以放輕鬆……不，請放輕鬆，中尉。因為正如階級章所示，現在你才是我的長官。」

「啊……不……實在惶恐……！」

「看來索羅克立刻給你添麻煩了。雖然這人不只個性很差，人格也有問題，但是把眼光放遠來看，也不是沒有還算不錯的地方。所以，請你多多關照……呃……」

「在下是隸屬於北域鎮台第一團，第九光照兵連連長的暹帕．薩扎路夫中尉！」

由於並不確定哪邊的立場為上，彼此致意的態度顯得很尷尬。所謂的皇族，實在是一種光是處於內部就能讓垂直型構造的組織產生混亂的存在啊——伊庫塔感慨地這樣想到，這時卻有個響遍會場的男性粗魯吼聲蓋住他的思考。

「哈哈哈！我等這一天等很久了！伊格塞姆家的女孩！」

音量大到足以讓所有出席者都回頭的發聲者在會場中央昂然而立，和正在與前輩軍官談笑的雅特麗呈現正面相對的形式。那人有著無論縱向還是橫向都顯得魁梧高大肌肉發達的體格，還有沿著臉部生長宛如獅子鬃毛的紅茶色硬毛。而且腰間和雙手上還各有一把木劍，總共三把。

「請問找我有什麼事嗎？」

雅特麗以認真表情回問後，巨漢用力踩響地板。

「我只會報上名號一次！認真聽好！隸屬於北域鎮台第一團，擔任第二十二胸甲騎兵排排長的丁昆・哈爾群斯卡！年齡是二十六，階級是准尉！可靠的搭檔是水精靈尼基！」

「我也回報上名號吧——我是燒擊兵第一訓練排排長兼輕裝騎兵第一訓練排排長的雅特麗希諾・伊格塞姆准尉，搭檔是火精靈西亞。請多多關照指教，哈爾群斯卡准尉。」

「我知道妳的名字，所屬部隊和階級剛剛記住了！好啦，剩下的就以劍來交談吧！」

哈爾群斯卡准尉把雙手上的木劍丟過來，雅特麗也伸手接下。對方很仔細地準備了軍刀和短劍各一把。她把視線移向位於上座的薩費達中將。

「在下接到進行決鬥的要求。薩費達中將，是否可以借用哪個場所呢？」

「少校，你聽到她的話了，如何？」

「嗯……咳咳……這女孩是當代的伊格塞姆嗎？那麼，畢竟外面已經變暗了，直接使用此地也無妨吧。只是要加上踏出場外即落敗的規則，因為可不能讓你們破壞桌椅或餐具等設備。咳……」

少校有氣無力地這麼說完，中將也裝模作樣地點點頭，對著當事者們宣布：

「好，你們就在這裡進行吧，周圍的人幫忙收拾桌子……順便提一下，哈爾群斯卡准尉用劍的技術在北域鎮台無人可與他並列。面對這樣的猛者，妳就展現出最強美譽之名聲也很響亮的伊格塞姆家二刀流吧。」

雅特麗雖然聽到這番話，卻把對方丟過來的兩把木劍中的短劍交給在附近的哈洛保管。看到這動作的哈爾群斯卡准尉很不高興。

「喂！妳那是什麼意思！」

「請不要介意，我認為面對一刀卻使用兩刀欠缺公正性。」

彷彿在瞧不起人的發言讓哈爾群斯卡准尉的額頭浮現青筋。他從腰間拔出寬幅木劍，擺出高舉到頭上的紮實架勢。這魄力就像是現場聳立著一座高塔。

「意思是不必認真嗎！真是被瞧扁了！」

「伊格塞姆的二刀流是假設多對一狀況的技術法則，對手只有一人的話，一把劍就夠了。」

雅特麗這毫無畏懼的發言讓血氣旺盛的軍官們也興奮了起來。在沒有任何人提議的情況下，眾人紛紛形成圓圈圍住兩人，架構出決鬥的場地。突然發生的刺激事件讓大部分的人都感到很高興，但其中也有面露不快神色的少數例外。

「……真是低俗的儀式，雅特麗的劍不是供人欣賞的展示品吧。」

夏米優殿下以似乎很不愉快的態度講出這些話。由於是皇族的意見，薩扎路夫中尉原本打算立即無條件附和，這時伊庫塔卻毫不客氣地插嘴：

「那種想法是錯的，伊格塞姆的劍的確是展示品喔，公主。」

「……你說什麼？」

公主以銳利眼神瞪向伊庫塔。少年無視旁邊的薩扎路夫中尉送出「你還清醒嗎？以為自己在指責誰啊？」的視線，繼續說道：

「看決鬥獲得許可的過程如此流暢，十有八九這場鬧劇是原本就預定好的安排。雅特麗大概也已經察覺到了，這是慣例，伊格塞姆家族成員前往其他地區赴任時的慣例。」

「你的意思是連身為最高司令長官的薩費達中將都想要看到這種騷動嗎？真是讓人完全無法理解。如此輕易就允許私鬥的行為，很明顯是在破壞軍隊的基本，也就是全體的秩序吧？」

伊庫塔隨便看了看一臉無法認同的公主殿下，接著逕自用手搭到下巴。

「……您認為雅特麗為什麼被允許帶著雙刀？」

「還問為什麼……因為她很強吧？」

「不是那樣。正如公主您剛才所說，維護全體秩序是軍隊的基本。對照這個原理，士兵自然不用說，就連軍官也一樣，理所當然該使用統一的裝備，這並不是能夠根據個人情況來改變的部分。所以雅特麗的雙刀是如果身處普通立場就不可能獲得許可的特權。」

看到伊庫塔突然開始滔滔不絕講話的模樣，讓薩扎路夫中尉驚訝地瞪大雙眼。望著眼前人群分開，桌子被搬往旁邊，現場為了決鬥而逐漸整理好的光景，少年對公主講了一句：「接下來的話會有點長」作為序言。

「數百年前為止，卡托瓦納帝國正處於亂世。四處都有軍閥割據，各自以武力為背景主張擁有自治權限，把實際上充其量只是皇帝託付的領土視為自己的所有物支配。在那個時代，由國家直接編組、管理的國軍實際上還不存在，一支軍隊直接等於是一個行政單位。講白一點，就是帝國內部每個地域都各有國王，總數量多達幾十人。在這種狀況下，連皇帝也只不過是眾多國王之一。」

「這是本國人民誰都知道的歷史。在那之後，對於在政治上軍事上都欠缺整合的帝國現狀產生危機感，從當時有力的軍閥中站出三股勢力，擁立皇帝成為絕對君主。那就是伊格塞姆、雷米翁、尤爾古斯……現在被稱為『忠義三家』的家族。」

「對，他們的目標是要讓政治和軍事的命令系統集中為一，統合於『皇帝』這個絕對權力者之下。也就是要藉由這做法讓內鬨的風險減少，製造出在外敵進逼之際可以團結一心抵抗的中央集權體制。

當然，這並不是容易辦到的事情，因為無法避免和試圖死守自身利益的地方領主之間的衝突。然而即使如此，為了推動改革，忠義三家必須大幅減少當時存在的軍閥家族。換句話說就是用戰爭毀滅對方，不過他們並沒有不分青紅皂白地斬草除根，當時看清時勢避免和他們敵對的家族得以存活下來。其中有一部分至今依舊延續著，例如泰德基利奇家就是其中之一……這些家族和剛才的忠義三家一起被稱為舊軍閥名家。」

「正是如此……但，為什麼這段歷史和『雅特麗的劍是展示品』的理論有關？」

「所以說啊，統合於皇帝之下的命令系統和注重全體秩序的現代卡托瓦納國軍……建立起其基礎的不是別人，正是雅特麗的祖先。身為伊格塞姆正統後裔的她就算具備堅強實力，要是無視秩序把特權意識超明顯的雙刀插在腰上，什麼歷史重量不就全都沒了嗎？」

「唔，那樣講也沒錯……不過實際上雅特麗，或者該說伊格塞姆的親族不都像那樣被允許帶著雙刀嗎？」

「嗯。然而，最初期望這樣的人並不是伊格塞姆。長期的亂世結束後……成功在政治和軍事上讓國內統一的當代伊格塞姆向皇帝報告達成大業的同時，也當場把能夠稱為自身靈魂的雙刀一併呈上。為了建立起視全體秩序為至上的新國軍，他首先要剝奪自己本身的個性。

相反地，皇帝感到很困惑。因為對於在伊格塞姆身上寄予絕大信賴的皇帝而言，失去可說是伊格塞姆象徵的雙刀是件嚴重的事態。雖然皇帝試圖以各式各樣的理由來說服他，但以頑固出名的忠臣並沒有表現出願意妥協的傾向。當然身為君主，皇帝可以下令『禁止你捨棄雙刀』，然而若是以欠缺合理性的命令去扭曲正理，說不定會讓彼此的關係產生裂痕。皇帝煩惱不已，但最後總算沒有白費苦心，找到了一個藉口。」

聽到這邊的瞬間，公主殿下也猛然回想起。

「……是嗎，這就是『不敗誓言』的軼事嗎？」

「沒錯。對不願妥協的伊格塞姆，皇帝這樣說——『雖然你因為尊重秩序而說不要雙刀，但現在你的雙刀已經代表帝國榮譽本身。士兵們抱著對雙刀的憧憬站上戰場，人民視雙刀為護國的靠山而每天努力勤勉盡忠。明明是這樣你卻要捨棄雙刀，這不是破壞秩序的行為又是什麼呢』。」

「真是亂七八糟的理論……但也不能如此一概而論。畢竟那個時代的世情尚未安定，每個人心裡都希望有個英雄吧。」

「被這番理論打動的伊格塞姆稍微思考之後這樣回答：『——那麼，就到這雙刀一敗塗地，終於失去不敗加護的時候為止』。他發誓只要在劍術勝負上不敗北，就會繼續握著雙刀……這也同時是在宣示強固的決心，表明他絕對不會把雙刀這種脫序的行為當成單純因立場而能享受到的特權。」

在兩人進行漫長對話的期間，會場正中央終於開始決鬥。由哈爾群斯卡准尉先攻，擺出舉劍過頭動作的他灌注全心全力，將寬幅木劍往下揮。

「只要那是不敗的象徵，伊格塞姆的雙刀就允許存在於軍中，所以那是展示品。具備強大實力只不過是單純的前提。伊格塞姆的親族如果想繼續把雙刀插於腰間，就必須持續向所有人證明自己身為最強的事實。」

雅特麗側身避過對方的斬擊，暫時只專心防禦。這也是一種默契。如果是真正的最強，沒有必要急於決出勝負。要承接對手的所有實力，並進一步完美地擊敗對方。在決鬥這種形式中，這是伊格塞姆唯一被允許使用的決勝手法。

「並非歷代伊格塞姆的每個人都強如鬼神。因為『不敗誓言』每一代都會更新……從開始禁止敗北的成人年齡到人生結束為止，能一直在腰上插著雙刀的人，即使去研究伊格塞姆家的歷史，計算起來也不滿雙手的十根手指頭吧。」

哈爾群斯卡准尉雖然順利進攻，但表情上也滲出焦急神色。這也當然，面對他的猛攻，雅特麗開始承受後並沒有回砍任何一刀。明明這樣，兩人的站立位置和一開始相較卻幾乎沒有任何改變。

「雖然在伊森上尉的那事件中，公主應該已經見識過那個了——不過機會難得，在此請重新欣賞……世上稀有的不敗幻想化身，就是所謂的伊格塞姆。」

鏘！這時響起清脆聲響，哈爾群斯卡准尉手上的木劍消失了。雖然僅有極少數人看清楚木劍被彈飛的瞬間，然而所有人都具備抬頭看向結果的資格。

觀眾一起發出了騷動——因為消失的木劍，刺中了正上方的天花板。

「這正可以稱之為剛毅之劍。我感謝自己能幸運獲得和你交手的機會，哈爾群斯卡准尉。」

勝利的雅特麗先開口稱讚對手。雖然只要踏錯一步就成了挖苦，但哈爾群斯卡本人明白雅特麗的意圖。

掌握被高舉過頭的木劍即將被揮下的一瞬，瞄準劍柄前端從下往上打，利用衝擊力讓劍脫手的神技。至於木劍能被打往多高的地方，端看往上的衝擊力有多大。所以木劍刺進天花板的這個結果在讓對方敗北的同時，也證明了自己的強大劍力。

「……精彩，雅特麗希諾．伊格塞姆。」

即使獲得壓倒性的勝利，也不會污辱對手。這種高潔的態度連落敗者也會深感佩服。哈爾群斯卡准尉幾乎在無意識狀態下伸出右手，雅特麗也帶著微笑回握。

這無可挑剔的決鬥結果讓觀眾很興奮。人們爭先恐後地衝向雅特麗，為了觀賞決鬥而圍成的圓圈也潰不成型。置身事外的伊庫塔面無表情地望著這一幕，低聲喃喃說道：

「那是為了保護帝國的目前體制而存在。正因為她堅信公主將會以皇族一員的身分健全地度過今後人生，才會賭上性命保護您。」

「……………」

「請不要忘記這件事，公主。無論您看著多大的夢想，也只有這點請絕對不要忘記。」

大概是看不下去雅特麗被人們擠來推去吧？伊庫塔這樣叮囑完後站了起來，以若無其事的態度混入圍著雅特麗的軍官中。公主也一邊思考剛才警告的含意，並帶著嚴肅表情邊想邊走回上座席位。

「……總覺得今年來的都是些怪胎。」

獨自被拋下的薩扎路夫中尉只能勉強擠出這樣的感想。

「總之呢，老實說你們來的時機正好，不過也可以說是最無聊的時機。」

以北方綿延不絕的山脈為背景，士兵們踩著一絲不亂的步伐持續前進。在隊伍前方與年輕軍官們並肩往前走的薩扎路夫中尉這樣說道。

「其實我們這邊直到前陣子為止都還神經緊繃。因為東域鎮台在苦戰，還以為或許會要求北域提供增援。」

「呃……那個，您不想去增援嗎？」

覺得以軍事演習中來說這氛圍也太鬆散了的托爾威開口發問後，薩扎路夫中尉帶著苦悶表情搖搖頭。

「這還用說。那可是連那個利坎中將都無法對付，戰火燒得正旺的前線啊，有誰會自願前往呢？實際上在這次的東域戰爭中，在最後撤退時負責殿後的軍官們有許多人都捐軀了，其中甚至還包括利坎中將本人。」

「可是，只要能送出大量援軍，說不定連戰局都能改變。」

馬修稍微大膽地插嘴提出意見，於是中尉的嘴唇不懷好意地往上抬。

「真是相當勇敢的意見……順便提一下，泰德基利奇准尉。具備這種勇猛思考模式的人，在北域被稱為『中央型軍人』。」

「咦？中央型？」

「沒錯，以我們這邊來說，在最初的歡迎會中和伊格塞姆家小姐打過一場的丁昆准尉就是這種人。不久之前，那傢伙也堅決主張要對東域送出援軍。一開始讓長官感到困擾的時期還算客氣，沒過多久他就跑去找司令長官直接談判，甚至還寫了要呈給皇帝陛下的懇願書，不過當然在寄出之前就被審查制度擋下。」

「嗯……那個，換句話說『中央型軍人』就是指有幹勁的人嗎？」

哈洛這過於坦率的發言讓中尉先是瞪大眼睛，接著忍不住噴笑。

「……啊哈哈！沒錯，基本上就是那樣，貝凱爾准尉。不過如果要講得更精準一點，是指『即使來到北域也還留有幹勁的傢伙』。或許中央的情況不同，但在這裡，那種人是少數派。」

讓眼前這些充滿夢想和熱情的年輕人以白眼看待的薩扎路夫中尉把視線移向北方的山脈，接著立刻張開雙臂，就像是要擁抱這幅景色。

「而一切都該由那些山負起責任！」

「……您指大阿拉法特拉山脈嗎？這又是為什麼？」

「這還用問？因為那些山脈會代替我們阻擋在外敵面前。」

薩扎路夫中尉挺起胸膛充滿信心地如此斷言，而年輕軍官們則一臉詫異地皺起眉頭。最後是看不下去的托爾威代替長官扛起對部下的說明責任。

「『大阿拉法特拉是神之階梯』……在卡托瓦納帝國九百年的歷史中，外敵從來不曾越過這山脈進攻……『神之階梯』就是源自於這個事實的稱呼吧。」

「嗯，正是那樣沒錯，雷米翁准尉。真可惜，如果我是教官就會給你一個花圈圈。」（註：「花マル」，日本稱讚小孩子時會使用的一種圖案。）

「咦……中尉現在是以我們的教官身分在這裡吧……」

「嗯？是這樣嗎？那我就真的給你一個花圈圈圖案吧。」

中尉這樣說完，拿起從懷中取出的筆朝向托爾威的額頭，緩緩地畫上一個花圈圈。在周圍忍不住發出的竊笑聲中，托爾威露出難以形容的表情。

「即使沒有越過神之階梯來此的外敵，我想應該也有住在那裡的自家人吧？」

至今為止保持無言的雅特麗以尖銳的語調插嘴。聽到這句話的薩扎路夫中尉開心地也想在她額頭上畫個花圈圈，卻被雅特麗光靠上半身動作就輕鬆躲開，因此他很快放棄。

「……唔唔唔，妳說得沒錯。雖然北域有大阿拉法特拉的加護，但也不能把麻煩工作全都丟給山脈。所以落到我們頭上的工作，換句話說就是——」

「對內部危險因子的警戒。也就是針對大阿拉法特拉山脈的山岳民族，席納克族的危機管理。」

薩扎路夫中尉點點頭，在回答的托爾威額頭上畫下第二個花圈圈。

「就是那樣。在大山脈中住著許多雖然是帝國人，但並不屬於卡托瓦納民族的居民，也就是被稱為席納克族的傢伙們。根據歷史，這些傢伙和我們處得並不融洽。雖然最近數百年沒有發生能稱得上內戰的衝突，但紛爭等級的小型爭執倒是經常發生。」

「意思是教訓那些山裡老粗就是我們的工作吧？跟驅除害蟲差不多。」

肌肉男阿格拉冷笑說道，中尉帶著苦笑聳聳肩。

「雖然在驅除害蟲時，負責幫忙勇敢的諸位處理因驚嚇而弄濕的內褲是我們過去的工作……但現在連這點也變了。」

「變了……？是怎麼一回事呢？」

「從兩年前開始，席納克族關聯的事件顯著減少。那些傢伙不再引起麻煩事，簡直像是已經洗心革面。以前過著大概一個月兩次，運氣不好時會多達五、六次，甚至還要連山賊都一起對付的日子。不過這半年以來，連『派出討伐部隊』這行動本身都沒有發生。」

和「實戰很多」這種事前評價相反的實際情況，讓血氣方剛的年輕軍官們大部分都表現出失望的表情，只有雅特麗和托爾威反而露出嚴肅神色。

談話到此告一段落，行軍再度開始。不久之後無法忍耐無聊的肌肉男阿格拉不滿地抱怨道：

「中尉，我知道這個部屬就是這麼閒，但這個演習又是什麼？從三小時前開始就沿著山脈在同樣地方走過來走回去，根本不成任何訓練啊！」

「你說得對！但是我們不能在途中結束，畢竟這是借用演習名義的示威行動。說不定正是因為我們平常有像這樣持續無言地散發出訊息宣稱：『怎樣？我方有如此多的兵力！打起來很強喔！很可怕哦！』才能維持現在的和平。還有，要是連這點事都取消，我們真的會成為一群吃閒飯的傢伙。只有這點無論如何都要避免，不過……」

薩扎路夫中尉突然以焦躁表情往後轉，四處觀察跟在自己後方的軍官們。

「……索羅克准尉，怎麼了？你不打算說任何話嗎？我有聽說過你是在這種閒聊中會率先插嘴的傢伙喔。」

薩扎路夫中尉正是因為想在那傢伙的額頭畫上花圈圈才特地把筆帶來，卻發現四下都看不到期待菜鳥的身影。其他軍官晚了許久才開始察覺到只有「騎士團」眾成員早已發現的事實，騷動也逐漸擴大。

「喂～伊庫塔准尉怎麼了？沒看到他的人，他指揮的光照兵第三訓練排似乎有在……」

「……我……我有事報告，中尉。」

待在比軍官們還後方一點的位置並直接管理部隊的蘇雅士官長以戰戰兢兢的態度開口說話，薩扎路夫中尉回以詫異的眼神。

「米特卡利夫士官長，報告是指？」

「這是索羅克准尉的傳言：『由於在下違反軍規，因此自主進入禁閉室。至於違反的內容，是未經允許就脫離演習中的部隊』……」

沒有任何藉口或託詞，這反而是把行為本身當成理由，直接了當的摸魚宣言。薩扎路夫中尉經歷一分鐘以上的空白才終於接受現實。

依然不知道該露出何種表情的他總之先從胸前口袋中拔出筆。

「……似乎是我想錯了。看樣子我必須畫在那傢伙額頭上的並不是花圈圈，而是巨大的叉叉。」

就這樣，在此他學會了一種對應伊庫塔·索羅克這個問題人物的方式。

那一天，基地裡也發生了一點小糾紛。爭執的目標，是女性士兵用宿舍前放置的大書架。有兩個人正在書架前爭吵。

「我無法接受！」

一名女性士兵大吼。憤怒造成的顫抖甚至傳達到以咖啡色緞帶綁起的馬尾上。

「應該是在下無法接受吧，嘉娜一等兵。」

她針對的對象——特徵是方正臉型的壯年軍官塔爾卡中尉，幾乎不把她的抗議當一回事。他從書架上抽出一本又一本書，鑑定價值——他的注意力目前只放在這個動作上。

「為什麼放在我們兵營裡的書籍必須全部被沒收呢！」

相反地，那名女性士兵——今年是入伍第三年，以風精靈塔布為搭檔的嘉娜·特馬里一等風槍兵感到很憤憤不平。那張男孩子氣的臉孔整個繃緊，可說是怒不可遏。

她並不是剛從軍的新兵，最少也知道頂撞長官並沒有好處的道理。然而對她來說，現在是即使明知這點也必須反抗的關鍵時刻。

「我反問妳，為什麼士兵睡覺的地方必須放著塞滿書架的書籍？」

塔爾卡中尉以冷淡的語氣發問，嘉娜從腹部用力擠出聲音回應。

「因為這裡住著人，所以在訓練外的空閒時間會看書！而且數量要盡可能多一點才會比較有趣，但書籍還很高價，所以才會像這樣把所有人持有的書籍都作為共有財產啊，可以理解吧！」

「是請問您能理解吧？妳這傢伙不管過了多久都改不了那沒禮貌的用詞。」

「嗚！別想轉移……請不要轉移話題，現在我們是在討論關於這些書的事情！」

其他女性士兵也從兵營的窗口探出臉，不安地旁觀著狀況。覺得這樣不合理的想法雖然和嘉娜一致，但是她們並沒有膽敢向長官抱怨的勇氣。

「哼，簡單來說，妳這傢伙想主張這些書具備作為私人物品的所有權嗎？」

「可以算是那樣。雖然與其說是私人物品，其實是宿舍裡大家的共有物……不過軍規裡應該沒有禁止帶書進來這一條吧？」

對自己記憶沒有信心的嘉娜講得很模糊，而塔爾卡中尉對她露出嘲笑的表情。

「這種藉口講不通，妳們幾個是把這些書放在宿舍的哪裡？」

「放在走廊底端。為了讓大家容易拿取，還做了個書架……」

「這就是問題。嘉娜一等兵，妳該回想一下新兵時聽過的說明。允許放置私物的地方，應該僅限於你們睡覺的房間吧？」

「嗚……」

「就算是在宿舍中，走廊也是公共空間。所以放在走廊的這些書自動成為基地的公共物品，換句話說，等於是北域鎮台擁有的財產。處置交由身為宿舍監督官的我來負責，無論是要沒收還是要丟棄，都由我來判斷。」

「這……這是找喳！的確，或許只有我們這邊放了書架，但是把走廊盡頭當成共有物品空間的做法，明明是每一間宿舍都有的現象！」

「就算有這種慣例，也只不過是慣例。當然是明文寫下的軍規較為優先——講完了吧？好了，拿走吧。」

塔爾卡中尉以眼神向被強制前來幫忙的兩個男性士兵示意。然而，嘉娜繼續糾纏打算單方面結束話題並逃離這裡的長官。

「就算是這樣，為什麼沒有警告就直接沒收！如果占用公共空間是問題，那麼只要給予糾正，並要求我們拿回自己房間就可以——」

「……嘖！喂！妳這是對長官講話該有的態度嗎？」

塔爾卡中尉以和剛才完全不同的態度怒吼，嘉娜嚇得停住呼吸。

「區區士兵竟敢這麼囂張，強詞奪理之前該先想想自己的立場！破壞規律的人是妳們，現在正受到身為長官的我指責。這種時候不該試圖狡辯，而是該安靜嚴肅地自我反省才對吧！不是嗎！」

「…………嗚……」

比起以瞧不起人的態度強迫眾人接受自己正義的塔爾卡中尉，無法抵抗這種事情的自己更讓嘉娜咬牙不甘。聽到長官怒吼就會感到畏縮的反應，已經是身為士兵的條件反射。

「更何況讀書是有錢人的娛樂，對你們這些步兵來說是不知自己斤兩的興趣！既然有空看這種愚蠢的娛樂小說，還不如去外面練跑好增加體力！真是，像這種無聊的東西……」

塔爾卡中尉不屑地這樣說著，並從書架上拔出一本顯得老舊的書籍。看到封面的那瞬間，嘉娜的臉色整個變了。

「等一下……！不要那麼粗魯！」

「哼，看妳那副慌張樣，這是妳的書吧？什麼？《大阿拉法特拉風土記》？看裝訂特別豪華才讓我注意到……唔？這作者的名字好像在哪看過……？」

塔爾卡中尉皺起眉頭思考，數秒後他的眼角一口氣往上吊起。

「這……這不是那個『瀆神者』阿納萊・卡恩寫的書嗎！那個不只用詭異的研究污辱主神的威嚴，最後還逃亡到齊歐卡成為我國敵人的可恨大逆賊！嘉娜一等兵！妳竟然喜歡閱讀那種罪犯寫出的書嗎！」

「書……書的內容和作者的立場沒有關係……」

嘉娜畏懼地反駁，然而這樣反而使塔爾卡中尉完全氣昏頭。

「妳這傢伙還要繼續狡辯！真是忍無可忍！給我咬緊牙關！」

塔爾卡中尉把書本高高舉起，認為自己會挨揍的嘉娜反射性地閉上眼睛。

「不不，這種使用方法錯了啊。」

介入兩人的黑髮少年在千鈞一髮之際抓住中尉的手腕阻止他。

「書本不是用來打人的東西，女孩子的臉當然也不能打。我還以為這點小事是世界共通的常識。」

「你是什麼玩意！」

「我是湊巧路過的帝國騎士，我的使命是要讓世界上所有的年長女性都能不再流淚。」

伊庫塔以認真的表情講出讓人起雞皮疙瘩的台詞。塔爾卡中尉皺起眉頭。

「帝國騎士……你就是傳言中的『騎士團』成員之一嗎？黑髮黑眼的傢伙應該是叫伊庫塔・索羅克沒錯吧……在歡迎會上好像不怎麼顯眼。」

「因為我不擅長引起他人注意嘛，雖然看起來這副模樣，但我這人比較謙虛。」

「那麼，你這隻手又是什麼意思？」

塔爾卡中尉狠狠一瞪，伊庫塔很乾脆地放開壓制對方手腕的手。

「對於擅自介入糾紛的行為我願意道歉，不過聽過兩位到此為止的對話後，讓我對某件事情無論如何都感到很在意。」

伊庫塔邊說話邊靠近書架，以饒富興趣的態度望著書架上排列的書本。

「……哦，這書架整理得真不錯。小說和專門書有確實按照分類各自排放，雖然有舊書但卻很少有狀況很差的書，這宿舍的人都是很有規矩的讀書人呢。」

「那又怎樣——」

「因為發明了活版印刷技術，和只有手寫本的過去相比，書本變成了遠比以前更貼近人們身邊的東西。再加上國民識字率提昇的幫助，讓閱讀書籍的客層確實地擴展到一般人民。」

無視中尉插嘴的伊庫塔大搖大擺地繼續發言，這粗神經的態度讓嘉娜啞口無言。

「話雖如此，書籍對庶民來說似乎依舊不能算是可以隨便購買的東西。也許再過二十年之後情況就會不同，但目前這個階段，『在特別的時候撒個大錢買下一本』大概就是極限了……不過，既然是這種情況，賣方也考慮了各種策略。」

伊庫塔從書架上選中兩本書並抽出，以雙手舉起。

「這本《花少女莉絲蕾》的封面上寫著『送給迎接戀愛季節的女兒』，這本《猶比茲涅克的騎士》的封面上則寫著『獻給希望成長得比誰都勇敢的兒子』。一看就知道，這兩句話都和故事內容無關，只是為了促進銷量的文宣。然而這裡該注意的重點是，把『買書送給小孩的父母親』作為販賣主要目標的做法。

而關鍵的作品本身也和這種策略很搭。無論是《花少女莉絲蕾》還是《猶比茲涅克的騎士》，這些小說的主角都是能讓雙親們認為『如果小孩子可以成為這種人就太棒了』的理想人物。不過如果冷靜去看，也會發現在很多方面都有過度完美的情況啦。」

伊庫塔先誇張地聳聳肩膀，接著才繼續說下去。

「在我所知的範圍內，像這樣使用到販售策略的書籍就是以這兩本為先驅。不過，後來也有許多作品以類似的手法販賣並創下佳績，因此許多帝國人對書籍的觀念就成了：『為了來到一定年齡的自己子女，必須撒大錢買一本送他們的東西』。而這種流行經歷長久時間的結果，現在有許多年輕人擁有的個人財產，就是父母親買給自己的一本書。」

講到這邊，伊庫塔突然露出別有含意的笑容，輕輕敲了敲書架。

「一本一本絕對不便宜。所以即使是中古書，有這麼多也能成為一筆財富了——你也這樣認為吧，中尉？」

「咦……？」

猛然一驚的嘉娜移動視線，只見塔爾卡中尉的表情很僵硬。

「你這傢伙在說什麼……？」

「哎呀，居然還裝傻。沒收她們的書本後，你打算立刻拿去變賣吧？要不然根本沒有理由做這麼麻煩的事情。我一開始還以為你是以虐待部下為樂，不過若是那樣，你的表情看起來卻不是很愉快……最重要的是，你一一確認每本書籍的眼神太過專注，那完全是在評估商品價值的眼神。」

原本在宿舍中等待風暴過去的女性士兵們也因為伊庫塔的這些發言而紛紛有了反應，嘉娜把所有人的懷疑化為實際語言。

「該不會……中尉來搶我們的書是為了賺自己的零用錢……？」

「講……講這什麼蠢話！到底有什麼根據……！」

受到無數帶著怒氣的視線注視，塔爾卡中尉的額頭冒出冷汗。這時伊庫塔發動追擊。

「……《美男子巴堤拉諾》、《米亞嘉尼的薔薇》、《巴塞克和烏爾皮娜》、《達利斯一代記》。」

「……嗚！」

「這些是你剛才從書架上拿出，確認過保存狀態的作品……也不是自己要讀書，怎麼這麼清楚呢？這些都是在古書市場上能夠賣到高價的受歡迎作品。」

「唔……啊……！」

「我的人生如果順利發展，原本應該過著在國立圖書館工作的平穩生活。如果想靠賣掉古書賺錢，比起出版量較多的熱門作品，把不容易入手的冷門作品賣給收藏家比較有賺頭。你對這種業界的情況很清楚嘛。」

「嗚……！」

「你已經跟商人談好了吧？盯上的目標倒是相當——嗚！」

拳頭狠狠打凹伊庫塔的肚子。眼神含有怒氣的中尉繼續追著痛到用力踏地的少年。

「你這混帳，不准再多嘴……聽說受到第三公主看重所以才盡可能想要和平解決……既然你再三污衊我到這種地步，那就另當別論……！」

塔爾卡中尉把拿在手上的《大阿拉法特拉風土記》丟到地上，舉起重獲自由的雙手，慢慢逼近對手。伊庫塔邊咳嗽邊後退。

「咳咳……真是的，居然這麼快就氣到翻臉。請你好好把話聽完啊。」

「死之前隨你要怎樣鬼扯！」

伊庫塔一邊逃竄避免被中尉的雙手抓住，同時居然還要繼續說話。

「是是是，既然獲得允許那我就不客氣了——其實我最希望中尉你能了解的一點，是書本的價值並非只是『有錢人的娛樂』。這點就在接下來證明給你看吧。」

「你有辦法邊被打到臉部變形邊證明嗎？」

「書籍會傳授讓我不至於落到那種下場的力量——那麼雖然很突然，不過我有個問題想請教中尉。你喜歡昆蟲嗎？還是討厭？」

「我沒有考慮過喜不喜歡，因為區區小蟲就只是小蟲……要是礙眼，踩爛就對了。」

「哎呀真是豪爽。不過，世界上有各式各樣的昆蟲喔，有的能在天空飛，有的能迅速移動，有的具備強烈毒性。要是沒有任何預備知識，能對應所有這類威脅嗎？」

「面對區區小蟲有什麼好準備？只要靠不會因為任何事動搖的軍人心態就夠了。」

即使在進行這些對話的期間，中尉也持續把伊庫塔逼往宿舍的牆邊。嘉娜原本想在真的見血前先介入阻止，但不知為何當事者的少年卻從牆邊送來拒絕的視線。

「最後要講一件事。如果認為軍人精神就是萬能，會嘗到苦果喔。」

「別以一副了解的語氣評論你本身打一開始就不具備的東西——去死！」

看到獵物背對牆壁無路可逃，早就做好準備並等待機會的塔爾卡中尉發動襲擊。同時伊庫塔往後一跳——他明知後方只有牆壁，反而主動去撞牆。

由於受到身體撞擊牆壁的衝擊，有一團東西從突出於兩人頭上的宿舍屋簷往下落。下一瞬間，伊庫塔毫無猶豫地用右手抓住掉到眼前的那團東西——隨即直接塞到中尉的面前。

「啊……？」

勁道並不足以稱為出拳，因此中尉也毫不畏懼地凝視那東西。

他看到長滿毛的八隻腳正在蠢動。在眼前約只有兩公分的距離，窸窸窣窣地不斷蠢動。

「——噫啊！」

中尉的喉嚨裡迸出怪聲同時往後跳。這並不是基於理性的判斷，而是畏懼這造型的哺乳動物本能產生不可能抵抗的強制力，讓他做出這種行為。

接著，只有打從一開始就知道會演變成這情況的少年隨即追上逃走的敵人。伊庫塔一逼近對方就立刻單靠左手把中尉襯衫的領口拉了過來，扯掉最上面的兩顆鈕扣。然後瞄準襯衫因為這樣而和身體之間產生的空隙，把握在右手裡的「那玩意」一口氣塞進去。

中尉已經看清楚那到底是什麼。

「嗚啊啊啊噫啊啊啊啊啊啊啊啊啊啊啊啊啊啊！」

他驚慌失措。不，驚慌失措還不足以形容，根本是發狂般的反應。

塔爾卡中尉拚命地把手伸進襯衫裡，然而「那玩意」卻以驚人的速度在衣服裡東竄西逃。窸窸窣窣窸窸窣窣，長滿毛的節足在皮膚上四處爬動，那感觸驚駭到能讓理性一瞬間蒸發。中尉的喉嚨發出無止境的慘叫。

「嗚哇啊啊啊啊啊噫啊啊啊啊啊啊啊啊呀啊啊啊啊啊啊！」

他用手去追，那玩意逃往深處，繼續用手去追，逃往更深處。在重複這過程的期間中，不知何時那玩意竟然鑽進了褲子裡。接著那毛茸茸的感觸甚至到達跨下，讓原本應該已處於飽和狀態的恐懼感再度從全身的毛孔中噴出。中尉邊慘叫邊痛苦滾動，使用雙手和地面不斷敲擊全身。面對中尉這種不像是現實的瘋狂模樣，女性士兵們只能愣愣地旁觀。

「嗚啊啊啊啊啊啊啊啊！嗚喔喔！噫呀啊啊啊啊啊啊啊啊！」

不知道是過了數十秒，還是數分鐘，抑或是更久……沒有人知道這場戰鬥的正確長度。總之，在中尉把身為軍人的尊嚴全部狠狠捨棄的抵抗之下，那玩意終於被趕出狹窄的軍服。

大約有成人手掌般大的八隻腳黑影以讓人來不及看清的速度沿著沙地逃走，只有伊庫塔一個人以敬禮來目送牠的背影遠離。

「執行任務辛苦了，白額高腳蛛中士……如果把讓人握住蜈蚣歸類成用來牽制的小招數，剛剛這招是近乎禁止事項的奧義之一。要是有人碰上這招還不害怕，我想那傢伙的姓大概是伊格塞姆吧……」

伊庫塔俯視著依然躺在地上，已經半進入失神狀態的塔爾卡中尉，繼續說道：

「不過，如果你事前閱讀過剛才丟出去的書……那本《大阿拉法特拉風土記》，應該就能夠迴避這場災難，畢竟我事先連『蟲』這個提示都已經講出來了。只要知道牠們在白天會為了躲避陽光藏身於屋頂邊緣或廊簷下……就能察覺到我並不只是在逃跑，而是在誘導你前往發現有那玩意的地方吧。這下您理解了嗎？所謂書籍的價值就是指這方面，中尉。」

即使不知道對方到底有沒有在聽，伊庫塔仍舊繼續說明。這是身為勝利者的義務。

「雖然外觀的魄力會讓人吃驚，但白額高腳蛛本身是常見的昆蟲。由於可以保護作物不受蟲害，席納克族的穀倉裡都會飼養著好幾隻。牠們是會把接近昆蟲一一捕食的高明獵人，不過對人類和作物卻不會造成任何危害。即使看起來是那副樣子，白額高腳蛛可是個益蟲。剛才的使用方法再怎麼說都只是緊急手段，好孩子千萬不要模仿。」

基本上從一把抓起蜘蛛的這行為開始，正常來說就不可能辦到……嘉娜在內心吐槽。她的視線前方，可以看到伊庫塔正在用庫斯的遠光燈照射塔爾卡中尉的眼睛。

「啊……看這樣子暫時是不行了吧……喂～那邊那兩個來幫忙的，不好意思可以把這個人送去醫務室嗎？至於書架就放著不管也沒關係。」

聽到伊庫塔以慢吞吞的語調這樣說，至今為止一直置身事外旁觀情勢發展的兩名男性士兵露出終於有事可做的表情並開始動作。

看起來他們只是單純被命令來幫忙，和塔爾卡中尉之間似乎並沒有什麼特別的聯繫。兩人一扛起處於茫然狀態的長官身體，就直接離開宿舍前方。

「呼……真是累了……原本我並不打算打倒他啊……今天必須自己一個人解決，所以才會有點做過火了嗎……」

「啊……」

伊庫塔一邊嘀嘀咕咕地抱怨，同時從地上撿起剛剛被中尉丟出去的書本。

「太好了，並沒有受到太嚴重的損傷…………好啦，這是妳的吧？拿去。」

嘉娜反射性的用雙手抱住伊庫塔撣掉灰塵後遞給她的書本。

「太……太好了……謝謝。啊……不……非常感謝您，准尉。」

她慌慌張張地訂正用詞後，絕望的神色立即在伊庫塔的臉上擴散。

「……妳可以叫我阿伊嗎？啊，不，如果是平常，我也會更循序漸進一點喔……？但老實說，剛才的戰鬥讓我把要用在那方面的體力也一起耗完了……啊，對了，妳叫什麼名字？」

雖然這是讓人無法理解的要求，然而嘉娜也沒有理由拒絕。更何況對方可是恩人。

「我是隸屬於北域鎮台第一團的嘉娜．特馬里一等兵，搭檔是風精靈塔布。還請多多指教，呃……阿伊長官。」

「阿伊長官啊……算了也罷。嗯，初次見面，嘉娜。這話雖然突然，但妳是我的師妹。」

「咦……？師……師妹……？」

不明白是什麼意思的嘉娜歪了歪頭，伊庫塔則指著她手上的書說道：

「妳讀過那本書了吧？那麼妳也是名正言順的『阿納萊的弟子』。雖然看起來妳的年紀似乎比較年長，但我身為弟子已經相當老資格了，所以大概我才是師兄。」

伊庫塔這樣講完，對嘉娜露出帶有親切感的微笑。嘉娜也毫無理由地心跳加速。

「呃……啊……這話的意思是……阿伊長官有向這本書的作者……阿納萊・卡恩博士拜師求教囉……？啊……不……請問是這樣嗎？」

「嗯，正是如此。妳和我同樣身為科學的信徒。」

同樣身為科學的信徒。雖然連意義都不太理解，但不知為何這句話卻在嘉娜的心中留下深刻的記憶。

「我說，嘉娜。妳認為這本書裡的哪個部分最有趣？」

伊庫塔以隨性的語氣發問。這種自然不做作的態度，讓嘉娜覺得非常新鮮。因為她直到現在，才第一次知道原來世界上有可以討論這種事情的對象。

「啊……呃……應該是……關於阿爾德拉教的考察吧。」

伊庫塔的肩膀震了一下，這是他沒有預想到的答案。

「……關於阿爾德拉教的考察？不是關於席納克族精靈信仰的部分？」

「是……是的。也就是說，分析過席納克族的精靈信仰後，再試著和帝國的阿爾德拉教進行對比，就能發現各種奇妙的部分——」

看到嘉娜吞吞吐吐地開始解釋，伊庫塔正興致盎然地打算傾聽——然而那瞬間，他的腦袋卻被人從後方一掌狠狠抓住。

「……你不是要自動進入禁閉室嗎？索羅克准尉。」

被指名的伊庫塔戰戰兢兢地回頭，不出所料，眼前出現臉上帶著扭曲笑容的薩扎路夫中尉。少年以發青的臉色咂嘴。

「……糟了，我居然一時大意在這裡悠哉混了這麼久……！」

「這句發言就已經夠厚臉皮了。雖然高等軍官候補生裡的確也會出現欠缺幹勁的傢伙，但是在演習途中偷溜還跑去泡妞的人，你大概是創紀錄的第一人吧。」

薩扎路夫中尉不由分說地扯著伊庫塔的領子，開始把他拖往禁閉室。即使如此，少年還是以毫無反省之意的態度對著愣愣目送的嘉娜大喊：

「嘉娜，我們一定會再見面！到時要和我繼續聊這個話題！約好了喔！」

「啊……是……？」

「嗯嗯，真是青春啊……不過呢，希望你的命能撐到下次見面。」

問題人物被臉上依舊保持魄力笑容的薩扎路夫中尉半拖半拉地帶走了。

「……剛……剛剛到底是怎麼回事……」

即使兩人的身影已經消失，嘉娜依舊發愣了好一陣子。但，總之不趕快把書架放回宿舍裡會讓書籍受損。因此她回過身子，想要找人一起來搬運書架。

「哇……！」

這時突然吹來一陣橫向的強風，讓她手中的《大阿拉法特拉風土記》翻過一頁又一頁。在被吹動的內頁由後往前逆向翻到剩下展開封面裡的開頭第一頁後，只見那上面針對接下來準備閱讀本書的讀者，寫著來自作者的訊息。

——歡迎進入科學的世界！

這一句話和剛才那少年的發言一樣，帶著不可思議的溫暖。

在長官的粗暴護送下，伊庫塔直接前往基地內部的禁閉室。不到一坪的空間裡沒有燈光，門上有一扇裝有鐵欄杆的監視窗，幾乎跟牢獄沒兩樣。

「索羅克准尉。如果沒飯吃也沒水喝，至今為止你最長曾經撐過幾天？」

聽到中尉從監視窗外丟進來的恐怖問題，伊庫塔認真思索。

「……點心算在飯裡面嗎？」

「當然，在這邊想臨機應變也沒有用。」

「那，蟲也包括在點心裡面嗎？」

「別想設定奇妙的模糊地帶。飯的定義是除了空氣以外，能放進嘴裡的所有東西。」

伊庫塔邊利用開玩笑爭取時間，同時想著——這下如果弄錯答案，大概得面對很悲慘的結果。必須找出不會過長也不會太短，能讓對方覺得妥當的底線。

「……那，大概是三天左右吧……」

少年膽顫心驚地回答完後，薩扎路夫中尉對著他輕輕點頭。

「我明白了，那麼你就撐個三百天試試吧。」

「居然換算成一百倍！無論我回答什麼不都只能餓死嗎！」

伊庫塔用雙手用力敲門，外側的薩扎路夫中尉背靠著門坐下。

「好啦，別那麼激動。你在沒有許可的情況下脫離演習，關於這點沒有辯解的餘地。你自己也不認為只會受到輕微處罰就能了事吧？」

「就算是那樣，我也沒有想到會在初犯時就被人拐著彎宣告死刑啊。」

「我沒有打算真的把你關到死啦。只是，要是沒讓你虛弱到無法再耍那張不知節制的嘴皮子，我這邊也很難保有身為長官的立場吧？」

呼——薩扎路夫中尉吐出一口沉重的嘆息，再度開口：

「……老實說，我實在搞不懂。你是打著什麼主意才會站上現在的立場？」

「就算你問我有啥主意也無法回答啊……講白一點，百分之一百是情勢所迫。」

「如果是那樣，從傳聞中聽來的活躍表現也未免太精彩出色了吧？就算退一百步認定到封爵為止只是幸運的產物，讓第三公主的綁架事件以未遂結束的那次又如何？我再怎麼看，都只能認定這件事完全是靠你的積極行動所帶來的結果。」

「關於那事，因為否定也很麻煩所以就先算了……不過薩扎路夫中尉，你是不是對我有著什麼麻煩的成見？」

伊庫塔尖銳地反擊後，中尉聳聳肩點頭。

「……也是啦。就算是個怪胎，那也只是表面上的假象。我原本認為你是個標準的精英份子，那種對出人頭地有著頑強堅持的類型。這也是理所當然的想法吧？畢竟所謂的高等軍官候補生就是那種傢伙聚集的職位。」

「我認為這是因為偏見而看錯對手本質的好例子。」

「嗯，我承認。看來你似乎真的對出人頭地沒有半點興趣。因為如果不是這樣，就不會故意從也沒有多辛苦的演習中偷溜，自己製造扣分的材料。」

「『騎士團』的成員並沒有全都一樣喔。是啦，哈洛的確有一些比較欠缺欲望的傾向，但那單純只是謙虛的表現。剩下三人對出人頭地各自都很積極，這點請不要誤會。」

「還會像這樣替同伴說話，你真是讓人更搞不懂──嗚！」

薩扎路夫中尉的背後和後腦都受到強烈衝擊，讓他整個人往前倒。原來是伊庫塔不死心一直用雙手敲門的結果，讓長年以來已經劣化受損的牢門鉸鏈脫落了。

受到預料外幸運眷顧的伊庫塔跨過用手壓著受到衝擊的後腦，正在發出呻吟聲的長官，直接試圖逃走。但，這時有奇妙的東西掃過視線範圍的角落，讓他突然停止動作。

「……這邊的禁閉室裡放著什麼？庫斯，給我遠光燈。」

「好痛……喂！你做什麼！不要擅自亂來——」

當薩扎路夫中尉阻止時，庫斯放出來的光芒已經截去一段禁閉室裡的黑暗。一些高度還不到人類膝蓋的小小物體對這個刺激產生反應，在地板上窸窸窣窣地動著。

「……等一下……這是……」

認出這些東西的真面目為何的那瞬間，伊庫塔的臉上閃過類似戰慄的表情。

「……精靈！這是怎麼回事？為什麼精靈被關在這種地方——」

「啊～被光照到了嗎……索羅克准尉，叫你的搭檔關掉光線，這是命令。」

聽到薩扎路夫中尉以略為強硬的語氣下令，伊庫塔只好暫且關燈。這樣一來幾乎已經看不到精靈們的身影，只有他們具備高度採光功能的眼球在黑暗中如同貓眼般發亮。

「……中尉，你可以說明這到底是怎麼一回事嗎？」

薩扎路夫中尉露出「被麻煩的傢伙看到了呢」的表情，搔了搔腦袋。

「總之，正如你所見。」

「不不，雖然這話由我來講也很奇怪，但這是不該出現的光景吧？『精靈與其契約者無論何時都應共存共處，無論何人都不能違反當事者的意願強迫雙方分離』——這是阿爾德拉教的基本教義，也是連戰時條約都予以保障的人和精靈的權利吧？」

「…………」

「戰爭已經結束了，更何況這裡是遠離前線的北域，這些不可能是等待送還的俘虜精靈吧？假設真是那樣，這種對待也不合理。因為要是沒有好好照射陽光，精靈就會無法行動。」

四大精靈是把光轉變成活動能源。雖然也有例外，但光線的確是他們的主要活力來源。這種能源似乎可以「事先儲存」到某種程度，因此在天氣很晴朗的日子，可以看到精靈們背上長出類似翅膀的薄薄板狀物體並享受日光浴的身影。

「這些精靈被長期關在陰暗處所以變得無法行動。以人類來說就等於是絕食、監禁，很明顯是對精靈的虐待行為……到底是基於什麼理由，又獲得了誰的許可，才做出這種事情呢？」

伊庫塔把自身的惡行完全放到一邊，和搭檔精靈一起瞪著長官。薩扎路夫中尉無法繼續忍受那帶著彈劾神色的視線，像是在逃避般地搖了搖頭。

「別把我講得像是主犯……因為已經被你看到所以我就說吧。要求我們做這種事的人別無其他，正是北域鎮台的司令長官薩費達中將。」

這名字一出現，伊庫塔也瞬間想通眼前的狀況。

「……原來如此，這些是從和軍方處於緊張狀態的席納克族手上奪走的精靈吧？」

「正確答案，不愧是你，理解得很快。」

「因為剛才照亮他們時，看到的都是風精靈和火精靈。在四大精靈中，這兩種是戰鬥時可以成為直接武器的類型……風槍和火。只要失去這兩種，戰力就會大幅下降，這就是現代的戰爭。所以首先從這兩種來控制住的做法若從戰略角度上來看，我是可以理解。」

「你還挺聰明嘛……算了，簡而言之就是這麼一回事。面對長期持續又看不到盡頭的席納克族反抗精神，為了抑制住他們而採用的萬不得已計策就是這個。從鬧事的傢伙們手上同時沒收走武器和搭檔，也兼具殺雞儆猴的效果。」

嘴上雖然這樣說，但薩扎路夫中尉的本性似乎無法如此乾脆無情，他以尷尬的態度讓視線四處亂飄。伊庫塔不理會這樣的長官，帶著嚴肅表情陷入沉思。

「……我並不打算在這裡主張正義或倫理，畢竟要是很講禮貌地去遵守規則就絕對打不贏，這就是戰爭。只是——關於這個做法，有幾個讓我感到在意的部分。」

「……你對什麼感到在意？至少以實際感受來說，這個作戰似乎有發揮出效果。即使是看他們最近那種安分的模樣，也會讓人覺得很難懷疑。」

薩扎路夫中尉把最近這陣子和席納克族之間的小衝突減少的事實作為根據進行說明……然而即使聽了這些，覆蓋在少年臉上的烏雲依然沒有散去。

「這作戰影響現狀這結果的可能性或許很高吧……不過，真的有產生薩費達中將所期望的效果嗎？」

「實際上這半年以來，他們幾乎沒有暴動，很明顯地變老實了。」

「或許是那樣，也或許不是那樣……我唯一能確實斷言的只有……這個作戰的本質是強迫胡鬧小孩擺出低姿態的做法。」

「強迫擺出低姿態……？」

「如果是我，會避免使用這種方法。畢竟一想像在密閉鍋中逐漸升高的內部壓力就覺得很可怕……而且最重要的是，如此一來對方就獲得了大義名分，『取回被殘忍強奪的搭檔』這種既單純又強力的大義名分。」

伊庫塔嘀嘀咕咕地講著些不吉利的預言，同時從薩扎路夫中尉身邊走過。他通過裝有鐵欄杆的大門，踩著依然沉重的腳步，逐漸靠近明亮的走廊——

「站住，你打算去哪裡！」

——在他即將成功逃走時，中尉的手伸了過來，徹底阻止了想趁亂執行的脫逃行動。

「……咦……怪了，這裡應該出現的場景是『薩扎路夫茫然地目送他背影離去』吧？」

「你的理論的確相當讓人感興趣……但很遺憾，我這人的個性並不會連自己守備範圍外的事情都一直猶豫煩惱個沒完。」

薩扎路夫中尉帶著笑容如此斷言後，再度抓住伊庫塔的衣領，把他整個人丟進旁邊的禁閉室裡。接著中尉卡上門閂，仔細地檢查鉸鏈。這扇門的鉸鏈並沒有老舊腐朽。

「看在這番話很有趣的份上，我好心從預定日期中扣掉兩百九十五天，你要撐住啊。」

「要我五天不吃不喝嗎！太過分了！等我回到中央，一定會找高官報告這次的不當對待！要讓地方軍人的便宜月薪降低到讓人絕望的地步！絕對會！」

「居然來這招……嗯，對於這種過於直截了當到了豪爽程度的態度，很意外地我並不感到討厭。比起那種典型的精英份子，或許到最後就是像你這種人才會出人頭地。」

薩扎路夫中尉留下不知道帶有多少認真成分的評價，離開禁閉室。即使已經看不見他的背影，伊庫塔依然從鐵欄杆的空隙間咒罵了好一陣子。

前往北域赴任過了一星期多，當高等軍官候補生們和手下的士兵終於開始習慣異地生活時……

「接受我的挑戰吧！雷米翁家的老么！」

除了伊庫塔以外的騎士團眾成員正在餐廳裡圍著桌子休息，丁昆准尉卻以足以震撼五臟六腑的大音量介入他們。不過，這次他指定的對手和上次不同。

「…………咦？呃？我嗎？不是雅特麗小姐？」

「今天我想要挑戰你！好了，既然身為帝國男兒，應該要爽快應對挑戰！」

「不……可是，我並不擅長用劍……」

托爾威吞吞吐吐地回應，丁昆那嚴肅的臉上浮現出不滿神色。

「你說什麼！你這傢伙，再怎麼說也是獲得皇帝陛下授予帝國騎士稱號的軍人吧！結果卻連劍也無法確實使用，到底打算如何保護你侍奉的公主！」

或許是被說到痛處吧，托爾威本人只是低下頭沒有反駁……但，對於丁昆突然闖入的行徑和單方面的責備，在場還有其他感到不愉快的人。

「你也該知道分寸，丁昆准尉。你想在我的面前愚弄我的騎士嗎？」

夏米優殿下的語氣很冷漠。就像在歡迎會上雅特麗被迫參加決鬥時她也擺出了不高興的表情，原本公主就不喜歡「以劍技來分出高低」這種偏原始的思考方式。

「首先，托爾威擅長的是射擊。講到他使用風槍的技術，並不會輕易落於人後。而且這點在現代的戰場上，一般被認為是比劍技更有用許多的技術——」

「實在是失禮了啊啊啊啊啊啊啊啊！」

還沒等到她講完，丁昆准尉就以彷彿想用膝蓋撞破地板的誇張動作當場跪拜。話講到一半的公主愣愣地張著嘴巴有點呆掉。

「…………不，所以我的意思是……不光是劍術，應該要更注重個人固有的長處……」

「對於在下的無禮啊啊啊啊啊啊！」

「……只基於針對某部分的評價就要單方面斷定某人的優劣，不是值得稱許的行為……」

「還請您原諒啊啊啊啊啊啊啊啊啊！」

公主原本正打算開始辯論，卻因為對方的態度而像是被潑了冷水……仔細一看，丁昆准尉根本沒有絲毫想要反論的意思。這種徹底的順服態度，就像是在表示接下來要聽到的話語正是神諭。

不過公主的困惑也沒有持續很久……雖然有點極端，不過這是身為帝國人民的當然反應。皇族的發言是神聖且絕對的存在，在這種狀況下還能反駁的人反而罕見吧。

即使是已經完全熟悉的騎士團眾成員，也幾乎不會和公主殿下唇槍舌戰，只有一個人是例外。由於最近都在思考那個例外的事情，導致公主的感覺也稍微偏離一般狀況。

「下將棋如何呢？丁昆准尉。如果是將棋，托爾威也很擅長。」

察覺到夏米優殿下的複雜心境，雅特麗開朗地提案。公主也帶著得救了的感覺點點頭。

「已經沒關係了所以抬起頭來吧，丁昆准尉……我也贊成雅特麗的提案。不光是以使劍的技術，你有時候也該靠著在棋盤上的深謀遠慮來展示身為優秀軍人的資格，如何？」

「遵命！能夠獲得挽回的機會，在下深感光榮！」

丁昆很有精神地站了起來。提案的雅特麗也立刻前往餐廳角落的櫃子，把將棋盤和棋子都拿過來。一切設置妥當後，對戰的兩人隔著桌子就坐。

「這樣就沒什麼好抱怨了吧！充分展現你的實力，雷米翁家的老么！」

「哈……哈哈……還請手下留情……」

先攻的丁昆准尉以說不定會打破棋盤的力道把棋子用力放到盤上。托爾威雖然有點被這份魄力壓倒，但還是做了個深呼吸，開始評估初期的盤面走勢。

在觀眾的注視下，這場勝負的進展很快，並且在開始十分鐘後——

「抱歉，這樣就將軍了吧……」

「嗚啊啊啊啊啊啊！」

才下了五十四步，就已經確定由托爾威獲勝。連在旁觀戰的馬修都不禁傻眼。

「……好弱，也太弱了吧。為什麼明明棋子處於劣勢卻發動總攻擊？」

「防……防守不合我的個性！身為名將，要用士氣來彌補不足的兵力！」

「因為這是將棋，就算再怎麼用力，棋子的性能也不會改變啊～」

馬修和哈洛講出合理的吐槽，狠狠刺中丁昆的背後。無法忍耐屈辱的他抖著肩膀起身，以略泛淚光的雙眼瞪著托爾威。

「你真是可畏的男人，托爾威．雷米翁……但，可別以為這樣就結束了！」

「啊，嗯。如果是將棋，我隨時都可以奉陪……」

從本人口中獲得再戰的約定後，丁昆准尉以接受的態度轉身，散發出不像落敗者的堂堂風範離開餐廳。身為他搭檔的水精靈尼基代替主人，從腰包裡揮手道別。

「別擋路別擋路！滾開！」

「嗚喔……」

氣勢萬千往前進的龐大身軀在途中把某個物體當成垃圾般踢開。仔細一看，彷彿是隻剛出生的小鹿，正抖著膝蓋試圖從倒地狀態起身的那個物體其實是伊庫塔。

「……水……水……食物……」

他喘氣般地從乾燥嘴唇裡擠出聲音，然後直接在餐廳入口倒下。公主殿下驚慌失措地從位子上起身，趕往伊庫塔身邊。

「你……你怎麼了，索羅克！居然憔悴成這樣……！我有聽說你被關進禁閉室，但該不會連飯都沒有給你吃吧……？」

「水……給我水……」

「你要水嗎？等一下……呀啊！哇！你做什麼！不要舔我的脖子！」

缺水缺到極限而意識朦朧的伊庫塔由於尋求水分的本能過於強烈，居然伸出舌頭去舔眼前那滴著汗水的脖子。一陣寒意竄過公主的背脊。

「哇哇哇！伊庫塔先生不行啊！那是公主殿下啊！」

「你是在發什麼瘋！好了，這裡有水——哎呀，水壺裡是空的？……真沒辦法。哈洛，米爾的肚子裡有儲水嗎？」

「啊……嗯，一人份的話大概有！米爾，拜託你！」

被主人抱起來的米爾把從自己身體往橫向伸出的「水口」放到伊庫塔面前。一開使他並沒有反應，但從前端落出一滴水沾濕伊庫塔的嘴唇後，就成了引爆器讓他以極為激動的態度含住水口。終於得到渴望水分的喉嚨發出咕嘟咕嘟聲把水一一嚥下。在這段期間，身體被伊庫塔吸住的米爾看起來表情似乎帶點嫌棄，這大概並不是多心吧。

把米爾體內儲存的水全都喝乾之後，伊庫塔總算讓嘴巴和「水口」分開，接著腦袋往下一倒，躺到還堅強待在他身邊的公主膝上。

「…………啊啊……我還活著。」

「啊，恢復正常意識了嗎……真是的，伊庫塔先生你到底有多久都沒吃沒喝？」

「整整六天……薩扎路夫中尉那傢伙，還說什麼『抱歉抱歉，我記錯一天了』，可惡……」

「追究原因後根本是你自作自受吧？好啦，要是已經恢復正常，就快點從公主殿下的腳上離開！」

聽到雅特麗這麼說，伊庫塔總算注意到自己把腦袋放在誰的腿上。他和因為剛才發生的事情而滿臉通紅的公主維持這個姿勢，兩人一上一下保持沉默彼此對望。

「……………索羅克，你是不是該對我說些什麼？」

「……也對。既然要享受膝枕，應該要找更豐滿有肉的——嗚啊！」

在伊庫塔說完之前，夏米優殿下往下揮的拳頭已經搶先痛擊他的鼻頭。接著公主以含淚的雙眼狠狠瞪著痛苦掙扎並從自己膝蓋上滾下去的伊庫塔。

「你這人最好就這樣餓死！」

「嗚……不需要那樣怒吼，只要丟著我不管，遲早會餓死……啊～肚子好餓。我已經連去抓蟲的力氣都沒……」

伊庫塔全身無力地癱在地上，這時有個小小的布袋飛過來落到他那餓到整個下凹的腹部上。雅特麗維持用單手把那東西輕輕丟出去的姿勢，沒好氣地哼了一聲。

「給我快點復活。要是在這種地方耗盡力氣掛掉，也只會給基地的人們帶來麻煩。」

聽到她這麼說的伊庫塔興高采烈地打開布袋，只見裡面放著好幾片薄薄的烤麵包，一片木瓜乾，還有羊肉片。無論哪一個都是這兩天提供給基地人員的餐點。

「不愧是雅特麗，真是精彩的體貼行徑！」

話聲剛落，伊庫塔就開始以非常迅速的動作將食物塞進嘴裡。哈洛一邊望著他這副模樣，同時以「那個……」為起頭，低聲對著雅特麗耳語。

「……我從昨天就在想，妳好像有把什麼東西裝在袋子裡帶回房間……那是為了伊庫塔先生嗎？妳事先就預測到他差不多今天會從禁閉室裡餓著肚子裡出來……？」

「我只是因為自己想吃而留下，別對我的溫柔有過度評價，哈洛。」

雅特麗邊說，邊用食指輕輕壓住哈洛的鼻尖。聽到這段對話的托爾威雖然以複雜表情看著雅特麗，但她本人果然還是沒有察覺。

在這段期間，伊庫塔把小布袋裡的內容物一個不漏地全部吃光，接著，和數分鐘前判若兩人般精神奕奕地站了起來。

「好～！伊庫塔完全復活！……嗯？怪了，這是什麼？哪個人下棋了？」

他發現放在桌上的將棋盤，並靠了過去。在其中一邊的椅子上坐下並低頭看向棋盤後，下一秒立刻換上非常困惑不解的表情抬起頭來。

「……我說，這盤棋在這邊下棋的人是誰？就算是才剛跟我認識那時的馬修，都不曾輸得這麼慘過耶。」

「所以說，為什麼在這種時候被抓出來比較的人會是我啊！」

「啊哈哈……對弈的人是我和阿昆啦，阿伊。」

托爾威很快地已經擅自為對方取了暱稱。聽到這句話的伊庫塔歪了歪頭。

「阿昆？……阿昆……阿昆……無能的人……噢，原來如此，就是那個在最初的歡迎會裡倒楣

成了雅特麗陪襯用綠葉的大哥吧？聲音和身體都大而無當的那個人。」（註：原文是從「デッくん」聯想到「デクの棒」，算是有利用一部分的同音作聯想。）

「你靠非常沒禮貌的聯想找到了正確答案呢……至少陪襯用綠葉這種說法該訂正一下。」

「剛才把伊庫塔先生撞飛的人也是丁昆准尉……嗯～他下將棋的技術真是弱到讓人吃驚呢，那種程度就連騎士團最弱的我似乎也可以輕鬆獲勝。」

哈洛沒有自覺地講出很過分的發言。聽到這話的伊庫塔對著托爾威招手，要他到對面坐下，在棋盤上重現出分出勝負為止的發展。

公主望著兩人隔著棋盤討論的模樣，把突然想到的疑問說出口。

「——話說起來，你們幾個到頭來是誰比較強？」

「咦？」「啥？」

「所以啊，我是指下將棋的技術。我本身經常和雅特麗與托爾威對弈，知道他們倆人的實力在伯仲之間，但對於索羅克的位置該放在哪裡卻還不太確定。你很少和雅特麗或托爾威交手，就算難得對局也有一半是在亂下吧？」

和我交手時就更過分了……公主憤憤不平地追加一句。只有在戲弄公主時才會不惜付出無謂的努力，那個明知故犯的搗蛋鬼厚顏無恥地聳了聳肩。

「……是怎麼樣，意思是要我和托爾威在這邊比個高下？」

「咦……」

「那也不錯。現在還有充分時間能再下一局……不，只要稍微加快腳步分出勝負，或許勝利者可以直接在第二局棋中換成和雅特麗競爭。」

公主殿下半玩笑半認真地煽動三人……雖然僅僅只是將棋，然而要比較實力時，這結果依然可以成為某種程度的指標。讓他們交手並沒有壞處。

「雖然我並不打算下令，但你應該也沒什麼立場說你不願意吧，索羅克。」

公主話中帶刺地這樣說道……在雅特麗和丁昆進行決鬥時，伊庫塔曾經說過。舊軍閥名家之首「伊格塞姆家」的繼承人，雅特麗希諾．伊格塞姆之所以願意保護第三公主，是因為她堅信夏米優．奇朵拉．卡托沃瑪尼尼克將會以皇族身分走向人生的正確道路。

既然雅特麗是這樣，那麼同樣出身於「忠義三家」的托爾威也是一樣吧。換句話說只要自己還是個合乎體統的皇族，雅特麗和托爾威都會是可靠的同伴。

……然而，假設這個前提被推翻，那時將會如何呢？萬一目前還偷偷隱藏在自己胸中的企圖正式攤在陽光下，在那之後的發展會是……？

老實說，對公主殿下來講，這是她根本不想去思考的不吉未來。然而，她不能逃避想像。畢竟不是別人，正是伊庫塔拐著彎詢問她到底有沒有做好這樣的心理準備。

——即使必須和雅特麗和托爾威為敵，也有繼續戰鬥的決心嗎？

夏米優殿下到現在也能理解。那時，自己是收到了這樣的提問。那同時也是伊庫塔風格的說服——在暗示自己「還是別那樣做才比較聰明」。

「伊庫塔．索羅克、托爾威．雷米翁、雅特麗希諾．伊格塞姆——你們三人實力的排行，是讓我最感關心更勝於其他的事情。就算只是將棋棋藝的優劣也一樣。」

當事者三人幾乎同時感覺到空氣產生了變化——這不是用開玩笑就可以混過去的狀況。公主是在要求他們拿出實力彼此競爭，並依照結果來明確地訂出排行。

「如果殿下如此期望。」

第一個毫無猶豫立即回答的人是雅特麗……另一方面，置身事外旁觀狀態發展的馬修和哈洛兩人直到現在，才總算察覺出現場那可說是異樣的緊張氣氛。

「……咦……那個……本……本來是在講將棋吧？什麼時候演變成這樣……？」

「別問我，我也不懂……不過……可惡……」

哈洛只顧著感到困惑，而馬修則因為不甘而獨自狠狠咬牙……夏米優殿下列舉出來的名字中並不包括自己，這事實讓馬修氣憤到簡直想要大吼。

「……不過……那個……我……」「我才不要。」

當托爾威還無法確實表態時，伊庫塔已經斬釘截鐵地拒絕。接著他從位子上起身像是再也沒有必要待在這裡，公主則露出掃興表情瞪著他。

「提出理由吧，索羅克。」

「如果硬要我說——是因為最近我的人生價值，就是和公主您的希望反其道而行。」

「我會認定你是不敢接受認真對決。」

「請便請便，反正我打從一開始就沒有會因為這樣而丟掉的面子。」

伊庫塔隨便應付完就打算離去，公主殿下以含著怒氣的聲音對著他的背影大喊：

「這下我明白了——沒有做好心理準備的人不是我，是你！」

「正確答案，我可以給妳一個花圈圈喔，公主。」

在遠去的身影消失於轉角之前，夏米優殿下就先踩著粗暴的腳步轉身離開。

嘉娜在砂礫大地上一步步使勁往前踏，同時覺得今天的運貨推車似乎特別重。

包括她在內的一整個排人員都被派出來的原因是為了要搬運貨物。至於更精確的說法，是為了前往步行約兩小時才能到達的最鄰近城鎮，補充包括食物在內的各式物資並帶回基地。

去程也不能讓推車裡空無一物，因為有許多雜貨在城鎮中會比在基地裡更容易修理，例如受損的菜刀或鍋子、鞋子等等，所以必須載著大量這類物品前去。如此一來自然會造成相當沉重的重量，然而對於今天的嘉娜來說，她感覺這份重量對身體帶來比往常更明顯的負擔。

「啊……真累……騎兵那些傢伙真好啊……」

騎兵們從容騎著馬走在前面的身影看在邊喘氣邊以四人小組負責拉車的嘉娜等人眼裡，還是會不由自主地產生羨慕的心情。

走在隊伍最前方的騎兵排是由那頭隨風飄揚的炎髮，即使相隔遙遠也能一眼看清的雅特麗希諾准尉率領。不過，搬運物資這任務的所有責任，卻是由她身旁那個緊抓著馬，身材削瘦臉色不佳的男子——北域鎮台司令長官幕僚，尤斯庫西拉姆．特瓦克少校來負責。

「要妳來參加這種任務應該會感到很無聊吧，雅特麗希諾准尉。咳……」

受到只要一放鬆就會湧上的咳嗽衝動困擾的特瓦克少校開口說道。

「不，完全沒有這回事，因為我很明白護衛的重要性。」

雅特麗老實回答。雖然隊伍後方也有馬，但那些是拉著運貨推車前進或身上直接綁著貨物的「輸送用」馬匹，相較之下雅特麗等人的馬則是裝備輕便許多的「戰鬥用」馬匹。所以萬一遇上襲擊，當然會要求他們以成為迎擊的中樞並採取行動。

「反而是少校您這樣的高等軍官親自參與這種輸送任務的狀況讓我吃了一驚。能由您負責監督對地緣關係欠缺知識的我，實在是很有幫助。」

「監督妳嗎……算了，說起來的確也包括這種理由。嗯……咳咳……」

除了輸送物資以外，似乎還有其他必須由少校親自出馬的事情——雅特麗縱使察覺到這點，還是謹守分寸沒有繼續追究。話雖如此，她依舊有略為猜想到內容。

「我想建議像妳這種將來有望的年輕人，不要只執著於戰術、戰略，而是該趁現在就先開始學習軍隊經營……尤其是平時，在無法拿戰爭來當藉口的時期該怎麼做。」

特瓦克少校主動以透露出辛苦和自嘲的語氣說了這番話……果然是那方面的事情嗎？雅特麗也

能理解。在這種邊境，想維持軍隊組織當然不可能不需要勞心費力。

「在已經去過中央、東域的妳眼中，現在身處的北域基地看起來或許像是間狗屋吧……就算中央可以另當別論，光是和隔著國境與齊歐卡相對的前東域鎮台相比，北域配備的兵力也少很多。然而，我等基地的外觀之所以如此粗劣，還有不同於這部分的理由。」

少校講到這邊，把視線往旁邊移動看了雅特麗一眼。她也回應了這個意在測試的眼神。

「是因為補給問題，所以無法建立大規模的據點吧。要是設置了能收容大量士兵的基地，維持營運的負擔就會集中到附近的居民身上……會形成為了讓軍人吃飽而害得民眾挨餓的結果。所以只能在明知戰力分散風險的情況下，建立多個小規模基地。」

「……沒錯，就是這樣。與民眾為敵的軍隊當然不可能有未來。這並不是嘴巴上講講的好聽理論，單純只是因為一旦少了他們栽種的糧食，我等也只能挨餓。如果換個直截了當的講法，那就是我等必須看民眾的臉色才有辦法維持下去，所謂軍隊就是這種東西……咳咳，怎麼樣？胸中充滿夢想的年輕人對這種現實會失望嗎？」

特瓦克少校以苦悶表情發問，但和他的預料相反，雅特麗卻以爽朗的表情搖了搖頭。

「正因為軍隊原本就是這種東西，所以現實也是這種狀況就可以了。是戰爭要為了和平而存在，不該讓和平為了戰爭被拖垮。」

以像是感到很耀眼的態度看了看這樣回答的雅特麗後，特瓦克少校感慨地點點頭。

「如果不是在虛張聲勢就能講出這回答，那麼妳無論身處何種時勢都能是個好軍人吧。」

「時勢？」

「咳咳。沒錯，無論是多麼著名的將領，人生中會不會受到戰爭眷顧全憑運氣。多的是沒有確實經歷過戰爭，只有年歲徒增的軍人。實際上，這裡也有……不過我們先不討論這樣到底是幸運還是不幸。」

「不，在下認為不需要先略過，這樣當然是幸運。因為戰爭經驗較少的事實只要換個角度來看，等於是長年以來都有成為抑止的力量，維持住北域治安的結果。」

「……妳講話真是率直呢，雅特麗希諾准尉。妳對哪個長官都是這樣嗎？」

「如果讓您感到不快還請原諒。」

「不，如果真要說的話，我是覺得新鮮……難得被年輕人稱讚，我也稍微重新振作起幹勁吧。雖然我能教導妳的只有軍人在平時的行為舉止，不過這部分和欠缺危機意識的軍人行徑應該要是類似但並不同的狀態……咳……咳咳……」

特瓦克少校那瘦削的臉上浮現出苦笑，雅特麗也以鄭重的點頭動作回應。

物資的補給地點，是以綠洲為中心建立起的小鎮。徹底乾燥的北方大地只有這附近受到滋潤，允許人們培育以小麥為首的各式各樣農作物。

「總……總算到了。」

終於來到折返地點後，已經累得筋疲力竭的嘉娜癱坐在地。

卡托瓦納軍雖然重視兵員的男女混合編組，然而一旦進行拉著重物的行軍，男女間的肌肉力量差異再怎麼說都會以「體力消耗差距」這形式表現出來。看到體格壯碩的男性士兵們似乎體力還有餘裕，讓嘉娜覺得有點不甘心。

為了多少恢復一點體力，她移動到樹木下形成的陰影。

「呼啊……已經到了嗎？」

她剛發現一個黑髮少年掀開運貨推車上蓋著的布冒了出來，那少年立刻搶在被周圍士兵發現前一溜身躲進了對那些人來說是個絕妙死角的樹蔭下。正好來到嘉娜的眼前。

「咦……啊……啊啊！你……你是阿伊長官——唔唔！」

嚇了一跳的嘉娜正想開口，已經被伊庫塔用手指從上下捏住她的嘴唇。

「噓～！安靜點。禁止發出大音量。因為雅特麗和特瓦克少校還在那邊。」

「唔……嗯嗯～！」

「不管怎麼樣，午安啊嘉娜。妳用緞帶綁起來的馬尾今天也很迷人喔……嗯，會注意到我的人似乎都走了，好。」

估量雅特麗和特瓦克少校的身影都消失在轉角後，伊庫塔總算解放嘉娜的嘴。她用手壓住自己的嘴唇，同時以淚眼瞪著少年。

「你一直偷偷躲在運貨推車上嗎……？難怪我覺得今天特別重！」

「不～是那樣，是你們擅自移動了我拿來代替床鋪使用的運貨推車吧。真是，難怪我覺得好像一直在搖來晃去。」

「騙人！你剛剛出來時，不是有說了一句『已經到了』嗎？」

「這大概是以脫水症狀為主因而造成的幻聽吧？真可憐，妳要確實補充水分才行啊。」

伊庫塔一邊不要臉地裝傻，同時擅自拉起嘉娜的手開始往前走。

「等……等一下，你打算去哪裡？我必須在這裡等待……」

「真的只是在等而已吧？光是要交付物資就得花上一小時左右，再怎麼說都該有效利用多出來的時間吧，畢竟好不容易來到鎮上。」

面對興高采烈走在前面的伊庫塔，嘉娜一時之間也無法強硬拒絕。在這個時間點，狀況的主導權已經掌握在他手中。

「不管怎麼樣，我覺得好渴，來去弄點喝的吧。」

「我……我沒有帶錢來，要喝水的話只要回到部隊那邊……」

嘉娜試圖讓伊庫塔回頭，但伊庫塔對這企圖卻只是一個勁地裝作不知道。他走向附近的民宅伸手輕輕敲了敲窗戶，有個面露訝異表情的中年女子從家中探出頭來。

「……你是誰呀？」

女子雖然投來嚴厲的視線，但伊庫塔依舊毫不畏懼地行了一禮。

「午安，美麗的大姊。雖然冒昧，但我們口很渴——」

中年女子一開始以嚴厲表情望著以誇張肢體動作來要求飲水的伊庫塔，但不知怎麼回事，聽著聽著表情就逐漸緩和。原來是因為伊庫塔以讓人驚異的三寸不爛之舌持續使出瘋狂讚美攻勢。

閒聊幾分鐘後，女子說了句「你等等」就轉身回到家中，不消多久後拿出兩根約有大拇指般粗，類似植物長莖的東西回來。伊庫塔帶著滿臉笑容接過那東西，在女子手背上輕輕一吻。之後總算回到嘉娜身邊。

「嘉娜，妳看妳看。我從那位美麗的婦人手上拿到了甘蔗。聽說公眾用的飲水場在那個方向，找到之前先啃這個將就一下。」

「……阿伊長官，是那樣嗎？你該不會就是所謂的花花公子吧？」

「那是誤解，反而是我被世界上所有的年長女性迷得神魂顛倒啊。」

嘉娜一邊覺得這真是驚人的狡辯，同時接過甘蔗。這東西必須先用牙齒咬掉堅硬的表皮才能吃，並肩這樣做的兩人再度開始往前走。

「那位女子即使看到我身上的軍服也不以為意。這裡的居民不討厭軍人，也不會過度畏懼呢。」

「咦？啊……是的，因為這裡是補給物資的最重要地點，所以不管是對基地還是對城鎮來說，應該都希望彼此保持著良好關係……」

「為了達到這目的，軍方擺出低姿態也是不得已的選擇。這是薩費達中將的方針嗎？」

伊庫塔咬掉甘蔗皮啃著裡面的莖肉，享受裡面滲出來的甜汁並開口發問。

「與其說是薩費達中將的方針……還不如說是特瓦克少校的方針。因為中將幾乎把北域鎮台的管理和營運全都丟給那個人負責。」

嘉娜以像是感到不以為然的態度回答。伊庫塔思索了一會，也點點頭表示理解。

「領導者是裝飾品嗎？畢竟只有北域鎮台司令長官這位置是貴族靠推薦硬卡進來的嘛。」

在卡托瓦納帝國中，軍事要員的「軍人」和行政要員的「貴族」被區分開來。雖然也有封爵等極少數的例外，但原則上不可能發生由軍人兼任貴族的情況，相反亦然。因為這種不允許政治和軍事彼此勾結，而是要各自讓專家分擔的方針，正是過去由「忠義三家」明確提出的概念。

「即使沒有實際成績，也能靠走後門登上軍方高官的地位。即使為了避免發生這種事態而全面實施徹底的實力主義應該正是帝國軍採用的做法，不過這類陋習卻總是難以根絕呢。北域鎮台司令長官的位置應該就是在這裡面最誇張的範例吧。」

薩費達中將本人並非貴族出身，然而薩費達家在歷史上卻和權力有著強烈的關聯。因此貴族們是基於各式各樣的想法才對這樣的他提供援助。

當然軍方對此感到厭惡。如果身具實力還可另當別論，但軍方當然不想將高位交給欠缺實力的人選。然而也不能無視來自貴族的壓力——在這種進退兩難的情況下產生的妥協點，就是把經營鎮台的實際權力託付給牢靠穩健的幕僚。

「意思是那個幕僚人選就是特瓦克少校囉。中將是裝飾品而少校是他的保護者嗎？」

「在士兵之間這是眾人都知道的事情。中將只是在司令室裡擺出一副了不起的樣子，實際上的指示幾乎都是由特瓦克少校下令……啊，不過，只有一件事是例外。」

「例外？」

「嗯。只有關於席納克族的問題是由薩費達中將直接下令。雖然最近沒有發生，不過像編組討伐軍就是一個例子……而且中將是發生實戰時就想要出風頭的類型，也經常親自前往前線。」

「比起和平，更喜歡戰爭嗎？雖然在軍人當中這也不稀奇啦。」

「與其說中將喜歡戰爭……倒不如說他討厭席納克族吧？看他平常的言行舉止，讓我有這種感覺。」

聽到嘉娜的發言，讓伊庫塔腦中突然浮現出一幅光景……在陰暗狹窄的禁閉室中，關著擠得像沙丁魚罐頭的精靈們。那些應該也是中將從席納克族手中奪走的東西。

「如果明白自己是被塞進空有地位的閒職，對席納克族的壓迫到頭來就是中將發洩怨氣的方式吧……再怎麼說也是長官，特瓦克少校也不得不默認。」

伊庫塔一邊咬著甘蔗，同時皺起眉頭表示不快感。當他把約長二十公分的莖都差不多啃完時，正好到達他們想前往的公眾用飲水場。

那是一口小井，旁邊放著兩個繫著繩子的汲水用桶子。

「算了，那和我們沒有任何關係。難得有這次機會，來聊更有趣的話題吧。」

動手利用滑輪和繩索把丟進井裡的桶子拉上來的伊庫塔換了個話題。站在對面的嘉娜一邊做著相同動作，一邊按照對方希望的方向思考話題。

「……那，可以請教一件事嗎？阿伊長官。」

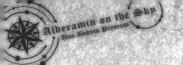

「請說請說，順便講一下我今天晚上的床鋪右半邊還空著喔。」

「床……床鋪……？不，不是那方面……那個，請問『科學』是什麼呢？」

嘉娜回想起書籍第一頁，開口發問。伊庫塔沒有停下拉動繩子的手並做出回答。

「例如這口水井——是人類智慧製造出的人用飲水場吧？就算不去遙遠的河川或湖泊尋找水源，至少也能夠獲得生活上需要用到的水。再舉一個例子是這個滑輪——透過讓繩索保持穩定垂直的設計，使得被裝進桶子裡的水不會潑出，最後能成功汲起。無論哪一個，都是有會比沒有方便很多的東西。」

「噢……的確是這樣。」

「不過，像這種發明並不是會從哪個地方突然冒出來的東西，至少需要三項不可或缺的條件。首先第一個是懶惰心——在碰上什麼辛苦作業阻礙時，會想要偷懶的自然感情。接下來第二個是問題意識——去思考這個作業中到底是哪部分讓人如此辛苦的想法。最後的第三個則是先產生前面兩項前提後的創造力。」

「創造力……」

「想找出辦法在工作時偷懶；可是如果要偷懶，工作中的某部分會成為問題；那，具體上該如何處理這部分呢——這種理論會引導人們去發明。然後，一個發明會成為達到下一項發明的基礎。例如首先出現水井，再發展出能讓汲取井水變輕鬆的滑輪。至於把形形色色的發明品，以及在發明時不可或缺的各種知識都按照創造的順序排列並記錄下來的動作，就稱為系統化……嗯咻！」

伊庫塔把拉起來的桶子放到水井旁邊後，開始用雙手掬起桶內井水往嘴裡送。他重複這動作三次直到乾渴的喉嚨獲得充分滋潤，才再度轉身面對嘉娜。

「像這樣以合理且淺顯易懂的方式來系統化過的知識薈萃，在創造下一項發明時會成為根基的智慧之泉——就是所謂的科學。如果親自參加這種系統化的行動，換言之就等於是在實踐科學。妳聽得懂我在說什麼嗎，嘉娜？」

「……只有大概了解。不要獨占知識和發明，而是要把統整這些的資源和眾人共享，並藉此串連起下一個發明的思考方式……是這樣沒錯嗎？」

嘉娜沒什麼自信地講出概要，但聽到這番話的伊庫塔卻滿面喜色地握住她的手。

「正如妳所說！還有，妳剛剛表現出的對本質的理解力，才正是在實踐科學時最被要求的條件之一。真了不起，嘉娜，妳擁有科學的才能！」

「太……太誇大了啦……我哪有什麼才能……」

「不，妳的確有。因為妳是我的師妹，我的後輩怎麼可能缺乏才能。」

我不記得自己成了你的後輩……這種真心話在看到對方的純真笑容後，嘉娜實在無法說出口。

伊庫塔把嘉娜的這種善良當成好機會，自顧自地繼續說下去：

「對了對了，我這邊也有一件事情想要問妳，就是上次被中斷的話題。我說，看過那本書後，妳對阿爾德拉教的什麼地方產生了興趣？」

那本書——讓高等軍官候補生和北域的一個士兵因為不可思議的緣份而結識的一本書，由阿納萊·卡恩撰寫的《大阿拉法特拉風土記》。嘉娜一邊回想自己讀過的內容，同時開始回答：

「呃……在那本書中，對於席納克族的精靈信仰和阿爾德拉教之間在宗教方面的差異，提到了很多事情……」

席納克族信仰和帝國國教「阿爾德拉教」不同的宗教，名為「精靈信仰」。而對於這宗教精神性的分析，是阿納萊·卡恩最重視的主題之一。

「嗯嗯。」

「雖然這些敘述本身也讓人很感興趣……不過我從以前就對更根源一點的部分抱著疑問。」

「根源部分……這是指？」

看到伊庫塔以試探眼神望著自己，嘉娜拚命地找尋適當的詞語：

「……因為，正常思考後不會覺得很奇怪嗎？席納克族之間提到精靈時，並不把『主神(Alderamin)的存在』作為前提。可是，在我們的常識中，所謂四大精靈是被主神派遣到地上的使者……呃……所以……」

「妳是想表達……在討論精靈的存在時，應該一定要先有主神吧？」

「呃……唔……嗯，大概是那樣。根據我們的常識，不具備對主神的信仰卻存在著精靈信仰，這現象完全是很奇怪的事情。就像是沒有海也沒有河卻只有魚存在的狀況。」

講到這邊嘉娜先頓了一下，才換上困擾表情繼續說下去：

「不過，這樣思考之後，我突然想到……真正奇怪的到底是哪邊呢？」

「……真正奇怪的是哪邊？」

「因為，如果要相信這本書，表示席納克族的精靈信仰的確存在於現實之中，在和主神無關的情況下存在。可是如果剛剛的理論全面正確，這種情況明明應該不可能發生啊。」

「……………」

「這樣一來……我就覺得或許該懷疑的對象，會不會是至今為止的常識呢？認為『要先有主神，精靈才會存在』的這種想法，是不是從一開始就有錯誤呢？

因為實際上，就連當事者的精靈們也不會對我們說：『要相信主神』，不是嗎？」

嘉娜在沒有自覺的狀況下，明確講出萬一被虔誠的阿爾德拉教徒聽到，大概會讓對方直接昏倒的發言。

「那本書裡面也有寫到，我們的阿爾德拉教和席納克族的精靈信仰的內容完全不同。畢竟講到阿爾德拉教的主幹，在於信徒必須嚴格遵守由主神確立出的戒律。例如叫我們做這個，不可以做那個，還有對什麼必須節制等等……」

「也就是所謂『立法的宗教』呢，這是從書裡借用的說法。」

「啊……對，就是那個。相較之下，在席納克族的精靈信仰裡並沒有那類帶著命令傾向的部分……所以……換句話說……就是……」

「嘉娜，妳不必著急。可以慢慢選擇要講什麼話，一個個解釋就好了。」

伊庫塔以溫和的語氣對因為無法順利說明而感到焦躁的嘉娜說道。藉此恢復冷靜後，她先休息一會才再度開口：

「……席納克族的精靈信仰裡完全沒有那類帶著命令傾向的部分。取而代之的是對於身為『世界之愛』的四大精靈獻上的純樸感謝，還有為了表現出謝意的各式各樣祭祀，只有這些……至於該做什麼，或是不可以做什麼這類的規定，似乎是由族長為首的各個有權者在討論後做出決定……不過這部分和精靈信仰無關。」

沒有注意到伊庫塔眼中逐漸出現訝異神色的嘉娜發表結論：

「如果真如那本書所說，阿爾德拉教和精靈信仰是完全不同的東西……那麼同樣的，主神和四大精靈是否也是不一樣的存在呢……除了身為主神使者這一面，這些孩子們的真面目會不會其實位於完全不同的方向呢？這就是我的想法。」

嘉娜一邊摸著腰包裡的搭檔，並講完自己的主張。雖然因為不確定意思有沒有確實傳達出去而感到不安，不過這是無謂的憂慮。

「精靈不會叫我們要相信主神，這就是妳的意思吧？嘉娜。」

伊庫塔的聲音在發抖。他緩緩伸出雙手，放到嘉娜的手上。

「……果然很了不起。妳解開了神的詛咒，嘉娜。而且幾乎是獨立完成！」

「神……神的詛咒？」

「這詛咒正是讓科學和神學出現決定性差異的原因。堅決不接受不符合神之意志的道理，只採用能配合神之有利狀況的事實……這份偏執扭曲了真實。明明要是無法甩開這份偏執，人類絕對無法往正確的科學之路前進啊！」

伊庫塔這樣叫完，就再也不在乎旁人目光，握起嘉娜的手開始跳舞。

「妳這樣就對了，嘉娜！因為如果真的有至上的神明，祂說的第一句話無論如何都該是命令我們『偷懶吧』！下達其他命令的神全都是假貨！是配合掌權者的方便產生，理應唾棄的偶像！」

「咦……阿伊長官……？我……我沒有講得那麼——」

這句話並沒有傳進現在的伊庫塔耳裡。他繼續踩著彷彿是把感情直接變換成動作的喜悅舞步，演出奔放又亂七八糟的創作舞蹈。嘉娜不得已只好配合……然而她卻注意到，和眼前的少年在一起時，很不可思議地自己並不覺得痛苦。

——啊，原來這個小哥實際上比外表稚氣多了。

嘉娜．特馬里以直覺領悟到這一點……眼前這個灑脫少年，一定就是用這種方式去愛人吧。找人一起參與科學，一起以正確的方式偷懶——只有像這樣引誘別人墮落的行為，才是他能做到的示愛方法吧。

——科學很有趣哦，所以嘉娜妳也一起來吧。

邀請自己喜歡的對象參與特別遊戲的小孩。抹去表面上的小把戲後，伊庫塔示愛行為的本質用這樣一句話就足以囊括。許多人一旦察覺到隱藏在那張慣於玩樂的小丑面具下的本性，也就是那份幼稚和純真後……就會無法自制地對他產生好感。

「……哈哈，阿伊真是個奇怪的傢伙。」

在胸中擴散的不可思議感情讓嘉娜在呼喚對方時，很自然地省略掉稱見外的敬稱。這時在她眼前的人，只是一個比自己小兩歲，值得疼愛的少年。

原本以為兩人的時間似乎可以一直持續下去，卻因為突然的慘叫聲而迎向終點。少年的笑容落幕。接著是響遍一帶的怒吼聲，以及刀劍相擊的尖銳聲響。

「……？怎……怎麼了，剛剛那是？那邊出事了……？」

嘉娜把視線朝往聲音傳來的方向，伊庫塔也以僵硬表情望向同一處。

「……好像是這樣。妳知道那邊有什麼嗎？」

「呃…我記得在這條路的盡頭是城鎮內的當權者們用來舉行會議的房子……啊！」

「抱歉，在這裡解散吧。妳趕快回自己的部隊去。」

伊庫塔沒有等嘉娜說明完畢，就甩開原本相繫的手往前跑。嘉娜無法追上逐漸遠去的背影，只能目送他離開。

殘留在手中的體溫開始慢慢散去，讓嘉娜覺得非常戀戀不捨。

從伊庫塔往前跑的那瞬間往前回溯短短五分鐘。

「妳到這裡就可以了。難得來到鎮上，到會議結束為止，找個自己喜歡的地方放鬆一下吧……咳咳。」

來到一棟特別大的建築物前方後，特瓦克少校以這番話拒絕雅特麗繼續同行。話雖如此他也非隻身一人，還帶著四名部下。然而和每一個都人高馬大虎背熊腰的這些人站在一起後，明明身為長官的少校看起來反而最欠缺氣勢。

「那麼，我在門外等候。」

語畢，雅特麗在門口直立站好。當然，她打算保持同樣姿勢直到會議結束為止。

明明說了隨便她要做什麼都行……看到雅特麗的強烈義務感，少校只能苦笑。

「似乎有必要命令妳去舒展一下身心呢，雅特麗希諾准尉。」

「當然，在下也把這點當成命令遵從。」

雅特麗從腰包中抱起搭檔西亞，只見他背上伸出像是由幾個正方形面板組成的「翅膀」。用那個部分承接傾注而下的燦爛陽光後，連平常總是繃著臉的西亞也放鬆眼角似乎感覺很舒服。

「不過，在下身邊能舒展的『翅膀』只有這個。」（註：舒展身心原文是「羽を伸ばす」＝伸展翅膀，所以雅特麗拿來指精靈的翅膀。）

「妳的認真不會讓人感到很沉重的原因，應該要歸功於這份幽默吧……隨便妳怎麼做吧。」

特瓦克少校收回視線往前走。看來她和父親是不同類型的人──這是少校對雅特麗的感想。如果是那個人，不會允許命令有解釋的空間。無論是位於負責下令還是承接命令的立場，那個名將應該都會堅持成為規律的化身吧。

老實說，特瓦克少校並不喜歡注意年輕人。

幾乎每年都有高等軍官候補生前來他的身邊，學到七成無聊和兩成幻滅以及一成實戰後再回去。

無論在邊境營運軍事單位是多麼辛苦的事情，對那些精英們來說，北域只不過是單純的經過地點，而且還屬於希望能盡早通過的那一類。

——特瓦克少校可以理解他們的心情，因為他自己本身也曾經是那樣。

在差不多二十年前，特瓦克少校也經歷過和候補生同樣的時代。也就是從高等學校畢業後直接在高等軍官甄試中合格，帶著滿腔對皇室的忠誠心與想要出人頭地的野心，剛開始踏上軍旅人生的時期。

從結果來說，他早就已經偏離人生勝利組的路線。雖然特瓦克少校目前是四十六歲，不過在他還活著的期間，基本上已經不可能從現在的階級再往上晉升了吧。北域鎮台司令長官幕僚就是這樣的位置。在看到擁有未來的年輕人時，眼裡忍不住混入羨慕和嫉妒也是無可奈何的反應。

特瓦克少校目前的立場是要代替靠著貴族後台而獲得與實力不相稱地位的司令長官，一邊對抗困苦的財政和國民的不理解，同時妥善經營鎮台。雖然不允許犯錯，然而由於立場是司令長官的幕僚，職務上的功績會全部歸功於薩費達中將。唯一的例外就是來自士兵們的信賴。

——要不是有這個例外，他早就已經退役並尋找第二個人生。

想到在過了三十歲後持續罹患的肺部慢性病，特瓦克少校嘆了口氣。這也是讓他偏離成功路線的原因之一。縱使並不會惡化，但也沒有完全痊癒的可能，只是隨著年齡增加而愈顯病況沉重。自己到底還能隱瞞身體狀況繼續工作幾年呢？

——只是，也罷。如果有什麼可以成為年輕人的表率，那麼勉強自己的行為多少還有價值。

將缺少戰爭經驗引以為傲，認為這是因為有持續維持住北域治安的結果——想到如此間接稱讚的雅特麗希諾准尉，讓特瓦克少校無意識地拉起嘴角。

「今天怎麼這麼慢還沒人出來迎接？」

部下不高興的聲音打斷了少校的思考。因為穿過外側大門進入建築物內部後，他們就被丟在玄關傻傻等待，即使多次呼叫也沒有回應。少校認為也難怪部下會感到焦躁。

「或許對方正有什麼事忙得抽不開身。不過，主動前來的人是我們……也不是非得站在玄關乖乖等待的立場。」

少校這樣說完，就帶頭在建築物內開始移動。因為已經在過去的訪問中掌握了大致格局，他踩著毫不猶豫的步伐走向該前往的大房間。還以為途中可能會被僕人叫住，然而也沒有發生這種狀況，約走了二十秒後一行人到達目的地。

「失禮，我是代理司令長官從基地來此的尤斯庫西拉姆·特瓦克——」

特瓦克少校才剛打著招呼走入房間，下一秒血腥味就衝進他的鼻腔裡，出自本能的警戒心讓他停下腳步。

眼前有一個身材結實的男性連頭帶身體都往前倒在放置於房間中央的大圓桌上。只看一眼就能明白他已經死了，因為從後頸到脊椎有一道深深的傷痕。

「……立刻退到外面！」

以遠離實戰已久的人來說，特瓦克少校的判斷應該可以歸類為迅速又確實吧。然而他選擇的退路是「回到原路」這種最簡單的做法，所以這點程度的對應在本次情況中也已經是敵人的預想之一。

少校和部下們一起試圖沿著走廊往回跑，然而躲藏在暗處的賊人們接二連三出現並阻擋在他們面前。其中一半拿著槍身被切短的室內戰用風槍；另一半拿著刀身折向內側，呈現「く字形」的獨特武器。其中還有人身上帶著血跡，或許是在對這家人下手時染上的吧。

雖然賊人那一身包括短版套頭式上衣的打扮也很獨特，不過最引人注目的是他們比一般帝國人曬得更偏深褐色的皮膚。毫無疑問，這正是生活於遠比平地更接近太陽之地的人們，也就是居住在大阿拉法特拉山脈大地上的山岳民族之證。

「你們這些傢伙，是席納克族的——！」

在軍人們做出任何對應之前，手持風槍的賊人就先讓對方嘗到一整面的砲火攻勢。接著趁軍人們退縮時，換成舉起刀劍的人們衝上前砍殺。

「嗚啊——」「嘎啊！」「嗚……！」

席納克族使用被稱為廓爾喀刀的獨特彎曲武器割下獵物的手臂，橫砍過身軀，斬斷頭顱——特瓦克少校原本有四名部下，但所有人都在短短數十秒內離開這個人世。

「……失敗了……」

雖然多虧身處被四名部下包圍的位置才能繼續活著，然而少校胸口已經被兩發子彈確實擊中。原本就患病的肺部因為子彈的強制入侵而發出哀號。

「嗚……！」

想咳嗽的衝動混著鮮血一起湧上。然而少校卻沒有咳出而是用力嚥下，並以發抖的手從軍服腰間拔出軍刀。

「哼……！你們這些傢伙是怎麼了！不敢上嗎！」

也許是被這份決死的氣魄壓倒吧？抑或是對於殺死明顯患病人物的行為產生了抵抗感，席納克的賊人們遲疑著沒有給他最後一擊。不過，在特瓦克少校高舉起軍刀，打算砍向敵人的那一瞬間，在後方舉著風槍的賊人之一捨棄了迷惘。

首先軍刀的刀尖落向地面，接著膝蓋失去力氣，最後是身體整個倒下。第三顆子彈射中了心臟的正上方。患病的肺部也像是放棄般地陷入沉默，甚至連吐血都顯得有氣無力。

——就這樣結束了嗎？至少能自豪沒有輸給疾病，也算是一點安慰嗎……

一名賊人手持廓爾喀刀靠近已經倒地的少校身邊。他還能感覺到動靜。雖然心裡想著至少要給對方一刀，但無論少校再怎麼努力，都連一根手指也無法移動。

——果然還是心存遺憾。到底是隔了幾年，才再度因為受到年輕人刺激而振作起來呢……

在由於失血而急速消逝的意識中……特瓦克少校覺得最後自己似乎聽到哪個人踹開建築物大門，如同疾風般狂奔過來的英勇腳步聲。

雅特麗一聽到打鬥聲就毫不猶豫地衝進屋裡，以全速往感覺到有人動靜的方向奔馳之後，立刻就遭遇到那個光景。

「少校——！」

最初映入她眼簾的是俯臥在血泊裡的長官身影。雅特麗到達現場時，特瓦克少校正在受到敵人給予的致命一擊。

彎曲成く字形的刀身從肋骨之間被拔出，鮮血隨之噴起。被血濺到的賊人以犀利的眼神瞪著新出現的獵物。

即使面對以一對多的狀況，雅特麗依舊毫不猶豫地往前——要動手自然是以先攻為上策。然而若想達成，先舉劍再往前跑就太慢了。

她得出的結論是——在接近敵人的同時拔刀斬擊……！

「……嗚！」

刀刃到達的時機比敵人的預測還早了兩次呼吸的時間。雅特麗的斬擊閃過敵人為了防禦而準備往上舉的刀身，橫向掃過敵人的脖子。大量鮮血從被割斷的頸動脈中噴出——接著繼續追擊的她用短劍一刺貫穿心臟，原本試圖抵抗的賊人身體一口氣失去力氣。

看到同伴死亡，賊人們為了復仇而襲擊雅特麗，她也做出回應。翻轉後迎擊的雙刀避開對方的攻擊，逮住在亂戰中產生的一瞬破綻，讓反攻的刀刃銳利介入。

在後方舉著風槍的賊人們無法瞄準和同伴打成一團並不斷動作的目標，當然會猶豫著不敢開槍。判斷這下不妙的敵方領導者要求同伴暫時拉開和敵人的距離。子彈幾乎同時沿著空出來的彈道射出，但雅特麗不慌不忙地利用最初解決的男子屍體作為盾牌擋下了子彈。通常的風槍並不具備足以貫穿人類身體的威力。

狀況在以多對一彼此瞪視的情況下陷入膠著……不過，這對雅特麗來說是有利的發展。既然已經吵鬧得如此明顯，注意到騷動的同伴遲早會趕來這裡。那樣一來多人就成了我方而少數是對方，之後只要把所有人都一網打盡全部活捉即可。

「……退吧，各位。我們的目的已經達成了。」

然而，看來敵人也明白這點情勢。似乎是他們領導者的男子以抑制住情感的語調，對著這些用憎恨眼神瞪著同伴仇敵的賊人們下令。

同伴雖然以視線抗議，領導者卻搖搖頭講出決定性發言。

「你們忘記娜娜克頭領的命令了嗎？……聖戰前，不冒險。撤退！」

以這命令為始，賊人們一個接著一個往雅特麗的相反方向轉身離去。他們打算利用後門或窗戶，總之是從正面大門以外的地方尋求退路。

就算是雅特麗，這時也不會貿然單獨追趕。她先把用來當盾牌的賊人遺體放到地板上，接著趕到特瓦克少校身邊。伸手探了探脖子之後，確定已經沒了脈搏。

她嘴角扭曲的時間只維持了一瞬，立刻挺起背脊直立站好，對著死者敬禮。悼念對方終究沒有獲得回報的生前功績，以及即使死亡依然沒有放開手上軍刀的軍人堅持。

「……後面請交給我吧，特瓦克少校——接下來就去追擊敵人！」

雅特麗堅定地這樣說完，就轉過身子跑回大門，毫不猶豫地衝出這棟建築物。

少女剛衝出大門，一名少年就交班似地從走廊上的窗戶溜了進來。一看到走廊上躺著的六具屍體——伊庫塔．索羅克就「嗚哇」了一聲並撇了撇嘴。

「這是怎樣？幾乎都是帝國軍人的屍體，是剛才跑掉的那些傢伙下的手嗎？」

「請小心點，伊庫塔。敵人有可能還留在裡面。」

伊庫塔一邊聽著庫斯的忠告，同時仍舊依序四處看過房子內的每個房間。會議用的大房間裡有貌似主人的男性一名，旁邊的房間裡有看起來像是僕人的女性五名，還有剛走上通往二樓的樓梯後就發現一對老夫婦，這些人都從頭部或胸口流出鮮血並已經死去。

「下面有帝國軍人五人，跟應該是犯人一黨的席納克族男子一人。光是大致確認，就發現合計十四人的死者……這房子裡的家人幾乎都全滅了。」

首先掌握慘狀後，伊庫塔因為感到不對勁而歪了歪頭。

「不過，真奇怪。看血的乾涸狀態……這家人的死亡時間比樓下軍人還早了很多。」

換句話說，賊人是在沒有讓周圍居民注意到異變的情況下把屋內的人們全部殺光。伊庫塔認為對方的手腳還真是俐落，然而偏偏沒有發現值錢財物遭到搜刮的痕跡，因此愈觀察，單純只是強盜奪財的可能性就變得愈低。

「……雖然這裡是和席納克族有關的犯罪並不罕見的地區，不過很難相信特瓦克少校的來訪和這次的襲擊只是湊巧同時。而且再加上犯人並沒有搜刮財物卻還是留在屋內，如果要推測其意圖——」

那麼該判斷少校是遭到埋伏吧，伊庫塔做出了結論。如果真是這樣，這次是極具計劃性的犯行……不，該說是作戰吧。

伊庫塔邊確立自己的推測，並從一個房間再走向另一個房間。於是，在進入下一間似乎是客房的寬廣房間後，他發現了奇妙的東西。房間裡四處都丟著有點髒掉的白色布狀物。

「這是什麼？說是窗簾卻又太小……啊，有腦袋可以鑽過去的洞，意思是衣服嗎？」

「伊庫塔，那應該是阿爾德拉教的巡禮服吧？」

聽到庫斯開口提醒後，少年噢了一聲感到理解。虔誠的阿爾德拉教信徒會為了累積功德而前往大陸中的各神殿四處巡禮，而這是他們在旅行中必須披著的東西。也可以說是類似神官法衣簡略版的服裝吧。

然而在得知這東西究竟是什麼後，讓伊庫塔更是感到不解。如果是神學校的宿舍還可以另當別論，為什麼這裡會出現大量巡禮服被丟在地上呢？其中緣由連他和庫斯也無法說明。

正當少年為了尋找推理的材料而沉浸在思緒中時，樓下突然傳來變了調的尖叫聲。應該是注意到騷動並趕來的哪個人發現了下面的慘狀吧？感覺到有人接近的動靜，擔心主人的庫斯從腰包中拉著伊庫塔的袖子。

「伊庫塔，我們還是逃走比較好吧？在這裡不管是被誰看到都很難辯解。」

「嗯，來逃吧。現在再怎麼說似乎也不適合被丟進禁閉室裡。」

伊庫塔以認真表情點點頭之後，就踩上附近的窗戶，輕巧地跳了下去。

混著沙塵的風拍打著臉頰。疾走再疾走，加速再加速讓視野變狹窄，從雙腳馬鐙傳向腰部的震動顯示愛馬使出了全力。

「別讓他們逃走……！」

騎師也一樣。雅特麗以往前傾的姿勢跨在馬上，握住韁繩的雙手也更增加了力道。後面率領著騎馬隊的部下們，前方緊盯著賊人們的背影。

確認特瓦克少校死亡並衝出建築物後，雅特麗把保全現場和向基地報告的工作交給部下，自己則是動員指揮下的騎兵部隊動身追擊逃走的賊人們。和剛開始追逐宛如豆子大小人影的二十分鐘前相比，雙方的距離已經大幅縮短。

「後方不要放慢速度！一旦被他們逃進山裡就完了！」

腳下是當然不可能經過整頓的惡劣路況。若想做到邊注意避免馬腳被岩石絆倒，同時進一步讓馬匹保持速度繼續往前衝，需要不尋常的技術和膽量。就連平常應該已經累積足夠訓練的騎兵們也已經有好幾個人脫隊。

然而，雅特麗心想——要不是強行做到這種地步，雙方的差距不會縮短！

「所有人舉起遠距離武器！從敵人左後方開始一輪齊射，結束後改為靠向對方的近身戰！」

因應著雅特麗的命令，一部分士兵舉起風槍，大部分的士兵則是在馬上舉起十字弓。很難瞄準的馬上射擊只是單純的開場動作，重頭戲是之後的拔槍突擊——士兵數量、馬的體格、殘餘體力，所有要素都是我方占上風。如果再進一步從敵方較脆弱的那一側開始攻擊，無疑會成為必勝的方程式。雅特麗帶著確信如此判斷。

然而在她即將喊出「射擊！」這號令時，雅特麗卻不得不把差點脫口而出的聲音強行忍住。這是因為在逃走賊人前進方向的岩石後方，有人影一閃而過。

「……嗚！攻擊中止！所有人都停下！」

雅特麗靠著身為指揮官隨時都保留在腦中角落的冷靜，來擊退不顧風險埋頭衝刺的愚蠢念頭。騎馬隊停止奔馳。注意到這一點的敵方立刻放緩速度停下——這時從周圍的岩石後方接二連三出現手持十字弓或風槍的新敵人。

「……原來有先派兵埋伏嗎，敵方也準備得相當充分。」

知道這是連受到追擊的情況都有考慮在內的陷阱，讓雅特麗率直地感到佩服。要是剛剛直接追著賊人衝進岩地，部隊會因為受到奇襲而產生動搖，說不定已經遭到逮住這破綻並回頭會合的敵方主力給予重大打擊。

然而現實是雅特麗的觀察力和即時決斷力發揮效果，她的部隊在敵方的有效射程外就已經停下。伏兵之所以現身，也是因為他們明白自己的存在已經被發現了吧。

在壯大的大阿拉法特拉山脈正下方，兩股勢力隔著一段長距離互相瞪著對方。

「……要怎麼辦呢，排長？看對方的數量，如果要邊受到迎擊邊衝鋒，我方也必須做好付出相當犧牲的心理準備。」

「是啊，士官長。當然有必要時我會那樣做，不過現在不是那樣的局面。」

雅特麗帶著同意點點頭回應副官後，瞪向敵方那一群人，以丹田使力大聲喊叫：

「——席納克的人民！為什麼做出殺害我等同胞的暴行！讓我聽聽你們的辯解！」

這個聲音清楚地傳達給數百公尺之前的敵人。隔了一小段時間後，敵方也做出回答。讓人驚訝的是，那也是女性的聲音。

「——同伴死去，痛苦嗎！你們也覺得，那樣痛苦嗎！」

比起給人不通順印象的席納克族獨特方言，說出這些話的對手外貌更讓雅特麗驚訝。雖然因為距離遙遠而無法連臉部都看清，但毫無疑問那是一名極為嬌小的少女。現在，少女正代表多名並列的席納克戰士們發出怒吼。

「……即使同伴死去也無所謂的人，在山上不會被視為冷血畜生嗎！」

「你們，才是冷血的畜生！如果不是，為何要從我們奪走赫赫席克！」

「……赫赫席克？那是什麼？」

「現在，妳身旁也有！你們，稱呼那叫精靈！從我們身邊奪走那個，不叫冷血畜生還叫什麼！」

聽到這全然沒有記憶的指責，讓雅特麗感到很困惑。對於薩費達中將對席納克族強行實施至今的彈壓政策，而且採用的手段是沒收精靈這事，她目前還一無所知。

「之前，你們也強迫我們接受各種狀況！先是讓我們不能在平地村莊賣東西，後來軍方還用幾乎不要錢的金額，強制買走我們種植的玉米！所以蔬菜、水果，我們只能買一點點！玉米的存量也減少無法過冬！老人、小孩、一直一直餓死！」

「…………」

「不得以只好開始偷東西的同伴，也被你們一個個全部殺光！甚至你們還開始從我們身上奪走火和風的赫赫席克！奪走食物、殺死同伴、連重要的赫赫席克都被搶走——這種事情，除了畜生以外，誰會做！妳說啊！」

雅特麗倒吸了一口氣。即使是對詳情並不清楚的她，也能體會到對方深刻的恨意。與此同時，她也預料到事態恐怕不會僅止於特瓦克少校個人的死。

「……那麼，妳說出要求吧！對今後的軍方，你們希望什麼？」

雅特麗希望至少能留下交涉餘地的嘗試，也被接下來的回應完全摧毀。

「哼！我們對你們沒有希望！誰會期待畜生！……我們，只是要恢復原本該有的形式！我們只是想要回到被你們不斷逼往北方再往北之前的生活，回到可以隨意往來山上和平地的時代，回到那讓人懷念的遙遠日子而已！」

少女吼完後，從腰間兩側拔出具有厚度的廓爾喀刀並指向天空。被磨亮到甚至可以照出臉孔的刀身反射出燦爛的太陽光。

「我們要打倒你們取回赫赫席克，同時得到高山和低地，回到席納克原本的世界。接下來要做的就是為了達到目標的神聖之戰！所以，我……席納克族長娜娜克．韃爾要基於這個名字，在此揭開聖戰的序幕！」

她把雙手的刀刃同時往下揮，以刀尖不偏不倚地瞄準雅特麗——在席納克族頂點率領他們的史上最年少的族長，娜娜克．韃爾挺起胸膛，氣宇軒昂地發表宣戰布告：

「做好心理準備吧！平地的惡鬼們！」

「——在這樣的宣戰布告後，賊人們立刻退往大阿拉法特拉山脈。我方受到的損害從尤斯庫西拉姆．特瓦克少校開始，包括護衛的士官總共是五人，每一位都已經死亡……以上是來自雅特麗希諾准尉的報告。」

在夕陽從開放的窗戶照入的司令室中，聽完報告的薩費達中將繼續背對部下望著外面，嗯了一聲後輕輕點頭。

最初收到同僚身亡的消息時雖然嚇了一大跳，不過到了狀況平靜下來聽取最終報告的階段時，再怎麼說他也已經恢復冷靜。到現在甚至還有餘裕去注意似乎有點長得太長的嘴邊鬍鬚。

「尤斯庫過世了嗎，失去這種人才讓人遺憾。」

這句惜別的發言並不帶感情。雖然以中將來說，他對於身為有能副官的少校死去之事並非完全不覺得惋惜——不過說實話，這個平日凡事都會囉囉嗦嗦提供意見，簡直像是小姑的部下也讓他一直感到很厭煩。

「席納克那些山裡老粗居然敢主張什麼聖戰，真是不知道自己有幾兩重。你不認為嗎？」

「是……」

「如果只是亂吠亂叫還有討喜之處，然而既然他們宣稱接下來要咬人了，我也不能把沒教養的野狗丟著不管。」

中將以莫名缺乏抑揚的語氣這麼說道。背後的部下並沒有發現他的嘴角帶著淺淺笑意，也沒有發現平淡的語氣是為了掩飾輕率的愉快心情所造成的結果。

「看來實施大規模驅除的時期到了……對於大阿拉法特拉山脈成為野狗住處的狀況，我總是感到很心痛。至今為止是看在彼此都居住於同國的情誼上放過他們，既然對方恩將仇報，這也是無可奈何。」

哼……中將口中冒出無法完全克制住的笑聲，他的內心裡真的充滿謝意。

在極為無聊的北域任務中，鎮壓席納克族是中將最大的娛樂。居住在北邊山裡的異民族對他來說頂多只是不乾淨又野蠻的似人類生物，狩獵他們是刺激又痛快的遊戲。

話雖如此，法律上席納克族也被視為帝國人民，就算身處中將地位也不能正大光明地把他們當成狩獵的對象。除了偶爾討伐做出偷盜行為的那些傢伙外，頂多只能利用各式各樣手法例如課以重稅或是奪走精靈等方式來虐待席納克族。起碼至今為止都是如此。

——沒想到對方居然會主動幫忙製造出藉口……！

薩費達中將喜歡戰爭。因為指揮大量士兵時，能讓他實際感受到身為北域鎮台司令長官的權限。膨脹成歪曲形狀的自尊心只有在這種時候會充滿歡喜。

更不用說和席納克族的戰爭對他來講可是求之不得。居然可以進行喜歡的事情並同時解決討厭的傢伙們，當然找不到其他美妙至此的娛樂活動。

「我要認定先前的宣戰布告是部族整體的叛亂宣言，我方也必須以適宜的做法回應。」

「是。那麼，就通告北域各基地必須提高警戒等級……」

「那樣太寬大了。要從所有基地聚集士兵並編組討伐軍，規模是以旅為等級。」

聽到長官的發言，部下軍官不由得懷疑自己的耳朵。

「……也就是說，要由我方主動進攻大阿拉法特拉山脈嗎？」

「有什麼好驚訝。你也知道，北域因為確實要取得補給的問題而有數個小規模基地四散分布，再這樣下去會面臨被敵人各個擊破的風險，所以要反過來由我方主動進攻。」

中將自信滿滿地如此斷言。防守戰不合他的性格，唯一的方案就是以大量兵力來單方面蹂躪自以為是的異民族——被熱氣沖昏頭的眼神裡透露出這種訊息。

「只要我方發動總攻擊，那些傢伙光是防守就會忙不過來。也就是要實行『攻擊是最大的防禦』這句至理名言。有什麼問題嗎？」

「不……沒有……在下並沒有任何問題……只是，基本上還是該請教一下少校的意見——」

早已根深柢固的習慣雖然讓軍官講出這句話，然而這種時候應該會提出慎重意見的人物已經不在人世。察覺到這事實後，他也只能保持沉默。

薩費達中將把部下的沉默當作贊同，愉快地從鼻子裡哼氣。接下來像是突然想到般地追加了一句：

「——對了，尤斯庫死掉的事情先不要向中央報告。」

「咦？可是……」

「無論如何，討伐時都會多少出現犧牲者吧。等到戰事告一段落之後再統一送出關於陣亡者的報告也還不遲，這樣反而比較自然。」

薩費達中將一邊使用胡亂編造的理論來說服部下，同時心想——一旦知道尤斯庫已死，中央一定會立刻派出下一個監察者吧？實在是讓人生厭。雖然遲早還是只能接受，但希望能拖延多久就是多久。

沒錯，至少要到討伐結束為止。直到自己充分享受完這場從天上掉下來的戰爭之後……

一到晚餐時間，餐廳的氣氛和平常有著微妙的差異。明明沒有人發出大音量，然而交談這動作本身卻是以刻意壓低的聲音進行個不停。這完全是緊張的表現。

騎士團眾成員也不例外。所有人都以狼吞虎嚥的動作吃完飯，目前其他五人都專注地擺出聆聽雅特麗發言的姿勢。

「……聖戰……雅特麗，我確認一下，對方真的這樣講嗎？」

說明完一輪之後，伊庫塔皺著眉頭發問。雅特麗重重點頭。

「嗯，對方的確這樣說。他們的決心相當堅定。」

「意思是即使明知彼此的戰力差也要那樣做嗎？我們還真是遭人深惡痛絕啊。」

馬修以苦澀的表情這樣說道，旁邊的托爾威則維持把手放在膝上的動作沉默不語。

「特瓦克少校之死雖然遺憾，但是在目前剛敗給齊歐卡，國力受到消耗的這個時期，還想讓帝國人民彼此內鬥根本是瘋狂的行為吧。應該要尋找和睦共處的途徑。」

「我……我也這麼認為，我找不到一定要發動戰爭的理由。」

哈洛附和了夏米優殿下的意見。然而只要看向周圍，可以發現表示反對意見的人士顯然比較引人注目。

「直接正面對決不就好了嗎？應該要趁這次讓席納克族那些傢伙好好搞清楚狀況。」

「山裡老粗居然敢那麼狂妄，我要讓他們落入和死去同袍一樣的下場！」

「應該要為了特瓦克少校報仇，少校本人應該也如此期望！」

血氣方剛的意見一個接一個傳出。再加上已經出現犧牲者這事實的推波助瀾，比起消極的非戰論派，積極的主戰論派似乎獲得了情勢的加持。毫無疑問，尤其是復仇戰這種單純的理論更是鼓動了士兵們的正義感。

一旦期望戰爭的聲浪變大，反對意見自然難以提出。這是非常自然的群眾心理——正因為如此，完全沒有人預料到在這股即將統合的氣氛中，居然有人敢發出比任何人都響亮的聲音，毫不畏懼地主張「ＮＯ」。

「你們這些傢伙是喝醉了嗎！哪有為了這種戰爭奮起的騎士！」

握拳用力敲打桌面，從椅子上站起巨大身軀並同時大叫的人，是那個丁昆准尉。周圍的人們雖然被那幾乎讓人耳朵發痛的大音量給壓倒，不過這也只是一開始的情況，失笑聲和嘲笑聲很快出現並開始籠罩全場。

「什麼啊，這話真不像你，丁昆准尉。不久前，比任何人都想參加戰爭的人不正是你嗎？」

「那是當然至極！因為那時的對手是仇敵齊歐卡共和國！……聽好了，你們這些傢伙。所謂的騎士之劍，是只為了擊退威脅國家的外敵才能揮動之物！絕對不是為了殺戮同鄉人民的凶器！」

丁昆高聲如此斷言。雖然笑聲消失了，不過卻有人對著他提出取代笑聲的冰冷諷刺。

「別在那裡鬼吼鬼叫，簡單來說你就是怕了吧？」

「……什麼？」

「意思是戰爭真的出現在眼前時你就退縮了啊。明明身體比別人還要龐大卻如此沒有出息，還說什麼騎士之劍，真是讓人聽不下去。」

「……你打算侮辱我的榮譽嗎？有膽再講一次試試！」

肌肉男阿格拉站了起來和丁昆互相瞪視。由於他們是體格可以相提並論的兩名壯漢，一旦在這裡演變成互相毆打的事件，餐廳就必須先做好會遭到毀滅的準備——

「在吵什麼！保持肅靜！肅靜！」

多虧前來巡視的長官在絕佳時機出現才避免了大慘劇。阿格拉狠狠咂嘴重新坐下，丁昆也把視線從對方身上轉開彎腰就坐。

在因為長官在場而受到壓抑的形式下，餐廳內充滿高壓下的沉默。然而，等緩緩巡視室內一圈的他回到走廊後，下一秒談話聲立刻復活。雖然有種音量似乎變小的感覺，不過交談的對話內容密度反而增加了。

「……有點意外，血氣旺盛的哈爾群斯卡准尉居然在這次選擇了非戰派。」

哈洛以帶著親近感的態度這樣說，聽到這句話的雅特麗也露出微笑。

「意外這感想是對他的失禮評價呢。他本人剛剛也有提到，所謂騎士本來是為了守護國家和人民不受外敵侵犯的存在。所以即使對於必須向帝國人民動手的行為心生抵抗，反而該稱為是自然的感覺吧。」

和僅僅只是自稱騎士的丁昆不同，於名於實都是帝國騎士的雅特麗發言帶有相對的分量。托爾威一邊以崇敬的眼神望著這樣的雅特麗，同時也開口說道：

「我也這樣認為。而且，我覺得能在剛剛那氣氛中主張少數派意見的阿昆很了不起。因為我還以為那種行為反而是阿伊會去做的事情。」

「……嗯，話說起來的確是這樣。講到不懂得察言觀色的誇大其辭……索羅克，你正是無人可及的嫡系吧？這次是拿手好戲被人模仿走了嗎？」

夏米優殿下提出充滿挖苦之意的問題，但伊庫塔卻完全無視她的發言。少年擺出以手抱胸而且把整個身體都坐在椅子裡的姿勢，目不轉睛地瞪著空中一點。

「……聖戰……聖戰嗎…………聖戰啊……」

「什麼啊，你還在糾結那個？」

雅特麗以懷疑的眼光看向伊庫塔，伊庫塔則以低沉的聲音喃喃說道：

「……沒有這種用法。」

「……？」

「根本不存在啊，在席納克族的語彙裡，沒有『聖戰』這種名詞。」

其他人不知道他到底想說什麼，只能不解地歪了歪頭。伊庫塔把視線收回開始說明：

「對於席納克族來說，所謂戰爭只是純粹的生存競爭，也就是把『強者能夠殘存而弱者會被淘汰』這種自然的法則以最極端的形式來表現的行為。他們對戰爭既不否定也不肯定，而是視為這世上的真理平淡地接受——只是，絕對不會把戰爭『神聖化』。」

「……意思是席納克那些傢伙不會要求戰爭必須具備大義名分嗎？」

「當然有大義啊，部族的幸福和繁榮就是他們的大義。不過，那對於他們來說並不是『神聖之物』。如果換個講法，透過戰爭獲得的財富只不過是從外人手上奪來的東西，而且還只把自身的情況當作理由。所以這是為求生存的不擇手段，和神聖性處於完全相反的位置。」

伊庫塔講到這邊暫時停口，輕輕摸了摸腰包裡的庫斯頭部。

「被席納克之民認定具備神聖性的對象另有其他，那就是赫赫席克——我們口中的四大精靈。席納克之民把這些無一例外，每一個都對身為主人的人類具備無條件侍奉精神的孩子們稱為『神聖之物』……因為像我們也很清楚，當這些孩子打算保護身為主人的人類時，根本完全不顧自身的狀況。」

在受到弱肉強食法則支配的世界中，精靈是唯一的例外。為了幫助應該僅僅只是不同種族生物的人類，他們不但付出自己的所有能力，而且不會要求人類必須對這份奉獻作出任何回報。即使受到多麼殘酷的對待也不會口出不滿，即使粉身碎骨也一樣。

「席納克之民會以『神聖』這說法來表現的對象，在這世上僅有一個——就是精靈對主人全心奉獻的存在方式。『神聖』和『精靈』乃是不可分割，只截取前者來用是不可能發生的事情。更不用說和『戰爭』這種低俗名詞的代表湊在一起根本是荒謬至極。」

「……我明白你的意思了。不過如果他們決心發動戰爭的理由和那個精靈有直接關係的話又如何呢？」

——從我們身邊奪走那個不是畜生行徑又是什麼呢！

雅特麗一邊鮮明地回想起席納克的少女對著自己說出的發言，同時開口發問。

「看這樣子，妳也知道那件事了嗎？」

伊庫塔口中的「那件事」是指薩費達中將施行的彈壓政策之一，從席納克族身邊奪走精靈的行為。其他人聽不懂是指什麼而顯得很困惑，然而他們兩人依舊毫不介意地繼續說下去。

「……精靈被敵人奪走了；精靈是神聖的存在；如果想要重新取回被奪走的神聖存在，無論如何都必須發動戰爭。那麼，這場戰爭就是『聖戰』——如果認定席納克族是採用和上述相同的理論，是不是有什麼不合理之處呢？」

「沒有，這是架構得很完美的狡辯，還因為實在過於完美反而讓我想吐。」

以符合自身發言內容的不屑態度這樣回答後，無意隱藏不快感的伊庫塔扭著嘴角再度開口：

「不過，像這種耍小聰明的理論，正是只把他們的倫理觀當成一種知識來了解的我們才能想得出來的東西……我剛剛也有說過，如果是席納克人，基本上不會把戰爭神聖化。所以，也不會為了把戰爭神聖化而再三扭曲道理。別說什麼採用不採用了，他們根本無法構想出那樣的理論。」

伊庫塔狠狠咬牙後，提出結論。他的模樣就像是在吐出熔岩。

「既然明明應該是這樣，他們卻還是使用了『聖戰』這個名詞，那麼答案只有一個——有幕後黑手。從外地來到這裡，把事先已經完成的謬論灌輸給席納克族的傢伙。」

一夜過去，隔天早上。由鎮台司令長官薩費達中將對指揮下的全軍發表正式通告，宣布要因為特瓦克少校等人遇害而編組席納克討伐軍。在此時的預定動員兵力是一萬八千多人。成為一場在過去的北域找不出同等案例，以史無前例的規模來展開的軍事行動。

——卡托瓦納北域動亂。

戰爭就這樣開始，在帝國歷史的一部分上塗滿了厚厚一層的同胞鮮血。

第三章

Alderamin on the Sky

卡托瓦納北域動亂

從大阿拉法特拉山脈的山麓開始，軍靴的足跡綿延不絕地踩在山脈地面上。

在隊伍的前方附近，包括嘉娜・特馬里一等兵在內的帝國軍部隊正一邊進軍，一邊繼續增加無數的足跡。他們在狹窄的山道上形成延續不斷的長長隊伍，如果有人能從上方觀察這光景，恐怕無法辨識出他們和螞蟻行軍的差別吧。

「呼……呼……呼……」

在下半身的疲勞感持續累積的情況下，嘉娜拚命讓呼吸保持一定的頻率。

背著沉重的行李，而且還要在山道上進軍，對於早就脫離新兵時期的嘉娜來說是過於嚴苛的任務。行程連五分之一都還沒走完，而且基本上這並不是到達山頂後就沒事的輕鬆旅程。他們必須到達山頂，並且進一步打倒敵人才行。

——打倒敵人，射擊人類……殺害人命。

一旦去想像這些行為，再加上物理面的重量，讓嘉娜很想把用肩帶掛在肩上的風槍丟出去。而且還要順便連背包和軍服也一起……把除了搭檔塔布以外的一切都拋下。

「停！停下！進行大休息！」

長官的粗野吼聲響起，讓士兵們全都用力呼出一口氣。他們從完成點名的排開始按順序坐下，雖然應該也允許交談，但說話聲並不多。大概是因為每個人都察覺到要是在這裡浪費體力，這種行為將會在往後成為受到致命傷的原因吧。

「風槍兵先讓搭檔吞下子彈！燒擊兵接下來會配發菜籽，也讓精靈吃下去！」

推測遭遇敵兵的機率將伴隨著進攻山脈的行動上升，長官發出指令。身為風槍兵的嘉娜從口袋中拿出球形子彈放進塔布的嘴裡。搭檔吞下去的子彈會直接裝進精靈身體的風穴中，而且精靈本身會形成保險裝置，因此也不必擔心走火。

嘉娜一邊讓塔布含住第二顆子彈，同時偷偷觀察四周。燒擊兵們拿到了含有大量油分的油菜種子，他們讓搭檔的火精靈吃下這些富含油的黑色小小顆粒，等到火精靈吐出殘渣時，體內已經補充了燃油。

「……戰爭的腳步接近了呢。」

看到這種光景，嘉娜胸中開始一點點湧上和單純疲勞感不同的情緒。那就是在只看著腳下往前進時曾經遺忘的，對互相殘殺的恐懼。

＊

「……這不合我的意願。」

直到要搭上護送的馬車之前，夏米優殿下還是忍不住對騎士團的成員們如此抱怨。

載著貴人的馬車避開戰火往南方離去，路途上的警備交由一個營負責。雖然因為有親衛隊背叛的前例所以還殘留著不安，不過以北域的地域特質來看，此地骨氣堅強到膽敢反叛皇室的人應該不多吧——這種樂觀論也還算合理。

「離開了呢……老實說，我鬆了一口氣。雖然殿下那樣說，但既然戰爭已經開始，像公主那樣的貴人不應該一直待在前線。」

在前來送行的騎士團成員中，沒有人對哈洛的感想提出異議。

現在他們前往的基地，和被席納克族當成根據地的大阿拉法特拉山脈是相距咫尺。萬一被敵人得知公主在此，她被當作目標的可能性相當高。

「……先不論護送行動本身……前往北域南端基地赴任這種形式倒是……」

馬修露出感到懷疑的表情。這是因為薩費達中將並沒有讓公主殿下回到中央，只是讓她前往同樣屬於北域的南方避難。雖說已經和戰場拉開足夠的距離因此危險度不高，然而要作為「把皇族安危視為最優先來考量並得出的結論」，毫無疑問會讓人感到難以理解。

「對於現在的殿下來說，回到中央並不一定就最為安全……不過就算不考慮到這部分，還是該判斷這件事背後有不想把公主還給中央的中將意志在干涉吧。」

托爾威發表推論——即使以中將的立場下令，還是無法封住皇族的嘴巴。北域鎮台內部有著萬一被回到中央的公主殿下得知會很不妙的情報，因此她才會被留在北域。會這樣思考是很自然的反應，雅特麗也點頭表示同意。

「帝國內四方各地域的治安維持，由東西南北各自的鎮台完全負責。所以薩費達中將對席納克族的叛亂特別熱心投入也是立場上的必然行為……話雖如此，既然要調動規模大到這程度的兵力，首先應該向中央報告作戰並詢問意見……」

「我很難相信他有老實地按照步驟來進行。因為在那事件的隔天，就已經告知全軍要編組席納克族討伐軍，可見這完全是中將在譁眾取寵啊。」

伊庫塔沒有掩飾不高興的情緒。由於他並未像往常一樣開玩笑，讓馬修感到極為不安。

「……可……可是啊，無論戰況怎麼演變，結果我們還是會像現在這樣一直處於後備狀態吧？就算前來北域赴任是為了讓我們累積實戰經驗，但是應該也沒有預料到這種狀況。薩費達中將也不會把寶貴的高等軍官候補生派往危險的最前線吧。」

「這真是很正當的意見呢，吾友馬修……不過真讓人傷心，所謂常識論只對理解常識的人有意義，而我們現在只能祈禱中將也是這種人之一。」

「……是啊，尤其是特瓦克少校已過世的現在。」

嘴上雖然這麼說，但伊庫塔和雅特麗都絲毫沒有表現出期待的模樣。就連總是會開口圓場的托爾威現在也堅守著沉重的沉默。

馬修遠眺著被厚重雲層包圍的大阿拉法特拉山脈群峰，同時想到看樣子自己必須盡早先做好心理準備。晚他五秒之後，哈洛也得出了相同的結論。

那天晚上，得知某貨物從中央基地送達這邊後，伊庫塔在半夜把托爾威叫來野外射擊訓練場。從射擊位置往前數十公尺後設置了整排標靶，在夜裡看起來就像是漆黑的人影並排站著。這裡的士兵之間也流傳著幾個因為這種詭異氛圍而產生的怪談傳說。

「怎麼了，阿伊。這裡有什麼嗎……？」

伊庫塔沒有回答托爾威的疑問，只是默默走在前方。不久之後他們到達訓練場的角落，伊庫塔在那邊從某種具備橫向寬度的物體上掀起蓋布。

蓋布下出現的東西是附鎖的槍架，以及掛在上面的風槍。總共有四十幾把，每一把都發出嶄新的金屬光輝，讓人只看一眼就知道這是剛製造好沒多久的新貨。

「你的——就這把吧，你拿起來試試。」

伊庫塔打開槍架上的鎖，催促托爾威動手。他依言拿起其中一把，這一瞬間他基於風槍兵的經驗已經感到不對勁了。

「……這把槍特別重……？明明和我平常所使用的風槍長度相同，但是重量卻差不多重了兩成……」

「我已經獲得上頭的許可，你從明天的訓練就開始用這個……其實我本來想讓騎士團負責指揮的所有風槍兵，也就是包括馬修和我的部隊都換上這個裝備，不過在目前的階段，光是要讓試驗性作品送這麼多過來就已經是極限。雖然應該很快就會開始量產啦。」

「試驗性作品……？那個，阿伊，換句話說這是……」

「基本上我有讓士兵試射過，成果還不錯。憑你的實力，只要用過應該就能迅速察覺這東西和過去風槍的差異。基本使用方式雖然相同，但保養的方式有點改變，這方面我會再找時間詳細教你。還有，雖然數量有限，不過也要記得讓所有人試著射擊幾發這種新型子彈。」

少年自顧自地這樣說完，並捏起塞在襯有棉花的木箱中的橡實型子彈展示。他並沒有對感到困惑的托爾威更進一步詳細說明，而是繼續吩咐：

「總之，要趁現在習慣這個。畢竟不知道我們還能待在這裡訓練幾天，也不知道能在已經開打的戰爭中置身事外多久……不過，只要先熟習這個裝備，碰到關鍵場面時你的部隊將會成為殺手鐧。」

最後這樣總結之後，伊庫塔把風槍放回槍架上再度蓋上布，並離開射擊訓練場。

……隔天早上，實際試用這種風槍的托爾威感受到難以言喻的驚訝。

＊

開始進軍後的第三天，早上十點過後。戰鬥在標高兩千公尺的最前線開始。

敵方以塞住山道的形式建立起堡壘等待。席納克族躲在以木材和日曬泥磚蓋成的要塞裡，一看到帝國軍的隊伍，立刻以全力發動攻擊。

「你們這些傢伙怕什麼！前進！前進！給我前進！」

在十字弓箭矢和風槍子彈宛如暴雨般落下的情況中，嘉娜等人被迫進行殊死戰。帝國軍這方的作戰非常單純，就是要靠人海戰術正面突破。

他們的指揮官似乎判斷，比起為了攻下一個堡壘而逐一找出迂迴路線所造成的損失，在強行突破時會產生的死傷者反而會比較划算。還有司令官薩費達中將的要求：「大膽且迅速的進攻」大概也影響了決斷吧。

「這根本不可能吧——」

戰鬥開始三分鐘後，嘉娜以發抖的聲音如此喃喃說道……無論何時，都是前線的士兵們會頭一個察覺指揮官在推估人命時犯下了錯誤。這次嘉娜也包括在其中。

拳頭大的炮彈飛來，把嘉娜身邊的男性士兵打飛出去。雖然直接被炮彈擊中的大腿被削去一塊肉，露出折斷的骨頭，然而卻不具備讓人立刻死亡的威力。這反而是很殘酷的手法。戰場的空氣中充斥著同樣因為受傷而無法動彈的同伴們發出的痛苦和驚恐哀號。

「不要畏縮！如此反而中了對方的計！要像個軍人鼓起勇氣挑戰敵人！」

縱使指揮官像這樣煽動著士兵，但帝國軍這方的損害當然不是起因於士兵們勇氣不足。看在被推向最前線的嘉娜眼裡，真正的原因可說是一目了然。

「就說不可能啊……！沒看到對方在斜坡上架出了那麼多風臼炮嗎！」

抬頭一看，前方是整排的炮口。從炮口中接連發射的炮彈打飛士兵，極盡暴虐地在斜坡上彈跳滾動。嚴重時甚至一擊可以波及到四、五人。

正如嘉娜也看透的情況，席納克族的戰士們運用風臼炮的方式幾乎達到了最佳的效率。射程太短、威力不足、搬運費事──這些缺點被廣為人知，但其實有唯一一種使用方法能夠彌補一切。

那就是先在高處布陣後再配置炮口，迎擊意圖攀上斜坡的敵人。光是這個動作就能讓風臼炮化為完美。首先靠著重力加持，能單純地讓射程變長，威力當然也會跟著提昇；再來透過以和斜坡並行的角度來設置炮口的動作，能讓「瞄準敵人射擊」成為簡單到讓人驚訝的事情。

在平地使用風臼炮時，一般來說必須往斜上方發射炮彈，並以弧線軌道襲擊敵人。因為這樣做能得出最長的射程，不過相反地，想順利擊中敵人卻極為困難。原因就是這種情況下，士兵必須同時調整橫向瞄準和縱向角度兩個方面。

然而如果是在斜坡上迎擊敵人，這動作卻會一口氣變輕鬆。因為只要事先設置炮口並和斜坡角度平行，敵人又只能爬著斜坡往上攻，之後就再也沒有必要調整縱向角度。而且射出去的炮彈還會把直向排列的敵人一口氣解決。

如果能再進一步在形成斜坡的山路上準備好數量足以占滿道路橫向寬度的風臼炮，這下可說是完美無缺。迎擊方根本不需要瞄準，光是一直持續射擊就能夠打倒大部分的敵人，至於少數漏網之魚只需用風槍和十字弓收拾即可。

嘉娜他們目前身處的狀況很接近這種理論。即使想用兵力上的差距來壓倒對方，但總之目前敵方的炮擊過於激烈，當然不可能有多少人敢成為在這種死亡坡道上往前衝鋒的勇者。

另一方面，判斷以木材和日曬泥磚蓋成的要塞應該怕火，燒擊兵正試圖把火矢射進對方陣地。

然而十字弓的射程比敵方的風槍和風臼炮更短，因此為了實行這作戰必須衝進槍林彈雨裡，能辦到這一點的勇者也很少。前列的士兵心生畏懼，而這份膽怯轉瞬之間就會傳播到後方。

「我方也拿出風臼炮！只要用風臼炮支援步兵，條件就一樣！」

失去耐性的指揮官如此大叫，但當然這指令是個錯誤。目前情勢，除非能解除敵我雙方各處斜坡上下的狀況本身，否則彼此的條件絕對不會變得相同。在最初勉強執行正面突破的那瞬間就已經確定帝國軍這方會落於下風。

然而，即使想法錯誤，命令還是命令，士兵必須服從。嘉娜本身雖然不是是炮兵，但運用風臼炮時必須用到多個風精靈。因此她有義務和同一班的戰友一起把搭檔塔布帶往炮台。

「要出去了，跟著我別落後！」

「……嗚……好！走吧！亞桑二等兵你也站起來！」

嘉娜好不容易抑制住恐懼心，抓起同一班裡唯一的學弟的手，從岩石後方衝了出去。小她一歲的風槍兵雖然勉強跟著，但似乎因為太害怕而腳步踉蹌，才跑短短十公尺就差點跌倒三次。

「振作點！好了，把搭檔放到這炮台上！還記得該怎麼做嗎？」

「啊……啊……啊……」

「……腦袋一片空白嗎……我知道了，反正你照著我做！」

嘉娜一邊照顧根本派不上用場的學弟，同時把風精靈塔布裝進風臼炮的連接口。她讓塔布身體的風穴對準噴嘴，並緊緊纏上固定用的皮帶。然而，在她正要出手代替慢吞吞的亞桑二等兵進行作業時，突然一陣涼意竄過背脊——她用眼角餘光看到敵方的炮口正對準這邊。

「不妙……！班長！這裡也被瞄準了！」

嘉娜邊說，邊以幾乎要扯斷皮帶的動作鬆開固定設備，抱起塔布。接下來拖著亞桑二等兵跑向遮蔽物——雖然他在裝設風精靈時動作太慢，但此時反而成了一種好運。

晚一瞬飛來的炮彈直接擊中炮身，打碎了這門風臼炮。但，嘉娜和同一班的戰友卻在千鈞一髮之際躲進岩石後方。

呼～先前屏息的嘉娜再度開始呼吸，這時班長對著她說話：

「嘉娜一等兵，真虧妳有注意到剛剛的攻擊，拜此之賜我們才不必和那個爛炮殉情。」

「哈……哈哈……不客氣……要是敵方的風臼炮也能再爛一點那可是幫了大忙……」

雖然嘉娜這回答並沒有什麼特別意思，不過很奇妙的是，從這時候為界，敵方的炮擊開始變弱。炮彈的密度降低，風槍的射擊也變得斷斷續續，最後完全沉默。

不明白對方為何在這時候減緩攻勢的指揮官覺得很不可思議，不久後他聯想到原因，打心底發出喝采。

「太棒了，那些傢伙耗盡子彈了！你們快點給我衝！」

士兵們帶著半信半疑往前跑，之後真的沒有遭遇任何抵抗。或者該說，堡壘本身也成了空城，裡面完全沒留下活著的敵人。

敵方應該是在炮彈用盡的時候，判斷這是迎擊戰結束的好時機並展開撤退吧。因為沒有機會將受到的待遇回敬給對方而感到不甘心的指揮官狠狠咂嘴——這些蠻族逃走的速度真快。

「派出追擊部隊！敵人應該還在附近！」

戰鬥結束後還來不及喘口氣，收到新命令的追擊隊出發……然而敵方大概是靠著當地居民獨有的地緣優勢而分散逃離道路，士兵們的努力只是白費力氣，結果追擊行動就在無法捕捉到任何人的情形下結束。

「那些傢伙真讓人火大……！……算了，總之，我等在第一戰中獲得了勝利！這很確定！」

和幾乎沒有人命損害的敵方相比，帝國軍方的死者共一百二十四人，傷者則大約是十倍。沒有俘虜任何敵人，當然也沒有獲得任何關於敵方陣營的情報。

在把這個結果稱為「勝利」的軍人負責擔任指揮官的這一刻，他們已經把一隻腳踏進了棺材。不過這時察覺到這事實的人還很少。

＊

在席納克討伐軍開始入侵大阿拉法特拉山脈後過了三星期，或許該說是不出所料吧？伊庫塔等高等軍官候補生的後備待機命令遭到解除。取而代之的是，命令他們來回山腳和基地之間並運送物資的補給任務。

「雖然我早就有預料到，但是這欠缺計畫的程度也太誇張了。」

伊庫塔邊指揮拉著運貨推車的士兵邊抱怨。在推車上堆得如小山高的物資並不是食物也不是彈藥，而是大量的衣物。

「居然叫我們把禦寒用的上衣和手套盡快送到。妳懂嗎？到這種時候還在講什麼盡快正是這命令的好笑之處。中將該不會不知道山上很冷吧，妳覺得呢，蘇雅？」

「您這樣問我，我也不知道該如何回應……想到前線的同袍正在忍受寒冷，我就覺得很不忍心。」

「蘇雅妳真是善良得如同聖母啊。當妳寒冷受凍時，我會用自己的身體溫暖妳。」

「那種時候請生火，拜託了——好了，我們到了。」

蘇雅一邊應付不認真的長官，同時報告部隊已經到達目的地。在大阿拉法特拉山脈山腳下建立的補給中繼站裡除了有許多士兵紮營，甚至還搭起指揮官用的大型帳篷。注意到貨物送達後，立刻有士兵前來確認內容。

「嗯，光照兵第三訓練排現在到達。負責貨物是上衣和手套的大分量套餐。」

「您辛苦了，准尉。那麼在下立刻會確認內容。」

伊庫塔丟著以俐落手腳開始檢查的士兵不管，重新觀察周遭。接著他立刻察覺到不對勁之處——沒有指揮官只能傻傻等待的部隊多得誇張。

不對勁感一瞬間轉變成討厭的預感，自己最好快點開溜——伊庫塔如此判斷並轉身離開，然而確認完貨物的士兵卻慌忙叫住他。

「真是非常抱歉，還有一點事……」

「……檢查不是已經結束了嗎？」

「不是這件事，請前往那個帳篷。長官叫您過去。」

看到士兵指出的方向，伊庫塔明顯地拉下臉——討厭的預感似乎料中了。話雖如此他也找不到理由逃走，在此只能放棄。

伊庫塔聳聳肩離開部隊，蘇雅也不安地目送著他的背影。

「打擾了……呃……嗚啊……」

才剛打開門進入帳篷，伊庫塔就發出這樣的第一句話。因為原本以為頂多只能給四到五人用的帳篷裡，現在卻有總共十人以上的軍人並排擠著坐在椅子上。而且還都是些自己認識的臉孔，其中也包括除了哈洛以外的騎士團另外三名成員。

「你是伊庫塔·索羅克准尉吧？在那裡坐下。」

聽到戴著中尉階級章的軍官如此吩咐，伊庫塔來到帳篷角落就坐。確認如此一來所有位子都已經被填滿後，男性軍官開始進入本題。

「名號報得晚了，我是亞姆塞·斯爾卡塔中尉。代替投入前線的薩扎路夫中尉，現在由我負責管理你們的部隊。因此，接下來的發言的的確確是直屬長官下達的命令，你們要好好記住。」

自從身為候補生指導教官的薩扎路夫中尉被編入討伐軍的第一陣並前往前線後，一直懸而未決的伊庫塔等中央外派組的配屬，最後重新決定歸到這個斯爾卡塔中尉手下。

「雖然已經要你們負責從基地到此地之間的輸送任務，不過接下來要下達的命令，是從此地前往下一個補給中繼站的物資運送。先看看之前發給你們的地圖吧。」

先前似乎已經先配發給其他人，這時才拿到地圖的只有伊庫塔一個人。少年看著淺淺切入大阿拉法特拉山脈的補給線，輕輕嘆了口氣。

「到目的地的路程正如圖上所示。必須負責運送的物資有食物、彈藥以及衣服類——這是你們本身運送來這裡的東西所以不需要詳細說明。有什麼問題嗎？」

中央外派組中的暴牙科薩拉這時舉起手。

「那個……這意思是，我們也會被派往前線嗎？」

確認的發言中帶著責備的語調，不過這是大部分的高等軍官候補生共通的感受。

——自己這些人可是精英候補生啊！應該要更慎重對待吧？前來北域只不過是單純的途中階段，居然把我們捲入麻煩的紛爭裡！

即使沒有明說，他們的表情依然表現出這種意思。斯爾卡塔中尉咳了一聲。

「……前線這種講法太誇大了。下一個補給中繼站只是和這裡相比會較為接近戰鬥地區，但是前去的路程已經確保了十足的安全。在途中遭遇到敵人的可能性想必相當低吧，不過當然還是要小心為上。」

斯爾卡塔中尉就這樣結束回答，並詢問還有沒有其他問題。這次換成雅特麗舉手。

「中尉，這裡沒看到醫護兵排，請問他們去哪裡了？」

這是注意到哈洛不在場而產生的疑問。中尉也立刻回答：

「他們已經率先前往你們的目的地，因為希望能盡早設立野戰醫院。」

雅特麗點點頭放下手，但動搖反而在其他人之間擴散。因為斯爾卡塔中尉的說明呈現了前線不斷出現傷患的事實。帳篷裡的空氣變得更為低迷。

「還有其他問題嗎？……沒有的話，接下來要編組輸送部隊，把在場所有人的部隊也全部納入，總指揮當然是由我擔任。好了，你們去外面按照指示動員士兵吧。」

年輕軍官們被要求退出，紛紛帶著苦澀表情離開帳篷，他們的腳步非常沉重。

「……居然這麼快就被推出去。真是，看起來前線相當慘啊。」

伊庫塔在集團最後方慢吞吞地走著，同時喃喃低語。

＊

在與第一場戰鬥幾乎相同的形勢下，嘉娜又和躲在山路堡壘裡的席納克族交戰過兩次。其中的第二戰有讓分遣隊迂迴並分成兩路進攻，因此在沒有嚴重損害的情形下結束；然而第三戰時卻又再度落入會有無數炮彈大量落下的斜坡上激戰。

「……………呼……呼……呼……呼……」

嘉娜拖著總算撐過花費半天的突破戰而疲憊困頓的身體，為了更進一步的侵略而繼續登山。不可能光靠只有一小時的大休息就恢復體力，再加上天候的惡化，士兵們的士氣低落得相當顯著。

——沒想到自己這麼頑強。

經歷過三次交戰居然還能保持無傷，嘉娜本身也嚇了一跳。或許是對戰場有適應力吧？第一戰中讓身體萎縮的恐懼心來到第二次交戰時已經麻痺了約一半，到了第三次激戰時，甚至還自然而然地理解了不容易死掉的做法。

「好了亞桑，你要更刻意去調整呼吸。吸氣兩次吐氣一次，吸氣～吸氣～呼氣～這樣。因為要是一直喘反而會更累。」

「是……是的……真抱歉，嘉娜上等兵……」

新兵的亞桑二等兵也在受她多次救助的狀況下總算還保有一條命。嘉娜雖然在不知不覺之間彷彿成了負責照顧亞桑的人，但是並沒有不滿。反正她也無法丟著這個看起來很無助的學弟不管，那麼乾脆從一開始就打定要照應他的主意反而方便。

「不必道歉啦。雖然你的確有拖累我，但我也知道你確實有在努力。」

此外，嘉娜也抱著想藉由照顧別人好分散心思的想法。戰鬥期間當然會讓人感到恐懼，就連進軍期間也會遭到糾纏不休的不安感襲擊。也許下一次就沒辦法活著，說不定敵人會從那邊的岩石後方跳出來等等……

聽到「上等兵」這種不習慣的稱呼，嘉娜回想起同一班的戰友因為負傷而獨自脫隊的事情。她擔心腹部中彈的他是否有確實前往後方接受治療。

另一方面，正因為那個人留下「我的職務就由嘉娜・特馬里繼任」這句話，現在的嘉娜才會被視為名義上的上等兵。一想到對方指明自己接任，責任感也更為增加。

「停！……前方有堡壘！」

走在前面的士兵發出了警告。聽到堡壘兩字，以為又要跟躲在裡面的敵人戰鬥的嘉娜感到很是厭煩，然而前往偵查的斥候帶回來的出乎意料報告卻背叛了她的預測。

「無法確認敵人的身影！內部無人！」

指揮官把手搭在因為沒刮鬍而變得一片黑的下巴上沉吟了一會。

「這裡位於高處，立地也很好……好，接收這個堡壘吧！後續的兩個排，跟著我來！」

被點到的嘉娜等人前往高台觀察情況後，發現那裡的確是被放置的堡壘。在周圍的地形中顯得特別突出的岩石區上挖出了戰壕，還擁有足以配置一百數十幾名士兵的空間。

「這裡是最適合迎擊敵人的地方呢……好，在此配置士兵並成立野戰陣地。但是不能把整個連都放在這裡。風槍兵部隊兩排，光照兵部隊一排，還有醫護兵部隊一排應該就夠了。」

在指揮官的指示下，從位於行軍隊伍前方的部隊開始被配置到了陣地裡。嘉娜所屬的部隊也包括在內，老實說連她也因此鬆了口氣。因為這樣就不必繼續爬山。

「…………？不過，這裡好像……」

從高台上眺望周圍景色後，嘉娜感覺心裡湧上一股無法掌握真面目的不安感。為什麼呢？她心想。這裡具備幾乎到達三百六十度的良好視野，無論敵人從何處進攻都能一目了然。而且基本上若要作為防守陣地，高處的有利點根本不需要再多做說明。

「我等要率領剩餘兵力繼續進軍。在下達其他命令之前，你們要死守這裡！」

「「「「「Yes, Sir!」」」」」

嘉娜等人口中發出條件反射般的回應……然而這時，無論是下令者還是奉令者都沒有任何人理解……敵人在明知會被奪走的情況下丟置要塞的真正意圖。而且最重要的是，也不明白「死守」這命令將帶來的無限沉重負擔。

＊

伊庫塔等人從大山脈的山路出發前往下一個補給中繼站。然而，和貨物一起到達目的地後，卻出現著實隨便的發展在等著他們。

「哎呀～後續的輸送部隊已經全都被派出去了。抱歉啊，你們可以再前往更深入的下一個中繼站嗎？」

「聽說下一個陣地的毛毯不足，我等因為其他任務很忙所以你們代為送過去吧。」

「這是子彈和菜籽的補給需求。不要擺出自以為是精英的態度置身事外，你們這些傢伙多少也該工作！」

就像這樣，他們落入每到達一個地方就得運送下一批貨物的下場。斯爾卡塔中尉命令候補生們進行輸送任務的判斷似乎成了最佳的前例，其他人也抱著「什麼嘛，既然這樣我們也抓來用吧」的心態開始使喚他們。

連候補生的指揮權本身也已經從斯爾卡塔中尉轉移到其他軍官身上。在北域的軍官裡，討厭中央精英候補生的人原本就多，因此先前被視為「客人」的待遇一口氣轉變，甚至下滑到專門負責雜務的境地。

「……所以啦，在執行被硬塞的輸送任務而來來往往的過程中，就這樣被一步步給拖進了山裡……雖然不知道最前線到底是爬到哪裡去了，不過這附近已經不能叫做後方了吧。」

現在是夕暮時分。在可以看到從前線被送回來的傷患，以及負責照顧他們的醫護兵們正忙碌東奔西走的山谷陣地裡，伊庫塔正咬著當作主食的烤薄麵包並喃喃自語。

這個發展本身雖然對他來說還在預料範圍內，然而身在後方的自己等人被拖進泥沼裡的速度卻比預料中還快……明明內戰發動後已經過了將近一個半月，卻根本沒有傳出具體的戰果，因此士兵們的不安和焦慮也只會持續增加。

「就算沒有實際成績也該有點對策啊，例如為了維持士氣而讓下面報告誇大的戰果等等……薩費達中將連這點小事都無法顧及嗎？」

伊庫塔一邊講著這種說歸說，要是真的實行也是一個問題的發言，同時以單手提著放有麵包和茶以及水果乾的提籃往帳篷走。靠著從布幕隙縫間漏出的光線來接近明亮處後，就聽到帳篷中隱約傳出傷患的呻吟聲。

他正想打聲招呼進去裡面，這時入口的簾幕卻被打開，走出一名女性。那正是身上的醫療用圍裙被傷患的血染得鮮紅的哈洛。一注意到伊庫塔，她就脫下圍裙，鐵青臉孔上也露出僵硬微笑。

「晚安，伊庫塔先生……那難道是給我的晚餐嗎？」

「妳說對了。在本部的帳篷裡邊聽長官們的酸言酸語邊吃飯實在讓人受不了，所以我就用送飯給妳當藉口溜出來了。一起吃吧，哈洛。」

伊庫塔說著，並帶著笑容舉起提籃展示。哈洛似乎很為難地輕輕笑了。

「當然可以……不過，看我現在這個樣子，不會影響食慾嗎……？」

哈洛指著即使脫掉圍裙依然四處留有血跡的軍服，開口發問。光是這樣就足以察覺出她臉色不佳的理由。身為醫護兵的哈洛比騎士團的任何成員都更早暴露在戰場的殘酷現實下。

然而，伊庫塔完全不在意這種事情，以沒什麼的表情聳了聳肩。

「很遺憾，今天的晚餐菜單裡並不包括番茄。」

「……啊哈，是嗎？那就一起吃吧。」

兩人找到適當的樹蔭，一起在那邊坐下。在庫斯壓低亮度的周照燈光線隱約照出彼此身影的狀況下，伊庫塔和哈洛吃起簡單的食物並開始對話。

「野戰醫院這幾天都生意興隆呢，從前線送來的士兵似乎也不斷增加。」

「嗯，忙得人仰馬翻。而且繃帶和夾板還有消毒藥的庫存也已經見底了。」

「我想也是。雖然我們這邊徹夜無休地來回運送，但老實說人手不夠。像雅特麗甚至這時間還在讓馬跑來跑去，不過她有從我的部隊借用光精靈作為路程中的光源啦。」

伊庫塔似乎很不以為然地說道。哈洛原本喝著溫茶邊回應，這時突然換上僵硬的表情。

「……伊庫塔先生。我吃完晚餐後，打算前去本部提案。」

「嗯，要提案縮小這個野戰陣地，同時把一部分傷患一口氣送往後方吧？」

伊庫塔搶先回答。哈洛愣愣地望著他。

「請妳一定要試著提案。剛才我也想去說，又想到由身為醫護兵的妳來講會比較有說服力所以自我克制了。至少也要讓野戰醫院放到更後方……正確說法是，必須在低處重新設置才行。」

「……伊庫塔先生，你是在什麼時候注意到這件事……？」

「從薩費達中將宣布要進行對大阿拉法特拉山脈的入侵作戰那時我就已經預料到了，再加上這幾天從前線送來那麼多沒有外傷的士兵……雖然我自認打從一開始我就有警告過危險性，但看來即使說那麼多還是沒有傳進大人物的耳裡。」

哈洛望著伊庫塔不高興地搔著腦袋的模樣，再度覺得自己又窺見這少年深不可測的實力一角。在這種讓人簡直暈頭轉向的忙碌生活中，為什麼他可以連和自身職務無關的部分也鉅細靡遺地注意到呢？哈洛完全無法想像這視野到底有多寬廣。

這時，陣地後方突然傳來馬蹄踩踏地面的聲音。注意到這聲音的伊庫塔把點著燈的庫斯放到頭上方揮動發出信號，於是最前方的炎髮指揮官就離開隊伍連人帶馬一起跑了過來。

「我現在回來了，兩位正在吃飯？」

「辛苦了，雅特麗。提籃裡也有妳的份喔，放好馬以後就來吃……」

「你們看起來很開心嘛。」

伊庫塔的發言被打斷，只見滿臉疲憊的馬修和托爾威正從本部的方向往這邊走。其中身材微胖的少年以心懷怨恨的視線望向三人。

「尤其是伊庫塔！你這傢伙不要一個人逃離上尉的嘮叨，也該試著為必須連你的分一起被諷刺的我們設身處地想一下！」

「真是遺憾啊，馬修，我還以為自己比任何人都理解你的心情呢。我們不是摯友嗎？」

「你知道嗎？你每次講到摯友，這兩個字代表的分量就會變少。現在差不多已經變得過輕，到了甚至能讓氣球上浮的程度吧？」

「剛剛真是對消化有害的晚餐呢……為了清清嘴巴，至少大家一起喝個茶吧。」

所有人都贊成托爾威的提案。然而，正當雅特麗要把馬騎去放好時，來自陣地前方的士兵們發出陷入恐慌的慘叫，響遍整個營地。跑在最前方的某個人以尖銳的聲音大吼：

「敵……敵襲！誰快來迎擊啊！拜託！」

陣地一瞬間就變得一片吵鬧。然而在聲音被逐漸增加的混亂掩蓋而無法傳開之前，伊庫塔就以大音量對著部下士兵們就寢的帳篷叫喊。

「伊庫塔排！馬修排！托爾威排！帶著武裝在帳篷前整列！快！」

聽到命令的士兵們紛紛衝出帳篷，就像是早點名那樣在帳篷前集合整隊。以條件反射排出三列縱隊的士兵們靠著伊庫塔揮動庫斯發出光線為記號找到自己部隊的排長，隨即跑向三人身邊。同時，雅特麗也把自己的騎馬隊叫了過來。

「雅特麗希諾騎馬排在原地待機！等我的指示！」

伊庫塔靠著天生的判斷力立刻因應事態，雅特麗和托爾威也幾乎同時開始行動，馬修和哈洛則在晚一拍後跟上。在對應的速度上，他們的部隊可說是出類拔萃。

「——上尉！有敵人來襲，請下達指示！」

一衝進帳篷，雅特麗立刻請裡面的長官做出判斷。第四個獲得他們指揮權的指揮官——尼卡弗馬上尉跑出帳篷，以鐵青面孔望著發出敵襲報告的陣地前方。

「怎麼可能，這一帶不是早就控制住了嗎……敵人……敵人在哪？」

「這是夜襲啊，上尉，我想很難用肉眼辨識。恐怕敵人是在沒有點燈的狀態下來襲。」

「是……是嗎……也對……陣地前方有配置迎擊部隊，只要交給他們……」

這個陣地的形狀類似左右短前後長的長方形，為了不要擋到前後的視線，帳篷也是沿著縱向排列搭建。此外陣地前方還有用來交戰的空間，像這樣受到襲擊的場合，必須在那空間拉起防衛線迎擊敵人。

「那麼，我們的部隊就帶著武器在迎擊部隊後方待機。一邊警戒來自陣地左右的入侵，一旦戰況惡化就前往支援，這樣如何？」

伊庫塔放棄尼卡弗馬上尉的低落判斷力，舉出具體的提案。

「唔……嗯，沒錯，那樣就好。無論如何都不能讓敵人接近本部和野戰醫院。」

「那個，野戰醫院那邊要怎麼辦呢？必須考慮萬一的情況……」

「說……說得也對，必須讓他們先做好能迅速對應撤退命令的準備……妳是哈洛瑪准尉吧？好，妳現在立刻前往野戰醫院告訴負責人。」

哈洛點點頭跑了出去。其他人也像是再也沒事要找上尉而趕回各自的部隊旁邊。接下來他們按照受到的指示移動士兵，在陣地前方的交戰空間排起戰列橫隊，形成第二條防衛線。

「我……我說伊庫塔……你剛剛雖然那樣說，但我們不和迎擊部隊會合真的好嗎？集中兵力應該是基本吧？」

「陣地前方的混亂很嚴重，要是因為焦急而讓兵力會合會遭到波及。現在從後方以清醒的雙眼眺望狀況才是聰明的選擇。而且一旦和迎擊部隊會合，指揮權也會轉移到那邊的隊長身上。」

愈是被逼進危險的狀況，伊庫塔愈想堅守能讓他自己進行判斷並行動的權利和責任。馬修認為這就是凡人和他的決定性差別……因為一般來說，這種時候應該反而會想要把責任推到別人身上才對。

「那麼伊庫塔，我們的總指揮就暫時決定是你囉。」

「看來是這樣。雖然由騎兵的妳來指揮也是一種選擇，不過如果可能，妳比較想負責攻擊吧？所以跟盡量能不動就不動的我算是利害一致。」

「哎呀，連這種希望都表現在臉上？我也該稍微再低調一點。」

看到面帶大膽笑容互開玩笑的兩人，還有這種即使面對敵人仍舊保有的從容，讓馬修只能抱著難以置信的心情望著他們。即使是托爾威，也是一樣的狀況。

聽到從遠方傳來的慘叫和怒吼，讓他拿著風槍的手抖了起來。情緒並沒有跟上從日常進入戰爭的急速場面轉換。一想像到接下來必須射擊敵人，他的雙腳就不聽使喚。明明已經不是第一次殺人，這種印象的無可挽回感卻絲毫沒有改變。

沒等他們做好心理準備，戰況已經推移到下個局面。伊庫塔的視線中出現大批往陣地前方跑來的人影。他在黑暗中也睜大雙眼進行判斷——那些不是敵人，而是同伴。是在結束補給任務回來時遭受敵人襲擊，現在背後大概也還受到追殺吧？

「不妙，隊列已經散了。看那樣子，後面敵我雙方會混在一起吧。」

看到同樣光景的雅特麗說道。下一瞬間，伊庫塔轉身對自軍大叫：

「……所有步兵部隊，全員上刺刀！」

士兵們露出「終於來了嗎？」的表情並遵守指示。風槍裝上刺刀，而十字弓則嵌入短矛以準備白刃戰。

伊庫塔選擇盡量不會讓士兵感到焦急的時間點發出下一道命令：

「托爾威准尉，馬修准尉，在有下一道命令之前別讓士兵填彈！為了避免誤擊退後的我方，現在還不允許開火！」

這種狀況的「彈」是軍用略語，指的是以遠距離武器射出的所有物體——換句話說也包括了十

字弓的箭和風臼炮的炮彈。「距離優勢」這種最大武器遭到封鎖的風槍兵們雖然臉色發青，不過當然，他們的指揮官並不會放著不利狀況不管。

「伊庫塔排的光照兵準備光擊！在十字弓上部裝設搭檔，配合號令以最大亮度射出遠光燈！在那之後進行全體突擊，瞄準那些以少人數脫離隊列衝太前面的笨蛋並下手！千萬別因為太激動而誤傷自軍！」

伊庫塔到這邊先停了一下，最後才對著馬上的雅特麗發出指示：

「雅特麗希諾騎馬排保持原狀在後方解決漏網之魚！但是戰鬥開始後會評估時機並送出信號，到時要進行衝鋒並一口氣解決敵人。在那之後，就根據排長的判斷各自進行游擊戰鬥！……以上，結束～！」

指示完後，伊庫塔重新正面朝向敵人，並且也在自己的十字弓上裝設短矛和庫斯。雖然會因為裝設精靈的重量而使得光擊裝備作為肉搏武器的活動性降低，然而特別是在夜間戰鬥中，能自由照亮指定方向的優勢卻大於任何事情。

全軍都已經做好準備，接下來只需等待時機。然而這時——馬修突然小跑著接近伊庫塔，保持低著頭的姿勢並突然地問了一句：

「……伊庫塔，我知道很丟臉，但可以提個問題嗎？」

「隨便你問什麼都行，吾友馬修。」

接著身材微胖的少年把提出這問題的沒出息感一口氣吞下，開口說道：

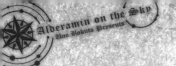

「……要怎麼做，才能像你這樣保持冷靜……？」

馬修一邊說，同時咬著自己的大拇指靠近手掌處，試圖讓身體停止發抖。在相隔一小段距離的地方，可以看到托爾威似乎不太鎮定地來回踱步。

伊庫塔看過他們兩人的樣子後，伸手環住微胖少年的脖子，在他耳邊低聲說道：

「……我說馬修，有個故事。很久很久以前，有兩名將軍。」

「……？」

「一個是勇敢的將軍，他總是笑著打退敵人；另外一個是膽小的將軍，他絕對不打處於劣勢的戰爭。在某次宴會上，膽小的將軍向勇敢的將軍發問：『該怎麼做才能不畏懼戰爭呢？』聽到這個問題，勇敢的將軍並非挖苦而是真心回問：『我反而希望你可以告訴我，該怎麼做才能像你那樣，身處那種地獄也能保持正常？』膽小的將軍無法回答──在下一次的戰爭中，勇敢的將軍死在一個無名的步兵手下。」

「…………」

「直接面對自己的膽怯，而且還試圖改善。在這時候你就已經充分冷靜了，馬修──不需要擔心，你會在戰爭開始的同時停止發抖。」

伊庫塔肯定地如此斷言，並拍拍對方的肩膀──或許多少有變得比較沉著吧，馬修只是默默點頭，就這樣轉身回到自己的部隊。

把視線從友人背影上移開後，伊庫塔再度專注望向正面。逃回來的士兵們從部隊旁邊通過──

這些人還是自軍。然而正如雅特麗所說，戰列後方肯定已經形成敵我雙方亂成一團的狀態。

陣地前方的迎擊部隊受到奇襲驚嚇後，並沒有做出以白刃戰迎擊敵方的決斷，似乎只能束手旁觀。看那樣子，判斷他們會像是篩子那般直接放敵人通過應該比較妥當。

換句話說目前——在傷患多到滿出來的野戰醫院以及塞滿軍官的本部帳篷前方，剩下的護牆只有自己這些人的部隊。

「……伊庫塔排，讓搭檔瞄準前方。」

有一群顯得特別多人的集團衝了過來。可以看到敵人混在身穿軍服的人群中，手上拿著的廓爾喀刀刀刃反射著月光。少年用力把空氣吸進肺裡——接著……

「——照射！」

伴隨著號令，數十隻光精靈以最大輸出來放出遠光燈。黑暗被亮晃晃地截下一塊，視網膜受到強光照射的人們按照本能遮住眼睛愣愣站著。掌握住這個無論是我方或是敵方都同樣暴露出無防備模樣的千載難逢機會……

「衝鋒！」

被解放的士兵們發出粗暴的怒吼，狠狠咬向呆站不動的獵物。

短矛的尖端刺進胸口，刺刀的刀鋒切入脖子。由三名士兵從前後各自動手刺穿一名敵人，接著再踩著已打倒的敵人屍體襲向下一個獵物。

雖然最大的優勢是剛照射完的數秒，不過只要是在光線中戰鬥，之後數分鐘內的妨礙視線效果都會持續，趁著這段期間一口氣徹底動手才符合鐵則。必須維持三人橫排的隊列，以最大效率來殺死敵人往前跑。士兵們一邊從逃往後方的同志背後推他們一把，並朝著湊巧在附近的敵人背後刺下一刀。這已經不是戰鬥而是殺戮作業，沒有帶著人性手下留情的餘裕。

「關燈！……撐過第一波攻勢了！托爾威、馬修，重新在這邊集合！」

伊庫塔沒有慈悲也無動於衷地繼續指揮高效率的殺戮行動。當然他自身也有參加，他把短矛刺進在腳邊發出呻吟的席納克族男子的眼窩裡，趁著確認狀況的空檔確實解決對方。

「馬……馬修排，輕傷二名，主力沒有受損。」

「托爾威排，輕傷三名，對行動不造成影響！」

兩名排長報告後，伊庫塔甩掉短矛上的血並點點頭。

「好，做得很好……逃來的我軍似乎也幾乎都前往後方了，接下來允許開火。下一波來襲的恐怕是敵方的主力，他們不會重蹈前車之鑑，所以不要期待妨礙視力攻擊的效果。」

語畢，伊庫塔讓部下再度擺出準備光擊的架勢，馬修和托爾威也讓部隊所有人在風槍裡填彈。然而在彼此剛拉開距離時，敵方突然開槍射擊。子彈從他們的身邊掃過，讓兩人背脊都竄過一股涼意。

光照兵部隊的光擊也有風險。敵方並沒有組成能彌補火網密度的橫列隊形，而且只是在黑暗中隨便開槍，所以現在的狀態下並不會隨便被子彈打中。然而，在光擊讓士兵所在位置暴露後的情況可就另當別論。敵方子彈會集中到光源部隊身上，士兵們根本無法抵抗。

「正面就交給你們兩位了——蘇雅！我們要使出十字照射！左翼那邊拜託妳了！」

「Y…yes, Sir!」

分為兩邊的伊庫塔排跑向左右，在能成為遮蔽物的樹木後擺出陣形——光擊並非只能從正面使出，也有像這樣從兩側的安全地帶瞄準後再攻擊的做法。

「照射！」

從左右射出的光線在暗夜的一個角落裡照出了席納克戰士們的身影。他們當然對著光源開槍作為反擊，不過伊庫塔等人早就已經躲進了樹後。雖然妨礙視力的效果很差，但這次的狀況下不會是問題。原因就是……

「「射擊！」」

在敵方正面布陣的馬修和托爾威的風槍兵部隊已經把握住剛才伊庫塔等人照出的敵方位置而且進一步發動攻擊。在穩如磐石的橫列隊形所使出的一齊射擊下，來到前方的敵人接二連三倒下。

「好，最後收尾的時候到了——上吧，雅特麗！」

伊庫塔以閃爍的遠光燈對後方送出信號，收到通知的雅特麗希諾．伊格塞姆騎馬排以迫不及待的態度往前衝刺。他們分成兩隊從馬修和托爾威排的左右經過後再會合，在短距離內重新排好整齊的縱列。

「全員拔刀！首先以中央突破來切斷敵人，之後回頭進入殲滅作戰！」

在剛才進行十字照射時，他們也已經掌握好敵人的位置。對於已經在風槍部隊的齊射下受到重大損害的敵方勢力來說，在這個時間點出現的騎兵衝鋒完完全全是絕望的化身。

騎兵這種高速度和大質量的暴力毫不留情地蹂躪他們。往前衝的馬匹撞碎人們的骨頭，騎師手上施展的短矛尖端一一貫穿敵方的胸膛。

一旦讓騎兵有機會接近，敵人再也沒有任何能阻止對方前進的手段。在怒濤般的衝鋒下他們被一直線分成兩半，之後落入的下場，就是必須同時受到來自前方的風槍齊射，以及來自後方的騎兵回頭再衝刺的夾擊。

「嗯，這下確定了。」

伊庫塔望著大勢已定的戰場光景，不帶感慨地這樣說道。不久之後他一看到敵方再也無法做出組織性抵抗，就重新和先前交給蘇雅的另外一半部隊會合，來到托爾威和馬修的部隊旁邊加入並列射擊。

最後，總共有一百二十多人的敵方有七成死亡，兩成逃走，剩下一成被捕成為俘虜。幾乎同規模的伊庫塔等人部隊雖然出現八名傷患，然而每一個都是輕傷。

殺死對方將近百人，自軍卻只有八人受傷。即使也有受到幸運眷顧的部分，但這個殺傷效率卻顯得很異常。身為功勞人物的黑髮少年幾乎沒有提及自己的戰果，不過面對以憧憬和敬畏眼神看向自己的士兵，他僅僅一次以若無其事的態度說出這番話：

「比想像中輕鬆吧？要是碰上討厭的工作，起碼得很有訣竅地去處理。」

＊

整個班被配置進高台陣地裡後，嘉娜度過的生活是連續數日的監視輪值與傳令任務，還要趁空檔去照顧身體狀況急遽變得經常感到不適的亞桑二等兵。

當然他們有持續警戒，然而這陣子暫時沒有發生實際戰鬥，她的情緒也稍微產生了一點餘裕。或許是因為這樣吧——嘉娜回想起那個在內戰開始前，僅僅只有見過兩次的不可思議少年。

「……那傢伙不知道過得好不好。」

嘉娜讓頭暈的學弟在陣地的角落坐下，以沾濕的手帕一邊幫他擦臉一邊喃喃說道。大概是聽到她的聲音，亞桑二等兵把發青的臉孔轉向嘉娜。

「……是在指誰呢？」

「咦？啊……嗯……一個認識的人啦……而且是個奇怪的傢伙，剛見面就突然說我是他的師妹。」

她臉上露出被回憶勾起的笑容。亞桑二等兵愣愣地望著嘉娜的這種模樣，開口發問：

「……嘉娜上等兵，妳現在有感到在意的男性嗎？」

「——咦？」

這突如其來的問題讓嘉娜的動作僵住，亞桑二等兵帶著反省甩了甩頭。

「對不起，這問題太唐突了。我腦袋昏昏沉沉的……不過，那個……該怎麼說……」

「……該怎麼說？」

「因為我覺得嘉娜上等兵妳似乎可以成為一個好媽媽，比起軍隊，應該更適合待在家庭裡。」

聽到這出乎意料的評價，嘉娜為了掩飾害羞而轉頭背向學弟。

「家庭嗎…………不過，我是被婆家趕出來所以才會加入軍隊啊。」

「咦……？」

「我先生很快就因為生病過世，也還沒來得及生小孩……那樣一來，嫁到別人家的我不就無處可容身了嗎？所以我就離開那裡，還拿到一時應急的路費和喜歡的書作為贈別品。問題是事到如今也不能回去貧困的娘家，正因為不知道該怎麼活下去而走投無路時，剛好看到帝國軍募集兵員的海報。」

如果那時有空缺的兵種不是風槍兵，或者嘉娜的搭檔不是風精靈，也許會有不同的命運。不管怎麼樣，她為了掙一口飯吃而選擇成為軍人。在那之後，就以和疾病無緣的健康身體為武器，一直奮鬥到現在。

「……原來妳有結過婚啊……」

「嗯～因為我是窮人家的小孩嘛。過了十四歲以後已經被當成賠錢貨，一決定要把我塞給誰之後立刻被趕出家門……只是我自己也沒想到連嫁人後也會碰上同樣的事情。」

面對帶著苦笑講出隱私的嘉娜，亞桑二等兵似乎很坐立不安地低下頭。

「……對不起，我實在太不識相了。」

「別在意，畢竟我這人的個性不太會為過去的事情感到煩惱。」

雖然這樣說，但或許怎麼聽都像是在逞強吧？亞桑二等兵依然垂頭喪氣。嘉娜思考了一會，決定換個角度打圓場。

「那個啊……雖然我的確是被趕出來，但在婆家也有美好的回憶喔。」

「……………？」

「那個家裡有間書房。或許該說是書庫吧？總之具備了說是個人收藏算是很了不起的規模。聽說是我先生從身為收藏家的爺爺那邊繼承來的東西，內容從經典書籍到小說，很沒原則地湊齊了各式類型。因為我看得懂文字，所以會趁做家事的空檔找出時間賴在那裡。尤其是《大阿拉法特拉風土記》是本很棒的書，裡面很仔細地敘述了作者在席納克族之間度過的生活，比一些寫得很差的小說更不會讓人感到無聊。嗯，那時候真的很快樂……」

嘉娜丟下一臉無法體會的亞桑二等兵，回憶起充滿書香氣息的書房……那裡充滿了未知的世界，甚至讓她因為自己還沒看完一半藏書就被趕出來而感到不甘心。而且最重要的是，那裡讓嘉娜得以明白「求知」的樂趣。

「……如果是那傢伙，是不是會教導我更深入的部分呢？關於那個科學……」

如果真是那樣就太棒了，嘉娜心想。因為可以強烈祈禱，自己要為了這點活著回去。

「……嘉娜上等兵妳真的很喜歡書籍呢。」

「嗯，很喜歡。只要裡面寫著我不知道的事情，基本上什麼書都好。」

看到嘉娜帶著笑容點頭，亞桑二等兵用手指搔了搔臉頰。

「……下次，讓我送妳一本妳喜歡的書吧。因為一直麻煩妳照顧，算是回禮。」

「咦？我是很高興啦……不過書相當貴喔，沒問題嗎？」

「是這樣啊？……不過第一次上陣時是妳救了我的命，所以起碼我得付出和自己生命同等的價錢。要是比這還高那只好請妳放棄。」

由於已經恢復到可以開玩笑的地步，亞桑二等兵拍拍膝蓋站了起來。然而，下一瞬間就受到頭痛襲擊——他拚命克制住發軟的雙腳，在前輩面前表現出沒事的模樣。

這份逞強稍微發揮效果，嘉娜摸著胸口鬆了口氣。然而——

「警報！警報！在四點鐘方向確認敵影！所有人前往迎擊位置！」

在吵鬧尖銳的警告銅鑼聲中，兩人短短的休息時間宣告結束。

＊

「……我說，蘇雅。我們這次的工作，應該是前往前線陣地的輸送任務吧？」

「是的，沒錯。如果有必要我可以複誦詳細內容。」

「我知道妳擁有可靠的記憶力。不過現在的問題不是那樣，而是——」

伊庫塔從岩石後方偷偷伸出望遠鏡，窺視著以大角度轉彎的山路另一頭。在登上連續斜坡數百公尺後能看到的景象是，使用木材和日曬泥磚來補強的三個戰壕，以及在裡面單手拿著風槍，以犀利的監視眼神四處張望的席納克族警戒人員的身影。

「──在該送貨物過去的陣地已經被敵人奪走的情況下，我們該怎麼辦？」

伊庫塔以受夠了的表情來為狀況做出總結。總之受命進行的偵查已經結束，他決定帶著士兵們沿著原路回去。一邊小心不要發出聲音並花了十分鐘左右從山路往下移動後，輸送部隊的本隊在下方等著他們。

「我去看過情況了。很遺憾，果然前方的陣地被敵人奪走了。」

納吉爾中尉的嘴角扭曲。他算是伊庫塔一行人來到北域後的第五個長官，不過講到狀況進行不順利時的沒耐心程度，他毫無疑問是在歷代長官中的第一名。

「……敵人數量大約有多少？」

「由於對方位處斜坡上方，因此無法連陣地內部也進行確認。不過之前有收到說明原本有我方兩個排被配置於此的通知，再從堡壘規模去反過來推算，我想對方數量應該在兩個排以上吧。」

「別說這種隨便的發言！為什麼不用自己的雙眼確實仔細調查！」

伊庫塔默默地把納吉爾中尉歇斯底里的怒吼聲當成耳邊風。他是心情不好時聽到什麼回應都會發火的類型，哪有辦法每次都一一對應。

「可惡，那些席納克蠻族……這樣下去不是無法把物資送往前線嗎！」

「這就是敵人的目的吧？我認為關於補給路線的維持，必須提出根本性的對策。」

「雅特麗希諾准尉，妳的多嘴是僭越行徑！這種事情會由鎮台本部給予指示！」

實在失禮了，雅特麗低頭道歉。和已經半放棄和長官溝通的伊庫塔不同，她無論被怒吼多少次也沒有停止提出意見。這顯示出兩人的性格差異。

「總之，不突破這裡就無法達成任務，撤退更是免談！」

「地形對我方不利，若要正面突破，預測會受到相當嚴重的損害。」

「我不是說過妳太多嘴嗎！……首先要掌握敵方的人數。」

納吉爾中尉思考了一會，接著發出命令：

「伊庫塔准尉，馬修准尉。我命令你們的部隊去進行火力偵察。和敵人交戰，並以實際感受來推估對方的兵力。」

開什麼玩笑！伊庫塔心想。雖然火力偵察的做法就是「總之先打一仗來測量敵方的強度」，然而要實行這作戰的部隊不但有風險也會出現犧牲者。既然不打算撤退，那麼打從一開始就把全部兵力一口氣投入還算比較好一點，以測試感覺來浪費士兵生命的行為實在讓人難以忍受。

「……呃～中尉，剛剛我也已經報告過了，可以預估到敵方兵力如果夠多的話，大約等於兩個排。就算是要進行火力偵察，在不利的條件下讓同樣數量的士兵去交戰不能算是得當的計策。」

「閉嘴，我已經下令了。」

「……那，至少可不可以讓托爾威准尉的部隊來負責支援呢？光是後衛有風槍兵部隊在場，就能讓壓力改變很多。我不會讓他們成為目標。」

「夠了——」「我願意去！請讓我們去吧，中尉！」

托爾威以強烈的語氣介入對話，納吉爾中尉帶著僵硬的臉部表情看向他。

「你們這些傢伙沒有打算遵守命令吧！這種樣子哪能打仗！聽好了，所謂軍隊是——」

「我會用一小時擊破敵方。這樣如何呢，中尉？」

伊庫塔在絕妙的時機插嘴。聽到他脫口而出的發言，中尉一時之間也無言以對。

「只要交給我和馬修還有托爾威這三個排，我們會用剛好一小時的時間把那個陣地奪回，也不會造成嚴重的犧牲。這是比火力偵察好得多的行動吧？」

伊庫塔以自信滿滿到了詭異的態度如此宣稱。納吉爾中尉原本想要對他大吼「你說什麼鬼話！」但看到完全不帶畏懼也沒有膽怯的少年表情後，他改變了方針——對於這種傢伙，早點讓他經驗悲慘失敗應該比較好吧。

「……既然你吹牛吹到這種地步，我就隨你吧。不過，別忘了你們違背已下達命令的這個事實。要是在這邊失敗，你們幾個……尤其是伊庫塔准尉，別認為以後還能靠軍人身分過活！」

講出這種話的納吉爾中尉自以為這是最大的威脅，然而對於接收方來說這反而是獎賞。因為這樣，伊庫塔不得不壓抑著自己很想故意失敗的衝動。

「在下鄭重領會……那麼不才伊庫塔．索羅克准尉暫時接下三個排的指揮權，並於現在出發進攻敵方的防禦陣地。」

伊庫塔完全不帶敬意地敬禮後，和同伴們一起再度沿著山路往上走。一離開本隊，馬修立刻發動質問攻勢：

「伊庫塔，為什麼你會那樣……！要用一小時打下那戰壕根本是亂來吧！」

「沒問題啦，吾友馬修。我已經決定好進攻的方式。如果順利進行，實際的戰鬥時間應該不到二十分鐘，對吧，小白臉？」

「……嗯。如果我和阿伊的想法想同，我想不需要花費那麼多時間。不過，為了達成目標，部隊的位置安排會變得很重要。」

聽到托爾威指出的重點，伊庫塔輕輕點頭回應。來到距離戰壕還有一半路程的地方後他停下腳步，把視線朝向左斜上方。現在他們使用的山路是以類似螺旋的形狀開拓而成，也因此正面右手邊是角度很急的下坡，左手邊則是很陡的上坡。

「你有看到那裡的地形往橫向突出長長一片嗎？就是從這裡垂直往上爬三十公尺左右的地方。雖然只是目測，但我想那邊在標高上應該和敵方戰壕幾乎一樣……那麼，在這條路轉彎後，那個突出部分也會繼續在正上方位置往前延伸一段。」

「……原來如此，那樣一來可以取得筆直的彈道呢。最後射程大約是多遠？」

「大概比一百五十公尺多一點。只是，以立足點的寬度來說，若要以臥姿射擊大概頂多只能讓三人並排吧。」

「沒辦法帶太多人去呢……我明白了，我會從排上選出包括我在內的六人。」

伊庫塔和托爾威拋下理解力跟不上情況的馬修，兩人繼續商量。不久之後有四名風槍兵被指名出列，和排長托爾威一起在伊庫塔面前列隊。

「等你們的身影消失在突出處後方，下面的我們才會出發，並在五分鐘後準時開始攻擊。你們必須用二十分爬上斜坡，再花五分鐘在上面占好位置。這也包括了讓你們調整紊亂呼吸的時間——托爾威，這樣沒問題嗎？」

托爾威再度比較目前自己的位置和突出處的位置，然後重重點頭。

「好，那你們爬吧。拜託可千萬別被敵人發現啊。」

伊庫塔發出許可後，托爾威等六人開始抓住樹根爬上斜坡。馬修不安地目送他們的身影離開，並再度逼問伊庫塔：

「喂！這到底是什麼樣的作戰啊？你打算讓托爾威從上方進行掩護射擊，我們從正面進攻嗎？」

「大致上是那樣沒錯，有什麼不安嗎？馬修。」

「還問我有什麼不安！根本是滿滿不安！你也知道風槍的有效射程頂多是四十公尺左右吧？是啦，托爾威或許可以狙擊再多二十公尺的地方，不過就算是那樣也只有六十公尺……那麼，你剛剛說要把那五人配置在距離敵人多遠的地方？」

「目測一百五十公尺多一點的地方。」

「問題就是這裡！從距離敵人一百五十公尺的地方怎麼可能做出有效的掩護射擊！連一槍也打不中吧！再加上只有六個人，連利用火力密度來彌補命中率的戰法也辦不到！」

馬修講到這邊停止發言並瞪著伊庫塔，他卻以真心佩服的表情送上掌聲。

「謝謝你提出這種明確整理出要點的說明。我從以前就覺得，你很擅長以簡單易懂的方式來對別人說明你自己不明白的事情呢。」

「你這話根本不是在稱讚我吧！是說，這都是因為你總是做出一些讓人無法理解的行為啊！」

「好啦好啦你冷靜點嘛。是啦的確，上次的戰鬥中很難看出差距……不過，如果我剛剛的發言真的是不可能辦到的指示，托爾威應該也不會那麼乾脆地接受吧？」

只用這句話來堵住馬修的反論後，伊庫塔露出大膽笑容抬頭望向斜坡。

「——在我們講這些話的期間，那邊已經爬到相當高的位置了呢。馬修，差不多該讓士兵們裝填子彈了。結束之後還要上刺刀，因為這次只要一開始就要一口氣進攻。」

據守在從帝國軍手中奪來，不，正確說法是奪回的戰壕中準備下一次迎擊的席納克族戰士們，在視線中出現排好隊列的敵軍身影的那瞬間就產生了反應。

「……敵人，來了！大家就定位！快點準備大炮！」

眾人在領導者的指示下開始動作。在這個要塞中，他們的主力果然還是和重力站在同一邊的風臼炮。一個戰壕內有兩門，共設置了六門大砲。負責操作風臼炮的人們迅速地跑向負責的位置。

這裡的風臼炮雖然屬於小型，不過使用時卻要用到四隻風精靈，而且一門需要三個人來操作。風精靈已經被擺好，炮彈也裝填完畢，處於只要有炮兵的指示隨時都可以發射的狀態。

「好，可以了！要發射嗎？」

「別急！等對方再過來一點！」

領導者冷靜等待。由於風臼炮的炮彈速度並不是那麼快，要是和敵人的距離過長，即使在有效射程內也有被避開的可能。既然炮彈數量也有限，必須隨時以效率最佳的方式射擊——這是教官教導他們的知識。

「距離二百五十、二百四十、二百三十……二百……好，就是現——嗚！」

領導者正打算發出號令，這時卻毫無前兆地臉朝上往後倒。不，並非只有他受到突然的不幸襲擊，各戰壕中都有一名炮兵走上相同的命運。有人是從眼睛，有人是從胸口流出鮮血，紛紛橫倒在地。

「什麼……！發……發生什麼——」

「是槍擊！明明正面的那些傢伙並沒有拿著槍，到底是從哪裡——嗚！」

沒等他們理解狀況，又有兩人倒下。失去領導者的席納克族戰士間產生動搖——

「——戰壕1，命中炮兵。胸口被擊中倒下。」

在伊庫塔等人正上方高約二十公尺的位置，包括托爾威的三名風槍兵正趴在如同天然屋簷般往前突出的地形上，瞄準狙擊目標。

「子彈上膛——戰壕1，目標移向位於左邊的男性。舉槍，瞄準……射擊！」

帝國式
膛線風槍試作版
全長 1.2m 重量 4.7kg
必中射程 200 ～ 250m
最大有效射程 400m 以上

響起壓縮空氣的輕微爆炸聲。從槍口射出的橡實型子彈飛過一百五十公尺的距離，命中正拚命想把倒下同伴扶起的男子太陽穴。

「──戰壕2，敵人躲起來了。為了讓大炮失去功能而優先狙擊精靈。舉槍，瞄準……射擊！」

扳機隨著號令被扣下。在實際開槍射擊的三人後方，有同樣人數的觀測員壓低身子看著望遠鏡。他們的任務可分為四大項：確認擊中、根據上述結果提出彈道修正指示、護衛射手──還有，在萬一時可以交替任務。

「戰壕3，命中新出現的炮兵。是打中手臂的輕傷，嘗試追擊。」

「戰壕1，沒有敵人，判斷暫時壓制。改為支援戰壕2。」

他們以安靜到讓人害怕，如同機械般平淡的態度來執行射擊任務。這也是當然的情況吧。現在的他們並沒有感受到自己身邊出現敵人的威脅，也不需要擠出面對威脅所需的勇氣。在拉開一百五十尺的距離來開始單方面的射擊時，這些事情已經成為單純的動作。

「……本隊開始從戰壕正面發動攻擊。所有狙擊手，維持原狀繼續掩護射擊。」

托爾威以判若兩人的冰冷語調如此下令。他瞄準下一個獵物，非常輕鬆地扣下沉重感正好和「與對手之間的距離」成反比的扳機。

「煩人的大炮安靜下來了呢──好，衝鋒！」

估計好時機，伊庫塔和馬修的部隊也展開全面攻擊。包括托爾威排的主力在內，超過百人的士兵們一起進攻敵人的戰壕。戰場上充滿了怒吼聲。

「蘇雅！十字照射！摧毀敵方的視力！」

「Yes, sir!」

在舉起刺刀衝鋒的士兵旁邊，光照兵部隊放出支援用的遠光燈。部分敵人因為刺眼光線而撇開視線，迎擊的抵抗力也隨之變弱，承受到這優勢的馬修排率先衝進了戰壕裡。

「「「嗚喔喔喔喔喔喔喔喔喔喔喔！」」」

狹窄的戰壕中展開近身戰。士兵們斬下連刺刀都還沒裝好的敵人首級，把敵兵撞倒後用短矛刺進對方胸口。有些人發出如同野獸的叫聲，也有些人像是嬰兒般嚎啕大哭，現在人人都只把全心全意灌注於自己該如何在「戰爭」這種非日常的情勢下繼續生存。

「住手……拜託……救救我……！」

「……嗚！」

然而，在這種非日常中，有時候也會不懷好意地出現日常的餘波。丟下武器求饒的女性士兵就是典型的範例。要是碰上還沒有被鮮血沖昏頭的人，就會受到感情影響，一時之間猶豫著該不該攻擊。

這時的馬修也是這種情況，而且是反而得到不良後果的案例。抓準戰意受挫的他把刺刀移開的那瞬間，原本在求饒的席納克女兵跳了過來。

「嗚哇……！妳……妳這傢伙……！」

她的手指纏上馬修的粗壯脖子，以不像是出自女性的握力讓指甲陷入皮膚。這女兵是認真的。她使出了全力，試圖以空手扯斷頸動脈，眼神就像是被趕上絕路的野獸。

「嗚……嗚嗚……誰……誰快來——」

死神腳步逼近氣管被塞住而呼吸困難的馬修。由於腦部缺氧，連求救聲也喊不出口。在他的視野開始染上紅色的剎那——只見女兵的雙眼突然睜大到極限，接著勒住脖子的雙手也失去力氣，整個人癱到了馬修身上。

「呼……！咳……咳咳……呼啊……！」

「你還好嗎，馬修？這樣不行啊，在這種地方不能去思考殺人以外的事情。」

伊庫塔踹開女兵的屍體對友人伸出手。馬修一邊在他的幫助下起身，同時以泛淚的雙眼望向那名女兵——後腦被打出的小指大小洞穴顯示她已經失去性命。

「咳咳……抱……抱歉，真是得救了……」

「要謝的對象不是我，而是托爾威。因為看到距離一百五十公尺遠的地方有兩個人打成一團還可以正確收拾其中之一，目前在世上大概只有那傢伙能辦到這種事情吧。」

伊庫塔邊說，邊把視線朝向戰壕外看了一眼。馬修也發著抖看往同樣方位，但是在距離這邊一百五十公尺遠的位置，他連友人的身影也無法發現。

心情已經超過感謝反而產生畏懼——剛剛自己是在那種距離下獲救嗎？

「……好啦，每個戰壕都差不多解決了吧。逃走的敵兵不必勉強去追，不過要查清楚還有沒有躲著的敵人。在通知本隊過來前，確保安全是很重要的工作。」

一看到戰鬥已經告一段落，少年立刻俐落地開始發出事後處理的指示。馬修一邊幫忙，同時以焦躁的心情等待這次的內幕說明。

*

時間回溯到幾個月前，地點是帝國軍中央軍事基地。

壓縮空氣爆炸聲原本是每個人都已經聽慣了的聲音，現在卻被許多人發出的吵鬧聲掩蓋。

「……喂喂，這是認真的嗎？」

第二槍、第三槍、第四槍，連續開火。每次都會讓騷動聲變得更大，也逐漸開始出現明顯的感嘆情緒。

參與實驗的一名射擊手背後，聚集了二十人以上的旁觀同僚。連長期在這部門工作的人，也不是經常能看到像這樣的光景。

「……這樣就射完一百槍了。喂，紀錄怎麼樣？」

「請……請等一下。呃……因為是這樣所以……算出來了，在距離五十公尺的範圍內，集彈率是百分之九十四。和過去的風槍相比，單純計算後有將近五倍的命中率。」

得出具體的數字後，這過於誇張的進步程度讓所有人都說不出話。

在帝國內的許多軍事設施中，綜合兵裝管理部是只存在於中央基地的部門之一。正如名稱所示，這裡是負責開發、製造由風槍為首的各式軍事裝備的部門，與軍事裝備有關的新技術若不是由內部研究員研發，就是會被率先送到這裡來。

「只是按照帕克達的設計圖試著在槍身內部挖出溝槽而已耶，居然可以得到這種成績……」

被叫到的研究員也混在參觀者裡面，但當事者本身比任何人都感到訝異。

他回想起——那個目前已經前往北域，以「怪胎」聞名的高等軍官候補生的臉孔。還有，正是由那個少年交給自己的奇妙新型風槍設計圖。

帕克達也不是看不懂設計理念，那份設計圖具備足以讓技術領域的人們去注意的合理整合性。所以他才會覺得無論結果如何，都有試著去做出實物的價值。即使帕克達從來沒想像過會產生如此極端的成果……

「喂，你真了不起啊，帕克達！別發呆了應該要更高興吧，這可是大功一件！」

「在槍身內部挖出螺旋狀的淺溝，讓高速通過槍管的子彈進行旋轉運動，結果就是能提高直進性並安定彈道……嗎？的確，聽過之後也能理解這理論。」

「所以說在一開始能從無生有正是天才的工作吧……我對你刮目相看了，帕克達。真抱歉，我居然至今為止都沒有注意到你原來是這麼了不起的傢伙。」

即使收到同僚接二連三的稱讚，帕克達也不明白自己到底該擺出何種表情——事到如今，這氣氛也讓他不敢老實承認這並不是自己想出來的發明。

他尤其害怕周圍同伴們羨慕的眼神會轉變成失望。

「彈……彈速的減少情形如何呢？由於在槍身上挖出溝槽，應該會造成空氣從溝槽和子彈之間的縫隙漏出……」

「噢，在那張設計圖中，也包括了考慮到這一點的橡實形子彈製造。這部分也立刻進行實際製作並拿來實驗吧。看目前情況，成果似乎值得期待。」

「這可是歷史性的一瞬間呢……畢竟從今天這個日子開始，帝國的風槍兵們使用的武器將會逐步汰舊換新！」

沒有預料到的新發明讓同僚們的興奮情緒就像是點起火的暖爐般旺盛高昂。帕克達想到接下來應該會迫近的忙碌日子，感到有點焦躁——在被那波大浪淹沒之前，他還有一個該達成的約定。

「……那……那個！關於一開始可以拿到試驗性作品的部隊，我是不是可以提出意見呢？」

「嗯？的確，關於還在試驗運用初期階段的裝備該如何分配，實際上的調度是全權交由我們綜合兵裝管理部來決定……」

「什麼啊，你有那種想讓對方頭一個看到成果的對象嗎？例如和你同期的好友之類……噢，我想是女性吧？」

胡亂猜測著一些無聊原因的同僚們包圍著帕克達吵吵鬧鬧。本人內心裡雖然也覺得如果真是那樣就好，不過表面上他只是靜靜地望著部門的最高負責人。

「我不是不能理解你的心情，但……公私不分不是該稱讚的行為，帕克達下士。」

「那……那是……」

「雖然不是該稱讚的行為……不過這次也是你立下了功大於過的功績。」

語調突然變溫和。垂頭喪氣的帕克達訝異地抬起頭，只見他的長官非常罕見地放鬆了表情微微笑著。

「把你想指定的部隊和指揮官……對了，就寫在那邊的黑板上吧，我之後會去確認。雖然也要看部隊的規模，不過一旦湊齊數量，頭一批就先送過去那邊吧。」

「——謝……謝謝您！」

帕克達帶著感謝的心情，以最敬禮的動作來回應默認越權行為的長官……不過在這時他已經完全忘記——忘記他原本還在猶豫，到底該不該在此揭明自己提出的那份設計圖的真正製作者。

在這個嚴重的遺忘下，帝國軍事史上數一數二的技術革新完全成了他的功勞。從今以後，發明「取代過去的滑膛風槍成為新主力武器的膛線風槍」的偉業，將會永遠和帕克達．索恩亞奈這名字一併被提起。

*

「所以，這就是那種新風槍的試驗性作品？」

雅特麗看著風槍槍身並開口發問。除了身在後方的哈洛以外，四名騎士團成員都聚集在從敵人手上再度奪回的戰壕裡，正在討論剛才的戰鬥。

「嗯～啊～對啊～靠著刻在槍身內部的膛線的效果～有效射程呢～會比過去的滑膛風槍～長五倍到六倍～是一種只要開始大量生產～應該就會在戰場上引起革命的～新武器喔～」

托爾威看不下去伊庫塔如此欠缺幹勁，代替他負起說明責任。

「以實際使用過的立場來發表感想，總之彈道的安定感非常出類拔萃。即使距離在一百公尺以上，彈著點也不容易受到運氣左右。講到缺點大概只有槍身變重約兩成……真的是革命性的武器。」

「原來那個莫名其妙的遠距離射擊是靠這個嗎……不過就算如此，居然可以只靠三名射手就封住六門大炮，還是讓人一時之間很難相信。」

馬修以雙手抱胸的姿勢沉吟著，托爾威則是沉穩地搖了搖頭。

「既然有效射程大幅延長，這是必然的結果。這裡的風臼炮發射速度是四十秒一次，相對之下，風槍則是五秒可以開一槍。所以在對方射出一炮的期間，我方可以開十二槍。既然時間如此有餘裕，在大炮發射前先解決炮兵是十足可能的情況。」

托爾威雖然講得很簡單，但馬修卻咬牙心想……即使手持相同裝備，現在的自己應該也無法做到同樣程度吧。正是因為這次參與的射手具備熟練的射擊技術，所以才能夠達成。

「這就是隱藏在『阿納萊的盒子』裡的技術之一嗎？雖然我有聽伊庫塔說過，不過看到實際具體成型的東西，感覺還是差很多。帝國把寶貴的人物讓給了齊歐卡呢……不，或許該說是恐怖的人物才比較正確。」

「嗯～關於這點可以不必擔心。例如從帝國製造出膛線風槍這件事情上也可以看出，阿納萊老爺子並不希望軍事技術的進步只偏向於任何一國。對於新技術的公開，那個老先生秉持著消極的平衡主義。」

伊庫塔邊打呵欠邊說。這時雅特麗突然露出察覺到什麼的表情。

「……我說，伊庫塔。我記得在快要過來北域之前，你在彈道學的課堂上硬要發表的演講應該也是在主張必須讓不同於風槍的其他新技術得以普及吧？」

「噢，妳是說爆炮嗎？因為齊歐卡已經開始實用化，所以基於這一點，若以『帝國這邊必須盡早動手開發的技術』這層面來看，爆炮和膛線風槍可以說是一模一樣的情形。只是這個在運用時和氣球一樣會使用到『揚氣』，所以要和阿爾德拉教的教義磨合妥協會有困難。光是那次演說，根本連掩護射擊都算不上……算了，那是現在煩惱也沒有用的事情。」

伊庫塔哼了一聲換個心情，把視線移到托爾威身上。

「喂，小白臉。實戰的演出也已經結束了，差不多該公開你的企圖了吧？」

「啊——嗯，也對，再繼續隱瞞也沒有意義。」

托爾威以被點醒的態度對在場所有人開始解釋：

「靠著這個膛線風槍的幫助，今後風槍兵的立足位置應該可以前進到下一個階段。首先，以後不再需要為了彌補低命中率的大人數戰列，我想會改由以班為單位的散開機動取代戰列成為基本戰術，至少在平原上面對面互相開槍的局面將會變少。」

「意思是躲起來偷偷狙擊敵人的方式會成為主流？雖然明白理論，但這是我不太希望迎接的未來景象呢。」

雅特麗的嘴角扭曲，這感想很符合出身於「白刃伊格塞姆」的她的風格。

「不不，雅特麗，我想那要取決於妳用什麼角度來看。畢竟至今為止的戰列步兵座右銘是『即使隔壁的戰友死去也要持續開槍射擊』。真要講起來，這也是一種過於討厭的現況光景，不是嗎？」

「啊哈哈……或許兩邊都半斤八兩，不過人無法反抗時代的潮流。處於指揮風槍兵部隊的立場，必須順應新時代的戰術，若有機會還得促進其發展。而為了達到這個目標，我想到的做法是設立『狙擊兵』這個新兵種。」

第一次聽到的名詞引起了所有人的興趣。當對於這種狀況感到有點緊張的托爾威開口想要繼續說明的那瞬間——蘇雅慌慌張張地衝進戰壕裡。

「由於中尉不在，很抱歉打擾各位的談話！……報告！來自戰線前方陣地的傳令兵剛才到達，並請求我等前往救援！」

雅特麗率先站起，她甩動長長的炎髮，紅色眼眸裡帶著鬥志。

「救援請求？聽起來似乎很嚴重，去把前來傳令的本人叫來這裡。」

「我想他立刻就會過來，但看起來身負重傷……啊，來了！」

蘇雅把路讓開後，有另一個士兵拖著腳前來。身上軍服各處都被出血染紅，甚至右腳大腿上還刺著十字弓的箭。是因為肌肉收縮而無法拔起吧？看到這超乎想像的悲慘模樣，現場空氣一口氣變得很沉重。

「……我是隸屬於席納克討伐第一旅，第三十二風槍兵排的希岡茲士官長。」

「受到這種重傷還能前來傳令真是辛苦你了。坐在椅子上放鬆一下吧，我現在就叫醫護兵過來——」

「非常感謝您的關心，但是時間寶貴，請先允許我報告。」

希岡茲士官長先深呼吸好幾次調整紊亂的氣息，才再度開口：

「從這邊徒步一日可到達的我方陣地受到敵方包圍，目前落入全滅的危機。我想各位看到這副模樣就能明白，光是為了讓我一人前來傳令，就已經失去了許多士兵。完全沒有任何時間可以猶豫，事已至此，請盡早派出救援部隊……嗚……！」

這時希岡茲士官長似乎無法忍耐來襲的頭痛而縮起身子，發出野獸般的呻吟並在地上掙扎了好一陣子後，才失去意識以臉部朝下的姿勢倒地。伊庫塔一邊讓蘇雅去找醫護兵，同時從一開始到最後，都以非常嚴肅的表情看著士官長的這副模樣。

＊

「射擊！」

士兵們直到狀況已經無可挽回時，才發現這原來是絕望的事態。

指揮官帶著焦急的號令聲響起，在高台上布陣的士兵們依令開槍。雖然目標是下方成群圍堵他們的敵人，然而效果卻不顯著。因為對方保持著不會被風槍齊射造成嚴重損害的邊緣距離。

「中尉，再這樣下去無法分出勝負！在彈藥耗盡之前，我等必須再度衝鋒嘗試突圍才行……！」

雖然副官的意見也有道理，然而擔任現場總指揮官的貝拉里中尉在猶豫過後拒絕了副官的提議。數小時前才剛目睹的慘劇讓他對於實行突圍心生躊躇。

「……駁回！你剛剛應該也有看到那樣做的同志們有什麼下場！」

四面楚歌，這就是能最單純形容他們現狀的詞語。

在這個被帝國軍四個排接收並當作野戰陣地的高台周遭，現在敵人正以包圍他們的形式，在四周的低地展開全面布陣。雖然聚集到此的士兵數量已經比帝國軍還多，然而敵人並沒有主動發動攻擊。即使偶爾會表現出想要衝鋒的意圖並帶來壓力，但基本上只是一直保持包圍狀態。而且，這樣已經足夠。

「可是，那些傢伙打算等我方用盡彈藥！……而且在這段期間內，往前線的補給也持續被切斷啊……！」

截斷補給線，再把失去後方支援而弱化的敵人予以各個擊破——這就是席納克族的戰略。若想達成這個目標，並非一定要打倒敵人，只要讓對方士兵無法進出作為進軍中繼站的陣地就可以辦到。光是這樣就能讓前線部隊的物資不足，而受到包圍的陣地也會在孤立無援的戰鬥中逐漸消耗。就像現在貝拉里中尉的部隊正落入的狀況。

如果有在敵方召集這麼多人數之前，提早做出突破包圍的決斷——事到如今，貝拉里中尉不得不產生這種想法。而太慢做出這個判斷的原因，在於他們對地形有著誤解。直到短短數小時前嘗試突圍的一整個排全滅為止，他一直不把敵人的包圍當成一回事，認定可以簡單突破。

在高處布陣的士兵面對位於低處的敵人時能占有優勢，這是貝拉里中尉知道的用兵學常識。由於從高處可以一眼看清位於下方的敵人，因此迎擊會變輕鬆，無論想採取什麼行動都容易估算時機；此外要衝鋒時，也能夠讓從坡道往下奔跑帶來的衝勁成為助力。

然而，他卻粗心地忘了。忘記現在自軍展開陣勢的地方並不是平地上那種獨立一處特別隆起的高台，僅僅只是山岳地帶獨有的豐富起伏地形的一部分；也忘了即使從高台往下衝鋒並突破敵人，前方也還有不允許士兵們順暢行軍的險峻地形在等待。

相比之下，席納克的戰士們對這點非常理解。所以在帝國軍部隊從高台上長驅而下時，他們居然沒有做出正面迎擊的行動，而是先放對方直接通過。到了敵方部隊面對眼前險峻地形而產生遲疑的那瞬間，他們才露出利牙。接著以萬全準備，狠狠吞噬那沒有防備的背影。

「即使我等能夠突破包圍，之後這裡的地形也不會允許我們撤退……仔細想想，這個高台被丟著不管的狀態本身就是陷阱，是沒察覺到這一點的我犯下了過錯。」

「中尉……」

「下定決心吧，伊庫希尼士官長。這樣一來只能打持久戰。」

等待敵方調度出現錯誤，或是友軍的增援趕來現場。在已經失去退路的現在，貝拉里中尉做好徹底抗戰的心理準備。

另一方面，在同一陣地的另一端負責迎擊的嘉娜・特馬里上等兵也開始因為確實逼近的毀滅氣息而感到害怕。

從看到周圍地形那時開始，她就沒來由地產生了不祥的預感。然而嘉娜無法辦到繼續深入追究這個直覺，直到形成理論的動作。因為身為一個步兵，基本上根本沒有接受過能有效活用這類感覺的教育。

「班長！風槍的距離不夠遠……！還不能使用風臼炮嗎？」

「不行！炮彈的數量比子彈更有限！要是在這時就浪費掉，一旦敵方正式展開攻勢時會沒有對抗的手段！如果真要使用，只能趁他們急著想分出勝負而大意靠近時一網打盡，這是我方能對敵方造成重大打擊的唯一機會……」

嘴上雖然這麼說，但看班長的態度，他本身對那個機會似乎也不是那麼期待。大概是因為他認為進攻手法周到至此的敵人不可能在下出最後一棋時還犯錯吧？嘉娜也有同感。

「……嗚……那，是要我們就這樣明知打不中還繼續射擊嗎……？」

「不，這是作戰的前置作業。只要我方堅持不使用風臼炮，敵方就會開始懷疑我方或許已經沒有炮彈。那樣一來有可能會下決心發動衝鋒攻擊，我想中尉應該是打算趁那時以反擊來讓敵方受到重大損害。」

嘉娜把注意力放到風臼炮上，讓自己無論在何時收到命令都能夠立刻去使用……因為如果不打算靜靜等待援軍到達，那麼這個作戰就是為了打破狀況所剩下的最後手段。

「報告！敵方部隊開始在北方聚集！有可能集合後就直接發動攻擊！」

在陣地北側監視敵方動向的士兵高聲發出警告。負責指揮的貝拉里中尉聽到報告後，滿心憎恨地歪了歪嘴角。

「這動作十有八九是意圖讓我等產生動搖，並不打算真正進攻……」

「中尉……」

「……但是如果無視剩下的一成可能性，並且運氣不好真是那樣時，一切就完蛋了。」

面對不得不按照敵方想法行動的現實，貝拉里中尉狠狠咬牙，發出指示要求從其他方向把士兵調往北側。由於也必須一起移動沉重的風臼炮，讓被迫進行重度勞動的士兵們消耗得更為嚴重。

「嘉娜上等兵！我們也前往北側！把亞桑二等兵留在這裡！」

聽到貝拉里中尉命令的班長開始行動，嘉娜反射性地看向旁邊的學弟。

「要是發生什麼事情會立刻讓人去通報，請放心，這裡就交給我吧。」

由於對方以比想像中更振作的聲音回應，嘉娜也鬆了口氣點點頭。

「那，這裡就交給你了。」

嘉娜把接下來的監視任務交給亞桑二等兵，和班上夥伴們一起開始移動裝有車輪的風臼炮。正因為之前搬進陣地裡時有使用馬匹，現在光靠人力果然會覺得相當沉重。

在眾人合力把風臼炮往前推的途中，突然有一個同伴以膝跪地開始嘔吐，接下來換成另一人頭暈般地一屁股坐倒在地。

「喂！怎麼了？振作起來！快點移動炮台……！」

班長雖然發出焦急的叫聲，但嘉娜不經意地看向周遭，然後發現——這並不是只在自己這班發生的現象，每個班上都同樣持續出現身體狀況不佳的成員。不，不只如此——

「……大家是在什麼時候變得這麼瘦……？」

嘉娜一時啞口無言。已經不能說是鐵青而是慘白的臉色，乾燥龜裂的皮膚，無肉凹陷的臉頰。在陽光下一看，每個人不都像是個病人嗎？

當然嘉娜也因為戰爭生活而相當疲憊，不過身體狀況還沒有嚴重失調。事到如今，她才自覺到這是非常幸運的事情。因為在這裡所有人都會變成那樣，夥伴們只不過是沒能逃出那規則而已。

當嘉娜因為這發現而感到背脊結凍的時候，在另一區，以監視兵的身分留在陣地西側的亞桑二等兵也發生了異常狀況。然而他並不覺得這個異常狀況的原因出自於他本身。

「……明明現在是白天，怎麼這麼暗？是太陽躲到雲層後面了嗎……？」

在萬里無雲一片晴朗的藍天下，亞桑二等兵喃喃這麼說道。事實上，他看見的世界的確顯得昏暗。而且甚至連頭痛、耳鳴和嘔吐感等現象也很嚴重，不過他已經無法判斷這些都是基於同一原因而發生的一連串症狀。

留下來監視西側的人並不是只有他一個，待在附近的其他班也各自派出一個人負責同一任務。雖然並不是長官特別做了指示，但人選是根據「沒有多餘體力」這基準來選擇。要是換個講法，雖然士兵必須對應敵方動作在陣地中四處奔跑，或是推著沉重風臼炮移動——但比其他人更虛弱的士兵就是他們幾個，甚至到了被排除於這些工作之外的地步。

亞桑二等兵周圍除了他本身以外還有四名士兵。有人靠著碉堡站著就直接失去意識；有人蹲下來把胃裡的東西全吐出來；還有人因為意識錯亂而哼著歌……這幾個人之間能舉出的共通點，就是他們已經連正確掌握眼前現實的力氣都不剩了。

「——咦……」

在自己也無法停止的意識中斷現象後，亞桑二等兵在別說光線甚至連色彩也逐漸消失的自身視野裡，發現了模糊的黑色人影。危機感沒有發揮作用。現在自己身處何處，目前又是什麼狀況，他已經不太明白。

「……你……是誰？」

直到那個揮動手臂，把某種呈現ㄑ字形的彎曲物體往下揮的那瞬間為止，亞桑二等兵始終都完全沒有抵抗。

＊

「停！」

伊庫塔簡短地制止部隊動作後，從岩石後方稍微把身體往外探，觀察對面地點的狀況。

「呼……呼……怎麼樣？感覺如何？伊庫塔……」

馬修喘著氣向他發問。選擇適當路線的工夫沒有白費，他們讓原本應該要花費一整天的路程縮短了兩個小時，然而這種急行軍當然不可能完全不對士兵們帶來疲勞。

「如果要直接轉向攻擊行動也沒問題，我已經獲得了連長的許可。」

這樣說的雅特麗是例外，她的呼吸沒有一絲紊亂。面對她這份自開戰後至今都不曾衰竭的鬥志，伊庫塔卻無法用宣布「開始戰鬥」的號令來回應。

「雖然這話很可靠，但沒有必要。」

伊庫塔的語氣依舊很平淡，極力排除了「感情表現」這種可能會造成士兵動搖的原因。因為目前，他信奉的「科學」立場正需要能扛起這種無情感態度的人選。

「從這裡觀察的結果，高處陣地裡沒有友軍的動靜，周遭低地裡也沒有敵方的氣息，換句話說——一切都已經結束了。」

「我們不前往救援。至少在接下來的兩天內，部隊不會從這裡移動。」

把昏過去的希岡茲士官長交給醫護兵，命令對方把士官長送往後方之後，這時的伊庫塔依舊以平淡的態度對同伴們發表殘酷的方針。

「……咦……？阿伊，你剛剛說什麼……」

「我說，我們不去救助他的部隊。正確說法是，我們沒辦法去。」

面對冷漠斷言的伊庫塔，在場的人只有雅特麗能立刻察覺他的意圖。馬修、托爾威、蘇雅三人則是把混合著驚訝和責備的視線集中在他身上。

「喂！這是怎麼回事啊，伊庫塔！說什麼沒辦法去救助友軍，可是我們根本連對面的狀況都還沒弄清楚吧？不要連敵人數目都不問就先放棄啊！」

「排長，請立刻前往救援吧！士兵的體力還沒有問題！」

伊庫塔從正面承受責備的視線，對著他們說道：

「這不是戰力的問題，馬修；也不是士兵體力的問題，蘇雅。是因為其他理由，除非先在這裡準備兩天之後，否則我們無法繼續往山中更高處前進。」

三人露出無法接受的表情，這時雅特麗突然開口點明核心。

「……是為了適應高度吧？」

聽到這句話，伊庫塔閉上眼睛表示肯定。三人帶著強烈困惑凝視著他。

「雖然我想並沒有人忘記這件事，但我們目前是在大阿拉法特拉山脈上面展開戰爭，等於是在高度和平常居住的平地根本天差地別的位置拚命……那麼，如果想要做出這種異想天開的行徑，就必須配合遵守高地的規矩。」

「高地的規矩……阿伊，這是指……？」

「第一，不能在短時間內突然提昇高度，尤其是標高超過三千公尺後——雖然還有其他各種規矩，但現在無法立刻去救援的理由就是這個。」

估算好伊庫塔把話說完的時機，雅特麗暫時代替他說明。

「我想大家自己也有實際感受到，愈往山上移動呼吸就愈困難。據說這是因為和平地相比，高處的空氣比較稀薄。那麼，像我們這種平常都居住在平地的人來到高地後，會受到稀薄空氣的影響而產生各式各樣的症狀。包括頭痛、嘔吐感、食慾減退、睡眠障礙、手腳浮腫、胸部的壓迫感等等……這些是俗稱『暈山』的症狀。」

「如果無視身體發出的信號繼續登山，狀態就會更加惡化。除了剛剛雅特麗說過的症狀會變得更嚴重，另外還會變得無法直直往前行走，看見幻覺或聽見幻聽，視野變暗變狹窄等等。要是就這樣失去意識，等於已經快要掛了……在場的各位如何呢？雖然我自認到此為止都有盡可能去顧慮到這問題，不過就算發生頭痛或嘔吐感、胸口壓迫感等初期症狀也是正常現象。」

馬修和蘇雅立刻壓住胸口。伊庫塔望著他們兩人的樣子，同時繼續說道：

「阿納萊博士把這些症狀總稱為『高山症』，是潛藏在山中的危險陷阱。我被教導的登山鐵則，首要就是必須避免落入這個陷阱。為了達到這個目的，不可或缺的行動是一開始雅特麗提到的『高度適應』步驟。」

「……高度適應……」

「對，正如字面上所示，這是讓身體適應高處的動作，至少要做到讓『暈山』的症狀不再出現。在超過標高三千公尺的地方，一旦沒這樣做就會致命。順便說一下，我們現在位處的場所，是比這個基準還往上許多的高處。」

「換句話說，就是為了讓身體習慣高度，所以接下來兩天不能從這邊移動嗎……」

「沒錯。光是爬山就會有危險，還要進一步戰鬥根本是找死。在還沒有完成高度適應的狀態下進行激烈運動會讓高山症的症狀一口氣惡化。你們認為敵人會讓從開始戰鬥的那一瞬間起就愈來愈虛弱的士兵遭遇到什麼下場？」

再也沒有人提出反論，因為結果實在非常容易想像。

「基於以上，我們能出發救援的時間最少也是在兩天後，在那之前必須盡全力讓自己適應高度。具體方法是喝下平常兩倍的水並大量排尿，呼吸時隨時注意要利用腹部來深呼吸，還有睡覺時要仔細保暖別讓身體受冷。」

講到這裡後，伊庫塔把視線從所有人身上移開，以似乎有點疏離的態度宣布：

「在場人員間，目前的暫時長官是我沒錯吧……負起這責任，我決定不要向納吉爾中尉報告希岡茲士官長的救援請求。」

聽到此話的所有人都露出沉重的表情，在這種情況下，少年重重嘆了口氣並再度開口：

「……該怎麼說……我知道講這種話真的很蠢，也知道大家並不想聽——不過即使如此，我還是要說這是命令，你們必須遵守。」

「……沒有針對救援部隊的埋伏呢。既然已經讓我方全滅，我還以為這種可能性相當高。」

雅特麗登上到處都躺著敵我雙方屍體的山丘，同時開口說道。由於他們已經先派出斥候探查內部，因此不會受到埋伏的敵兵發動突襲。後方還有馬修和托爾威以及納吉爾中尉的部隊擺下布陣，確保若有萬一時的退路。

「應該是因為席納克那邊的損害也大到難以設下埋伏吧……嗯咻！」

伴隨著喊聲，伊庫塔的腳踩上了高台頂端——也就是設置於那裡的野戰營地中。他在陣地裡停下腳步，大略觀察周遭。雅特麗晚了一拍跟上，隨即因為映入眼中的光景而露出僵硬表情。

現在的陣地中，被四個排一百多人加上敵方數十人的死者沉默所填滿。高地特有的寒冷和乾燥能防止屍體腐敗，在戰鬥中死去的人，在驚慌中喪生的人，還有在茫然中亡故的人……死亡的形式每個人都各有不同。看著屍體倒下的地點和姿勢，就能想像出他們最後的狀況，還有當時是試圖如何對應。

「……雖然痛苦，但戰場上經常發生被迫選擇的情況，在要不要去救助同伴的兩個選項中抉擇。也就是說，先把行動風險和成功機率放在天秤上衡量，再來對參戰與否做出判斷……」

雅特麗喃喃說道，難得看到她把心中掙扎表現出來。

「大部分的屍體集中在陣地內部，看來他們到最後都沒有發動投入全部兵力的突破包圍作戰。」

直到最後的最後，他們都相信友軍會前來救援並在此等待吧？伊庫塔打從心底覺得沒把馬修和托爾威帶來這邊是正確的。

「……不過，雖然我們來是來到了這邊，但這下幾乎沒有東西必須回收。精靈似乎一個不留地被帶走了，而且在目前這階段，就算想搬運遺體也根本辦不到。」

「回收戰死指揮官的兵籍名牌，然後就收兵吧。」

以這方針獲得共識後，兩人和帶來的士兵一起分頭尋找指揮官的屍體。

伊庫塔繞向陣地的西邊——在這區域四處巡察的過程中，兩名在碉堡前方以相疊姿勢死去的士兵身影映入了他的眼中。

「……嗯？」

在伊庫塔不經意地想要從旁通過時，突然有一陣風吹過，讓從屍體髮上鬆開的緞帶纏住了他的腳。然而，正當少年毫不在意地伸手想要拿掉緞帶的那瞬間——不想察覺的似曾相識感卻湧上他的心頭。

「……嗚——」

被主人的鮮血染上斑斑痕跡的咖啡色緞帶。伊庫塔還記得這個顏色和這種純樸感，還記得低調妝點著束起馬尾的裝飾品，還記得那女孩唯一的漂亮打扮——

「——為什麼偏偏……」

在忍不住發出聲音的那一刻已經是下意識的行動了。因此伊庫塔閉上嘴，然而這樣還不夠，所以再屏住呼吸。

他先好不容易取回自制力，才緩緩把視線放回兩具屍體上……先喪命的人大概是下面那個男性士兵吧？女孩以保護男性士兵身體的姿勢倒下，全身受到無數的刺傷，手上還拿著已經上刺刀的風槍——只看一眼，就能明白她是在試圖保護同伴的情況下迎向人生終點。

「——我曾經見過妳兩次。」

自制心出現裂痕，緊閉的雙唇也鬆開。不該說出口的話語從伊庫塔內心湧出。

「我一直，很期待第三次見面——」

沒有意義的告白，身為科學信徒不該講出的連串無益廢話。

「——……嗚……………再見了，嘉娜。」

就像是拿了把短柄斧頭往下砍那般，伊庫塔用訣別的發言來斬斷自己這種難以原諒的丟臉模樣

……彷彿是察覺時機已到，一陣風捲走了他手中的緞帶。少年再也沒有去追趕飛往遠方的那東西，只是轉身離去。

第四章

Alderamin on the Sky

淺薄體面的去向

「雅特麗排，一起進行燒擊。」

空氣流動的風聲接在沒有感情的冷淡語調後響起。用木材和日曬泥磚建造的小房子，以充分曬乾的茅草搭建的屋頂，還有被儲備用乾燥玉米塞滿的倉庫——這些象徵人類營生的組成分子被帶著鮮紅火焰的無數箭矢一一刺中。

「托爾威排、馬修排，開始延燒用送風，把火勢往西方吹。」

風槍兵部隊的風精靈們對著開始燃燒的房舍送出新鮮空氣。獲得食糧的火焰立刻更加旺盛，在順風下延燒到被引導的方向。一棟燒毀，兩棟燒毀，不久之後視線範圍內的建築物中有大部分都燒到崩塌。

一個村落變成了焦土。原因是雅特麗的燒擊兵部隊放出的火矢；托爾威和馬修的風槍兵部隊送出的風；還有讓他們實行這一切行為的伊庫塔號令。

「殺人還不滿足，掠奪也不足夠，最後還要放火嗎……你們真的是惡鬼！」

村落逐漸燒毀，挺身站出將畏懼的婦女和孩童擋在背後的村長嘴裡不屑地吼出咒罵……這評價真讓人有點遺憾啊，伊庫塔心想。殺人、掠奪、放火，明明任何一個都不是惡鬼而是人類的擅長範疇。

「啊～請再稍等一會。滅火一旦結束，就會護送各位前往西邊聚落。」

聽到伊庫塔這種像是在辦什麼無聊雜務工作的語調，讓房舍被燒失去住所的村民們紛紛開口怒罵。少年決定無視，只要沒有真的被看扁，就任憑村民們動口吧。畢竟這樣可以發洩怒氣，而且村民罵得愈難聽，士兵的罪惡感也能因此更為減少。

只是，他最不知道該如何處理的是小孩的哭聲。這跳脫道理不由分說地刺激著士兵們良心的聲音和怒罵聲一起出現，從剛才就持續到現在，一直沒有停過。

「啊～好吵……阿納萊的盒子裡應該沒有能夠只隔絕小孩哭聲的耳塞吧？如果分類到軍事技術上，用途簡單來說就是『良心用防禦裝備』嗎？」

伊庫塔半玩笑半認真地說道。良心——說起來，這是在戰場上最難以維持的東西之一。

「——伊庫塔准尉？還有伊格塞姆家的小姐跟雷米翁家的帥哥……等等，你們為什麼會在這種地方？」

和哈洛的部隊會合，邊重複進行高度適應並來到海拔三千八百公尺附近的地點後，意料外的再會等著伊庫塔等人。剛前來北域赴任時曾經擔任過他們教官的那個邋帕・薩扎路夫中尉原來先行來到了前線。

眾人被帶進總部的帳篷裡，所有人在久違的正常椅子上就坐。在招呼他們的薩扎路夫中尉的下巴上，丟著沒整理的鬍子已經快要來到不能算是鬍渣的長度了。

「也沒有什麼為什麼。每次達成被交付的任務後就被往前推再往前推，不知不覺之間已經來到這裡。」

「不不不……說什麼往前，這裡幾乎是最前線了耶。而且基本上你們的部隊在開戰當初應該是被指定為後備部隊吧？雖然我知道你們從途中就開始幫忙最後方的支援任務，不過……」

到底是哪裡搞錯了什麼你們才會來到這種地方？中尉用眼神發問。當然沒有任何人能回答，甚至他們本身其實更想知道答案。

「因為啊……雖然一開始其他候補生也在，但途中就一個接一個棄權……」

「沒有任何人接受過山岳戰的訓練，這也是理所當然嘛。就連我們要是沒有阿伊的指示，也不知道會變得如何……」

馬修和托爾威低聲交談著。薩扎路夫中尉先驚訝了好一陣子，才重新振作望向這些出乎意料的增援，臉上帶著「該怎麼處理呢？」的表情。

「……部隊的受損情況如何？人員總數和能夠戰鬥的士兵數是？」

「五個排總共把二十四名傷患送回後方。雖然不影響作戰行動，但馬修准尉的風槍兵部隊少了九人，空額最多。所以如果可能的話，希望在下次行動前先補充兵員。」

「只受到這種程度的損害嗎……還有，你們到這裡之前好像換了很多次指揮官？每次交接時應該都會發生混亂，那種時候是由誰負責整合全體？」

「是我，我現在也是以所有部隊的暫定指揮官身分在發言。」

伊庫塔明確回答。在此他並沒有謙讓也沒有試圖矇混，因為有必要先明確表示出至今為止的行為該由誰負責。

薩扎路夫中尉並沒有直接照單全收，而是若無其事但仔細地觀察著所有人的表情。不過，聽到伊庫塔宣稱自己是指揮官的發言，其他人都沒有表現出不滿或反感之類的態度。看來判斷這話並非謊言或誇大應該較為恰當。

「……雅特麗希諾准尉。我問妳，為什麼把指揮權交給伊庫塔准尉負責？」

「是。因為我認為，在這個狀況下那是最能有效運用兵力的手段。」

「比由妳本人來指揮更有效果嗎？」

「我的部隊是其中唯一的騎兵部隊。處於負責指揮全體的立場會讓我行動受限，無法完全活用騎兵原本的攻擊力。基於這角度，我認為把總指揮交給伊庫塔准尉負責是正確的。」

雅特麗回答時並沒有提及雙方作為指揮官的優劣，只指出這再怎麼說都是適材適用的結果。伊庫塔也表現出就是這麼回事的表情，因此薩扎路夫中尉點了點頭。這時哈洛開口提出別的話題。

「——那個，中尉。」

「嗯？我還沒說嗎？其實我現在已經是上尉了，哈洛瑪准尉。因為之前被刺傷的長官就那樣陣亡了。不過這並不是正式晉升而是臨時任命。」

「啊，是這樣嗎。那麼上尉……如果方便的話，可以把現在的戰局情勢告訴我們嗎？」

「噢噢，一般來說當然會在意嘛。好，你們過來一下。」

由中尉晉升的薩扎路夫上尉乾脆地接受要求，起身轉向放在他正後方的桌子。五人也跟著他行動。

「雖然比預定慢了很多，但戰局終於也走到最後的階段。分別使用不同路徑深入山脈的席納克討伐軍三個旅在從這裡往前的台地成功會合。不過因為每個部隊都同樣在漫長路程中出現掉隊者，會合後的兵力大概不到一萬吧。」

正如上尉所說，在以長方形紙張繪製的大阿拉法特拉山脈地圖上，採用從南方山麓切入的形式標示出了三條進軍路線。為了避免情報洩漏給敵方得知，這是只有告知最前線軍官和鎮台本部人士的情報。五人也是第一次看到這些……

「……那個，薩扎路夫上尉。我可以問幾個問題嗎……？」

「如果那幾個問題是要對作戰內容提出根本性的指責，還是省了吧，托爾威准尉。原因就是現在再說那些也沒有任何用處。」

薩扎路夫上尉雖然搶先封住托爾威的質問，但他的臉上已經帶著明顯的放棄神色。無論對內容有多少不滿，前線的他們並沒有立場改變戰略本身。去做這個、去做那個——只能在受命的範圍內做到最好，如此已經是盡了全力。

「既然特地來到這裡，那麼也有很多工作要交給你們負責。不過放心吧，我不會要求你們在前線和我們一起作戰，會以安全為條件調派工作。」

如果真是那樣倒是值得感謝——伊庫塔率直地這樣想。好久沒碰到有長官願意顧慮由新人准尉負責指揮的訓練部隊會比較不成熟……即使現在還不確定這個長官究竟有多可靠。

「不過呢，也因為這樣會是討厭的工作啦。關於這點你們只能認為是學習經驗並乖乖放棄……

嗯，雖然規模有點小但正好，我就把你們這五個排併在一起視為一個連了。如果覺得總指揮照舊是伊庫塔准尉也無所謂的話，那恭喜，你從這瞬間開始成了連長。」

「……嗯，我知道了。那麼，具體而言我們該做什麼？」

伊庫塔一邊伸懶腰一邊發問，薩扎路夫上尉則露出很刻意的笑容回答：

「首先是簡單的點燃營火，之後再引導團體客人。可別輸給客訴啊。」

「看來我不得不承認自己對薩扎路夫上尉的評價過低，尤其是對於他用營火來稱呼放火燒村任務的卓越幽默品味。」

伊庫塔用配置於前後的部隊包圍村莊被燒毀的居民，帶著他們走在通往其他村莊的路上。來到這海拔後很少出現較高的樹木，周圍的景色與其說是山路，反而更像是起伏不平的岩地。

「不過，這種命令還算好……若是拿來跟要求我們殺死村民相比的話。」

想像自己實行那種命令的蘇雅抖著肩膀，其他人的心情也都相同。

實際上對伊庫塔來說，對薩扎路夫上尉的評價已經往上提昇的發言是出自於真心。因為他聽說是薩扎路夫上尉提出「在燒毀席納克族的村落後，讓居民移動到其他村落」這做法——並取代了以「殺光村民」為基本的原案。

「也是啦，我也支持這個和原案相比顯得較妥當的方針。雖然必須耗費的時間勞力多少會增加，但能夠截斷敵方補給來源的結果相同，而且還能預測到將來會有幾個附贈品。」

先不考慮「把不是戰鬥人員的人們也全部殺光」這做法會引起的反感，伊庫塔在戰略面上對薩扎路夫上尉的提案給予正面評價。因為既然戰局已經進入終局階段，在這時先準備好大量俘虜能夠在最後進行交涉時成為勸說席納克族投降的材料。

「不過啊，選擇以眼還眼以牙還牙嗎……薩費達中將在內戰開始後一直持續至今的無計畫應付性戰略，到此真的是到達頂點了。」

下令把村落一個接一個燒光的中將在打什麼主意，伊庫塔可是看得清清楚楚。他應該是認為既然敵方靠著截斷我方補給來促使戰況對他們有利，那麼我方也只要對敵人做出相同行動即可吧。算了其實也沒有錯，只是不能說是聰明。

「對於帝國軍的入侵，席納克族是利用大阿拉法特拉山脈這個主場為舞台來展開游擊戰。因為他們活用地利之便，在整個山中到處設置了物資和人員的輸送路線，因此那種『只要攻擊某處就能夠造成嚴重損害的據點』並不存在。北域鎮台從平常就感到煩惱的戰力分散問題，他們反而拿來當作武器。」

這是很傑出的做法，伊庫塔率直地給予正面評價……然而，和席納克族相比，薩費達中將採取的戰略卻極為粗糙。

「就像之前托爾威原本也想提這件事，看到那地圖時我也傻眼了。三個旅進軍的路線分成三條，但卻設定彼此之間相隔了一百公里以上的距離，聽說是打算在山脈正中央才會合。換句話說，在到達會合點之前，三個旅完全無法互相協助。」

這場戰爭中帝國軍被迫苦戰的最大原因就是這個。席納克族會在每一條各自孤立的進軍路線上四處發動攻擊，只要遭受攻擊的點有任何一處敗陣，那瞬間對前線的補給就會因此斷絕。而失去補給的士兵無法和敵人戰鬥。

「為了避免這種事態，必須設定進軍路線以狹窄間隔來並行才行。而且還有必要讓物資和人員的搬運並不是經由單一線路，而是進化成由互相連結的複數幹線來構築的平面網狀系統……明明這是無論在山脈還是在平地都不會改變的鐵則，薩費達中將卻沒有去注意。」

只要去找，還可以發現很多錯誤。例如把部隊配置於進軍路線上的陣地後，只會單方面地命令他們徹底堅守崗位，從一開始就沒有讓部隊去注意撤退手段的做法也是問題。畢竟奪下據點或是據點被奪都是戰爭中的家常便飯，處於劣勢時只要一時撤退並重新建立態勢，再去把據點奪回就可以了。

「其實他並沒有必要得是個名將，但是薩費達中將卻讓在平凡將領下可以不必喪命的士兵大量送死。更糟糕的情況是，不只自軍必須支付這個錯誤造成的代價，甚至還波及了原本或許不需要被殺害的席納克族人們。」

比這裡更後方的某處，現在也有村子被燒毀吧？伊庫塔心想。和實行薩扎路夫上尉提案的最前線不同，那邊是真正的全面屠殺。房子、田地、家畜、還有村人——所有一切都混在一起被燒毀的村莊，到最後究竟會到達多少數量呢？

「不管看哪裡都不符合科學，結果和成本不成正比。這真的是一場亂七八糟的戰爭。」

伊庫塔不屑地做出結論。這個人愈是生氣，就會變得愈多話而且愈愛爭論呢～邊聽邊深深感受到這一點的蘇雅這時注意到在部隊前進路線上出現的房舍。

「連長，我們到了。就是那個村。」

「看來是如此呢。時間寶貴，趕快把後面的團體客人送進去吧。」

和負責監視的士兵們打完招呼後，伊庫塔以一排為單位來將部隊分組並各自負責難民，接著帶著他們進入村莊。之後，注意到聲響的居民們紛紛從各處探出頭來，以帶著害怕和恐懼的視線望著士兵們。

這裡原本是兩百人規模的村莊。帝國軍控制這個地方後，迅速增建臨時小屋和帳篷形成難民營，並決定用這裡來收容遭受火燒而無家可歸，人數有五倍以上的其他村落難民。

當然，一棟房子或一頂帳篷中會被硬塞進十人以上的難民。不過為了避免製造出爭端的火種，盡量安排關係接近的人們住在一起。

「好，首先是這間房子裡是八人。索多伊一家五人都進去，接下來是亞姆夫婦和妹妹可塔伊也進去。」

伊庫塔叫出名字指定難民，俐落地把他們分配進空房舍裡。針對燒毀村落裡的居民，他已經在出發來此之前就先詢問並掌握了他們的長相、名字以及彼此關係。

「好，進去了吧？那麼下一個是……好痛！」

某個人丟出來的石頭砸中了伊庫塔的大腿。雖然並不是很用力，不過在旁警戒的部隊士兵立刻把十字弓朝向難民。

「快滾開！帝國的走狗！快點滾啦！」

可是，以尖銳聲音大叫並撿起第二塊石頭的犯人，是還不到十歲的年幼男孩。不需要士兵們去處理，旁邊的母親已經抱住男孩並阻止他。

「……………呃……那下一個，是基東可住那間房子……」

伊庫塔打算當作沒看到並繼續工作。不過這樣似乎讓男孩更加憤怒，他逮住母親放鬆手臂拘束力的那一瞬掙脫，一直線跑向村莊的仇人。這次士兵們雖然出面阻止，但他卻利用嬌小的身材來穿過阻擋者的跨下。

「快滾！滾回平地去！還來！把村子還來！」

男孩以不流暢的發音拚命地發洩憎恨，並雙手握拳毆打伊庫塔的腰部和大腿。雖然士兵這時抓住了他，但想把男孩拉開時他卻咬住了軍服的褲子，因此不知道該如何處理。要是硬把男孩拉開，說不定會讓他的門牙整個連根折斷。

「……啊～少年，我很了解你的意見了。這份工作結束後我會立刻消失，我可以保證自己會消失得無影無蹤，所以現在你能不能先放開我呢？」

就連伊庫塔在對應時也欠缺果斷。雖然他試圖平穩解決，然而正在生氣的小孩根本說不聽。無可奈何，伊庫塔只好採取妥協方案。

「……啊嗚！」

男孩的鼻尖受到銳利的衝擊，不由自主地鬆開咬住褲子的嘴。士兵隨即把兩人分開……這是對小孩用的最終兵器，彈指攻擊的威力。為了增加衝擊力道，訣竅是從下方把對方的鼻子往上彈。

「……啊……」

士兵把男孩帶回雙親身邊。然而，這時他突然感覺到鼻子裡似乎湧上什麼東西並把手伸了過去——接著紅色的液體就滴滴答答地落進男孩的手掌裡。

雙親口中發出慘叫，旁觀的伊庫塔也因此愣住。

「嗚……嗚哇啊啊啊啊啊啊啊！」

看到自己流血成了起爆點，讓男孩也開始大聲哭泣。不知道發生什麼事情的周圍難民們只要把視線轉過來，就可以看到臉上流血正在哭鬧喊叫的男孩身影。在他們之間，立刻產生最糟糕的想像——認為那個年輕軍人居然如此殘忍地毆打小孩臉孔害他流血。

覺得闖禍了的伊庫塔臉孔整個繃緊，對他來說，哭鬧小孩是最棘手的事物。

「你到底在幹什麼這個行為不端的傢伙啊啊啊啊啊啊！」

然而，責備他的聲音並非來自那些眼中放出憎恨光芒的難民，而是從完全沒有預料到的角度出現。現場響起以全速奔跑的腳步聲。伊庫塔才把臉轉往聲音的來向，下一秒他的臉頰就被巨大的拳頭擊中。

伊庫塔還來不及發出慘叫，他的身體就猛烈地飛出摔倒在地，直接不再動彈。完全無視這樣的伊庫塔，趕往孩童哭聲來源的男子——丁昆·哈爾群斯卡准尉走向正在流鼻血的男孩。

「具備勇氣的少年，你沒事嗎！我的同伴真是做出了過分的行徑！」

在因為突然發生的狀況而愣住的難民們面前，丁昆准尉從軍服口袋中拿出手帕，用水精靈尼基製造出的乾淨清水來沾濕，並擦了擦男孩的臉孔。

「嗯，鼻血嗎！這是挺身抵抗蠻橫的證據，換言之是名譽的負傷！值得稱讚！」

「……咦……啊……」

「不不，你不必說我也懂！雖說對勇敢的你做出粗暴行徑的傢伙已經由我給予制裁，不過光是這樣就要求你消氣是無理的要求……唔！」

砰！響起毆打聲。原來是丁昆准尉揮拳直接正面擊向自己的鼻子。在一瞬的沉默後，不知道比少年流血量多出多少倍的鼻血湧了出來。

「呼哈哈哈，這下就一樣了！請你看在這份上原諒那傢伙的粗暴吧，小小的勇者！」

鼻子冒出瀑布般鼻血的丁昆准尉豪爽大笑並拍了拍男孩的肩膀。旁觀一連串事件的難民們完全被他的氣勢壓倒，暫時忘記憎恨。

「您……您沒事嗎，連長……！」

另一方面，蘇雅慌慌張張地趕向差不多飛出去三公尺的長官身邊。或許打一開始就沒有昏倒吧？伊庫塔緩緩地撐起身體。

被丁昆准尉毆打的左臉已經腫成了另一邊的兩倍大。

「……抱歉，蘇雅。可以麻煩妳去把丁昆准尉叫過來嗎？」

蘇雅點點頭，立刻開始行動。她繞到還在跟那個男孩講話的高大軍官背後，以帶刺的聲音在他耳邊低聲報告。因為長官被打而產生的反感全表露在臉上。

不久後丁昆准尉轉過身子，跨著大步走向自己剛剛毆打的對象。接著他以像是要挑戰對方的語氣對著已經起身拍掉褲子上塵土的伊庫塔開口。

「居然對小孩子動手，我真是瞧不起你，伊庫塔・索羅克！你這傢伙姑且是由陛下授予帝國騎士稱號的身分，在這種時候卻弄錯軍人的雄心抱負，到底是打算怎樣！」

看到丁昆准尉不只打人甚至還開始教訓對方，讓蘇雅的忍耐力超出極限。

「我們只不過是選擇靜靜聽著，你就從剛才開始都講一些自我中心的發言……！在動手之前為什麼不先稍微問一下這邊的情形！伊庫塔准尉也並不是故意要讓小孩子哭──」

「妳給我閉嘴！騎士和騎士在交談時，外人別從旁插嘴！」

「嗚！你明明只是『自稱』騎士……！實在讓人火大，請你現在立刻為了至今為止的無禮行為向伊庫塔准尉道歉！我們這邊甚至受了傷！再這樣下去事情沒法了結──」

伊庫塔靜靜舉起一隻手制止想要繼續追究的蘇雅。丁昆准尉放著感到困惑的她不管，以不快的態度俯視少年。

「你似乎是個無可救藥的傢伙，我從平常就很想對你當面說教。然而在公主殿下面前，我只能持續忍耐到現在。今天在這裡見面就是你的大限，要是你也有什麼想抱怨，就堂堂──」

「不，沒有。謝謝你，丁昆准尉。剛剛真的是得救了。」

由於丁昆准尉已經完全進入備戰態勢，這回答大大出乎他的意料。沒有人能想到自己毆打並痛罵的對象居然會表示感謝。在他因為過度驚訝而愣住時，伊庫塔繼續沉穩地發言：

「說是順便好像有點失禮，不過可以麻煩你接下引導他們前往住處的工作嗎？你應該不會被難民憎恨，而且既然事情發展到這種地步，我儘快離開這裡會比較好。」

「……這當然是沒問題……」

「謝謝，真是不好意思必須把這邊的工作推給你負責，日後必定找機會報答。」

伊庫塔這樣講完並低頭致意後，就叫來自己的部隊，開始朝著村落出口走去。心情還未平復的蘇雅走在他的身邊，繼續追問長官：

「為什麼……為什麼在這邊退讓呢？應該要說明實情並反駁對方才對！」

「何必？明明我有理由感謝丁昆准尉，但卻缺乏任何怨恨他的動機啊——妳看看後面吧。」

蘇雅也跟著回頭的伊庫塔把視線朝往同一方向後，可以看到接下伊庫塔工作的丁昆准尉正忙著引導難民。席納克族的人們個個都老實聽從他的指示，在剛才發生的事件後，沒有人對那個軍人投以怨恨的眼神。

「讓小孩子流血是我的錯。在那個狀態下要收拾事態必須費好大一番工夫，而且我想之後應該也會留下遺恨。而丁昆准尉幫忙仲裁了這件事，所以必須感謝他。」

「怎麼這樣……！我不認為對方是抱著這種心態。我想那個人大概只是想在很多人面前展現出符合騎士風範的舉止而已！」

「那樣也沒關係啊。他是基於自己的騎士道來行動，而事態也因此圓滿解決。由於他的個性在那種情況下發揮出效果，所以他的行為當然該獲得正面評價。」

「我無法接受！因為，我們在和席納克族進行戰爭時，負責的工作就是要把他們……要把他們大量殺死……！那個丁昆准尉的立場不也跟我們一樣嗎？結果卻只有那個人因為對敵人的小孩很好而獲得稱讚……這樣太奇怪了，根本是偽善！」

蘇雅抱著再也無法忍耐的心情大叫。伊庫塔溫柔地把一隻手放到她的頭上。

「……我說，蘇雅。如果妳認為無論身處什麼狀況都可以貫徹執行的親切是善意，而不是那樣的有條件親切是偽善，最好改變這種想法。因為啊，人們總是只能在狀況允許的範圍內才可以達成什麼事情。」

「……嗚……」

「丁昆准尉也是一樣。以他的個性來看，必須和帝國同胞自相殘殺的這次戰爭應該讓他很痛苦吧？面對主動攻擊自己的對象時只能殺了對方，可是面對不是這樣的對象時，就想要盡可能地善待對方。會產生這種想法是很自然的行動，也沒有必要對任何事情感到羞恥。妳在知道放火燒掉村莊後不必把居民全部殺死時，不是也鬆了口氣嗎？兩件事是相同的道理。」

對於蘇雅來說，這是她第一次被這個長官溫柔訓誡。或許是因為這樣吧？淚水毫無原因地湧出，她只能抬起頭拚命忍耐。

「……嗚……如果那個人的心情也和我們相同，為什麼現在的立場會如此不同呢？伊庫塔准尉被小孩子丟石頭攻擊，臉還被打得這麼腫。只有那個丁昆准尉卻滿足地露出自己做了正確行動的表情。這個差別到底是來自於什麼原因呢……！」

無法抑制的淚水沿著蘇雅的臉頰畫出一條痕跡，她的長官用手指幫她抹去。

「抱歉啊，蘇雅。只有這事得講求適材適用……妳也知道，和空有稱號的我不同，丁昆准尉是個徹頭徹尾的騎士嘛。那樣的人不適合擔任被憎恨的角色吧？」

伊庫塔這樣說完，勉強用腫起的臉孔露出笑容。那表情換個觀點看起來彷彿是在哭泣，讓蘇雅無法直視。

在標高四千兩百公尺的台地順利會合時，士兵們互相擁抱，為了再會而感到喜悅，其中甚至還有人落淚。因為無論是隸屬於三個旅裡哪一個單位的士兵，在這次的路途中，沒有人可以不先做好「認定自己或許有可能無法活著到達會合點」的心理準備。

「諸君能越過充滿苦難的路程來到這裡集合實在做得很好，我為你們感到驕傲。」

情況發展至此，北域鎮台司令長官也來到了前線。面對因為長旅和連戰而筋疲力竭的八千九百名士兵，薩費達中將以彷彿感動至極的態度慰勞他們的辛苦。

然而，如果只看那充血的雙眼和凌亂的鬍鬚，會讓人懷疑現在的他是否還有餘裕感到光榮。就算想把在這場戰爭中失去的士兵性命歸類為「為了達成任務無可避免的犧牲」，人數也未免過多，這點在事後將會被視為薩費達中將的責任問題並面臨追究吧？正因為他身處這種狀況，應該現在也忙著思考該用什麼辯解來對付中央。

「雖然被蠻族們的卑劣戰法戲弄，迫使我等必須耗費預定外的心力，不過這場戰事也已經接近終點。被各位擊敗的席納克叛賊殘黨正逐漸聚集到從這個台地徒步往下約兩天的大規模聚落，也確認了族長娜娜克・韃爾的身影，恐怕那裡就是將為這次的討伐行動做出總結的最後戰場吧。希望諸君能發揮十足戰力，把席納克族的鮮血作為祭品，奉獻給喪命於大阿拉法特拉的戰友們！」

真敢講……伊庫塔繃起臉。如果要用仇人的血來安慰死者，最先該拿來血祭的對象難道不是剛才那個高聲主張要打一場慰靈復仇戰的某人嗎？決定開戰的人是他，擬定破綻百出侵略計畫的人也是他。陣亡的將士有大部分是被他的無能所害——這種看法也是一種真實。

「目前會合的三個旅皆已經完成重新編組，但是開始出發的時間將訂為明天早上，而今天則用以準備。大家應該好好吃，好好睡，把今天拿來養精蓄銳以面對最後一戰……我要講的話就到此結束！」

或許是顧慮到士兵們的疲勞，也或許是因為已經沒有力氣囉唆一大篇，中將的發言意外簡短。獲得一天休假的士兵們在指揮官的指示下回到野營地。

廣大的台地上被將近九千人的將士們擠得混亂不堪，當然，設置於中央的總部帳篷也聚集了許多軍官。然而跟開戰當初相比，組成分子的平均年齡顯然降低了十歲以上。這是因為至今為止有許多將校因為負傷或陣亡而退出，改由在現場緊急任命的較低階軍官來遞補了那些空位。

當然伊庫塔等人也包括在內，而且屬於最年輕的那一群。在溫暖的大帳篷中，經歷殘酷戰場但依然殘存的騎士團眾成員久違地待在桌旁吃了一頓正常的飯。

「哎呀～真是以相當大的幅度來更新了世代呢。看這情況，戰後的北域鎮台連要恢復正常運作大概都會碰上障礙吧。」

伊庫塔喝著冒熱氣的茶並這樣說道。開戰當初是後備待機部隊准尉的他，現在也以連長身分被交付實際上是中尉的工作。若有意出人頭地，這也不能不算是適合的機會，然而對本人來說，比起那種事情他更想早日回到日常生活喝酒。

「早就是這樣了吧？畢竟在特瓦克少校過世時就等於台柱已倒。」

「陣亡太多將士了呢……當初合計一萬八千人的三個旅，到這邊會合後卻成了八千九百人。誰能想到會只剩半數以下？這種情況正常來說會被判斷為全滅吧。」

「因為沒有徹底對應高山症而導致的脫隊者數字，已經超過了陣亡者和負傷者的數字啊……而且這其中還不包括受高山症影響而戰死的人。」

「真是悲慘的戰爭，從各種角度來看都是……我想後世也會這樣流傳下去。」

一陣沉默流過。至今為止的疲勞造成的影響，讓眾人再怎麼說也無法像平常那樣高談闊論。雅特麗覺得好不容易得到的休假卻是這種情況並不太好，吃完飯後就從桌邊起身。

「哈洛，要不要去擦身體？剛剛我有稍微聽到，今天似乎可以使用一點熱水喔。或許只是安慰程度，不過一定也可以換套衣服。」

「啊……不錯呢……真想清爽一下，我也同行吧～」

哈洛很乾脆地答應，和雅特麗一起離開帳篷。這樣一來，被留下來的男孩子之間產生一種難以言喻的氣氛。

「……女人啊，不管什麼狀況都是女人。」

「啊哈哈……隨時都想保持外表整潔已經是女性的天性了呢。」

「有什麼關係呢，多虧這樣我們的部隊才能一直保持華麗氣息。講到即使無條件稱讚帝國軍也沒問題的唯一優點，那就是男女混合編組。我不承認任何異議。」

伊庫塔毫不躊躇地斷言。聽到這句話似乎讓馬修腦中打開了什麼奇妙開關，他帶著認真的表情把身子朝著桌面往前傾，接著以講悄悄話的音量開始發言：

「……………我說，我一直很想問問你們這個問題……」

「什……什麼事情呢，小馬？突然這麼鄭重……」

馬修近距離望著托爾威和伊庫塔的臉，猶豫五秒之後還是說了。

「……你們在戰爭期間是怎麼做？那個……所以……就是指那方面欲望的處理之類……」

一陣沉默。這段時間過去後，慢了一步才總算理解問題意義的托爾威滿臉通紅，旁邊的伊庫塔則是雙手抱胸沉思著什麼。由於等了一會之後還是沒有聽到回應，因此馬修又問了一次。

「……吾友馬修。這個問題簡單來說，就是要按照回答把我們分成兩種人。追求緊密情誼的勇者，或者是保持孤高的戰士。」

「什麼追求情誼的勇者……你又講了誇張的比喻。算了，以結果來說是會變成那樣沒錯啦。」

「勇者和戰士彼此互不相容。根據你期待我和托爾威做出的回答，也有可能在此引起戰爭。你有心理準備嗎？」

伊庫塔認真地如此斷言。在被他氣勢壓倒的馬修面前，托爾威吞吞吐吐地喃喃說道：

「我……我平常不太會去想到這種事情……」

「不可能完全沒有這種念頭吧，你可是男人耶，控制不了的時候是怎麼處理？」

「馬修，放過他吧。那個小白臉並不是那種『還以為是貌似勇者的戰士，但實際上其實是勇者』之類有複雜內幕的類型，應該很普通的只是個不懂得變通的戰士。畢竟即使是單相思，他似乎對愛慕的對象依然很專一嘛。」

聽到伊庫塔的推測，讓托爾威低下頭更是面紅耳赤。看到這反應讓馬修接納伊庫塔的論調，於是換了個對象把目標轉移到下一個獵物上。

「算了，老實說我也認為托爾威大概是這樣吧……不過，問題是你啊，伊庫塔。」

「在戰爭期間中，和異性以及同性間的性行為都受到帝國軍軍規禁止。」

「你把軍規拿出來有什麼意義！……基本上，實際有做的那些傢伙也對這種規則心知肚明。從以前到現在，每次打仗時懷孕退役的例子就會增加的問題也是因為這樣才會發生吧？」

「嗯，是啊。就算用規律來限制，也無法阻止人和人相愛。關於這點就先表明我也是抱持著全面同感吧。」

「照你這種講法，果然你也有做嗎？……那樣一來重點的對象是上哪裡找來的？如果以最靠近的地方來說……是從自己的排上嗎？」

「喂喂馬修，做那種事萬一被抓包可會影響到部下的信賴啊，就算是我也一樣。」

「我哪知道。就連那個米特卡利夫士官長也是，明明一開始那麼痛恨你，現在不也已經和你完全親近了嗎？」

「關於蘇雅，她只不過是從倒扣狀態歸零而已啦……而且失去部下的信賴就等於會降低對部隊的統率力，換句話說將造成戰鬥行動中的風險上升。在關係到自己和同伴性命的戰爭中，你認為我會做出那種不科學的行徑嗎？」

既然到目前為止自己都是靠聽從伊庫塔的指示才能存活至今，讓馬修也不得不接納這個根據。然而，還多得是可以走的後門，馬修一一舉出來質問：

「那，你是對其他部隊的女性出手嗎？……不，反而是找同樣身為軍官的對象會比較符合現實。畢竟那樣一來就算關係曝光，也不會影響到部下的信賴。」

「這真是精彩的推理，馬修。不過你有弄清楚嗎——根據你這理論，講到最有可能成為我對象的候補人選，會有最親近的某些人名字被舉出來喔？」

伊庫塔才剛這樣說完，原本低著頭的托爾威就以非常迅速的動作抬起臉，馬修也以幾乎要推倒桌子的氣勢把身體往前探。

「你該不會對雅特麗和哈洛其中之一出手了吧！是哪邊！……不，等等，我不想聽，我想知道卻又不想知道！萬一知道了，會讓我不確定從明天開始到底該怎麼面對那個人……！」

馬修抱著腦袋痛苦掙扎。另一方面，托爾威以彷彿要把人看出一個洞來的專注眼神凝視著伊庫塔。

「怎麼了小白臉，一直盯著我瞧。噢，你很在意吧？在意我是不是你的情敵。」

「並……並不是那樣……」

聽到伊庫塔不懷好意地引導話題，托爾威一時語塞……然而以他的立場來說，心裡也有想趁著這個機會事先確認的事情。

「……不過，老實說，我從剛認識你們時就一直有種感覺。覺得在阿伊和雅特麗小姐之間，有某種別人無法介入的東西。如果，這種看法並沒有錯……」

我希望你能在這裡明說——托爾威抱著這種想法凝視伊庫塔，馬修也屏息旁觀著狀況。

接下來過了十幾秒。先隔了一段十足折磨人的時間，伊庫塔才動作誇張地聳了聳肩。

「……抱歉，抱歉。不好意思在討論得正熱烈時要潑冷水，不過你們也想想看，你們能夠想像那個雅特麗，那個無人不知的伊格塞姆繼承人為了這種理由違反軍規的狀況嗎？」

「啊……」「說起來的確是那樣……」

「是吧？這樣一來，在消去法下只剩下哈洛。可是那女孩雖然看起來是那種模樣，然而關鍵部分的防禦卻很牢固。總之為了留下希望，這邊就算是目前攻略中吧。要是有進展我會拐著彎向你們報告。」

當伊庫塔正平和地為討論做出總結，在有點距離的位子上用餐的薩扎路夫上尉走了過來。他來到隨即站正姿勢敬禮的三人前方，臉上露出苦笑。

「我說你們幾個，有精神是很好，但低俗話題也該用低一點的音量來聊。是現在這種時候才可以放過你們，如果是平常，我可要叫你們去基地外面跑個幾圈作為破壞風紀的懲罰。」

「真……真是抱歉……」「好丟臉噢，小馬……」

「哎呀不好意思。話說回來，薩扎路夫上尉您是哪邊？」

伊庫塔丟下紅著臉反省的兩人，帶著滿臉笑容擴展談話圈子包含的成員。看在這大膽行為的份上，薩扎路夫上尉沒有生氣而是配合了他的問題。

「雖然不能大聲張揚，不過以前算是勇者吧……算了，在這次的戰爭中，我也沒有餘裕去勾搭附近的女性。」

「真不愧是前輩，身經的戰役數量似乎也符合年齡。回到基地以後請讓我聽聽這些英勇的經歷。」

「哈，雖然不知道內容能不能符合你的期待，不過再找時間吧——那，我要先走了，你們幾個今天也早點睡。」

薩扎路夫上尉隨便舉手致意後便離開現場。目送他背影離開後，這次輪到馬修起身。既然用餐和談話都已經告一段落，這是自然的行動。

然而，當馬修若無其事地想要離開位子時，伊庫塔叫住了他。

「等一下，吾友馬修。你對我們如此逼問，自己卻在被詢問之前就要逃走，這未免太不公平。」

「嗚……」

「好了，你也告訴我們吧。沒什麼困難，只要在兩個答案中選出一個就行——你是勇者？還是戰士？要倚賴情誼呢？還是要孤獨生存？」

伊庫塔以糾纏的語調逼迫馬修回答，非常非常沉重的沉默在他們之間維持了二十秒以上。

然而，在那之後——馬修迅速地以堅決表情轉過身子大叫。他抬頭挺胸彷彿對森羅萬象沒有任何事情需要隱瞞，就像是要吐露出靈魂本身。

「……對戰士表示敬意！」

面對驚人的魄力，伊庫塔和托爾威同時站起，以敬禮的姿勢回應。

「「Sir, yes, sir!」」

翌日早晨來臨，在薩費達中將的號令下，人員已耗損的三個旅共八千九百人在十足準備下出發。休息一整天帶來的效果，還有或許是因為明白接下來就是最後一戰，讓士兵們目前總算還保持著氣力。

「噢……抱歉……」「給我小心點你這白痴！想死嗎！」

只是，即使到了這個時候，看在伊庫塔眼裡也不能說是完全沒有不安。首先第一點是可以在其他部隊中偶爾看到那種殺氣異樣外露的士兵們。他們光是和其他士兵肩膀相撞就會口出惡言威脅對方，嚴重的時候甚至還會先動手打人。

「總覺得不知不覺之間那種粗野分子增加了呢。又不是軍閥最盛期的傭兵軍團，帝國軍即使弄錯什麼，應該也不是欠缺管理的暴徒集團啊。」

「會變成那樣也是無可奈何的情況啦。看過那麼多次敵我雙方的死亡後，比起要繼續保持節制，放鬆良心枷鎖會輕鬆得多……只是，至少我不希望自己的部下變成那樣。」

伊庫塔說完，往後方看了一眼。由騎士團的訓練排編組成的一個連正以保護軍官集團後方的形式跟在後面。由於伊庫塔等軍官是和司令長官薩費達中將一起聚集在同一區，因此各排的管理現在是由具備士官長立場的人負責。此外，為了方便軍官們能看著周圍狀況做出指示，目前他們所有人都騎在馬上。

「就連我，也讓他們殺了不少人。如果能以像是拿菜刀砍南瓜般的訣竅來刺殺人類，只能說是有正確呈現出教育的成果……不過，沒問題嗎？那些士兵們還可以區分出人類和南瓜的差別嗎？」

對於這矛盾的煩惱，沒有人能提出讓他滿意的回答。然而，戰爭不會等待。隊伍帶著少年們的複雜心思繼續前進。

「……這地形有點討厭。」

看到出現在前進方向的景色，薩扎路夫上尉低聲說道。那是壯大的峽谷，有兩面絕壁以兩百公尺的間隔互相對峙，他們的部隊必須沿著其中一邊的道路往下移動。

即使把只要踏錯一步就會腳上頭下地摔進幾百公尺深淵這點視為當然的事情，然而在這個情況下，更讓人擔心的問題是對面的峭壁。那裡不但有許多似乎能作為立足點的凹凸處，而且兩百公尺這種距離最讓人無法掉以輕心。察覺到上尉的想法，托爾威以內斂的態度開口說道：

「那個，薩扎路夫上尉……萬一我猜錯了請多多見諒，不過您是不是在擔心會受到來自對岸的風臼炮攻擊呢？」

「……真虧你能猜到。沒錯，正是如此。萬一在這個距離下受到單方面的攻擊，我方完全無法抵抗。即使要以風臼炮回擊，和因為在進軍所以不得不聚集在一起的我方相比，對方也會把大炮分散配置在懸崖的各處吧。」

聽完上尉的發言後，托爾威很難得地在這裡講出了明確的意見。

「雖然這是非常合理的擔心，但是我認為這個可能性不高。」

「喔？這是為什麼，托爾威准尉？」

「首先，因為我是風槍兵，所以對風臼炮的運用也有一定程度的經驗。如果從這種立場來表示意見，我認為若想把大炮配置在那個懸崖上，無論是哪個位置都是極為困難的事情。由於那邊幾乎都是孤立的立足點，要把大炮搬運過去需要耗費超乎尋常的心力。就算克服了這個困難，接下來的問題則是立足點過小，光是要放置風臼炮本身就已經占滿位置，沒有地方可以放置同樣需要空間的炮彈。」

「唔……」

「假設敵方有能夠克服這兩點困難的準備，我想即使從這邊應該也能確認對方的樣子，然而用望遠鏡觀察後並沒有發現動靜。基於以上的理由，我判斷受到對岸奇襲的可能性並不高。」

聽到這內向青年一反往常地表達出明確意見，不只薩扎路夫上尉，每一個在周圍旁聽的同伴軍官們也都感到驚訝。而且意見的內容也合乎邏輯又適切，不安被消除的上尉滿意地點點頭，打算重新面向前方，就在這時……

「不，還是先做好準備吧。薩扎路夫上尉，能否用盾牌來圍住我們這些軍官集團的側面？」

伊庫塔斬釘截鐵地講出了推翻前面對話的意見，托爾威和薩扎路夫上尉都詫異地盯著他瞧。

「……托爾威准尉剛剛的說明已經讓我感到認同了，你推翻這理論的根據又是什麼？伊庫塔准尉。」

「我也一樣同意他的說明。但是這建議並不是想要推翻他的意見，頂多只是覺得該防患於未然。」

「算了，慎重一點是沒什麼不好啦……不過針對預測有可能發生的炮擊，拿步兵用的盾牌來防禦可無法稱為十足的對策喔？」

「就算是這樣，也比沒有對策好一點……而且，會飛過來的東西不一定只有炮彈。」

講到這邊，伊庫塔以僵硬的表情瞪著對岸。看到他的認真眼神，托爾威也捨棄了「不會出現來自對岸的奇襲」這結論——既然伊庫塔在警戒，那麼當然有可能發生。

「……薩扎路夫上尉，非常抱歉，我想撤回前言。正如伊庫塔准尉的建議，能請你下達用盾牌保護軍官集團的指示嗎？」

「喂喂，你們是認真的嗎？既然要用盾牌圍住靠著崖邊的那一面，就表示為了獲得盾牌的保護，我們本身也必須下馬。當然那邊的薩費達中將也……」

「如果不那樣做就沒有意義吧？校級軍官已經去隊伍前方負責指揮，除了中將本身，我們之中階級最高的人是身為上尉的您。請去試著提出建議吧，拿出勇氣！」

完全是被趕鴨子上架的薩扎路夫上尉「嗚喔」一聲繃起表情，同時拉著韁繩靠向和昨天一樣張著充血雙眼策馬前進的薩費達中將。

「……嗯嗯？怎樣？」

面對以懷疑眼神看向自己的鎮台司令長官，薩扎路夫上尉冒著冷汗舉出建言。

「呃……那個……就是說呢……在觀察過周遭的地形後，部下提出了在這附近或許有必要稍微警戒一下敵方襲擊的意見，而在下也有同感，所以在此有一案，就是想使用盾牌來保護在場的所有軍官……」

「既然那樣判斷就主動去做啊。」

「是，很抱歉。但，這邊還有另一個請求……是因為以步兵拿著的盾牌高度，沒辦法保護騎馬狀態的人完全不受到炮彈傷害……所以雖然真的非常抱歉……」

猛冒冷汗的上尉還拖拖拉拉地沒講出結論，中將已經先行察覺。

「——你的意思是要我下馬嗎？」

「啊……噢……結果就是那樣呢……沒錯……必須麻煩中將您特地做這種動作，實在深感惶恐……」

薩扎路夫上尉拋開面子和自尊，只是一個勁地低頭請託。即使如此中將還是不太情願，但面對雖然態度卑微卻全然不肯退讓的上尉百般糾纏，不消多久就無法繼續堅持下去。

「……下馬就行了吧？我下馬就是了。」

薩費達中將以萬不得已的態度下馬後，開始用自己的雙腳步行並拉著馬轡往前。薩扎路夫上尉配合長官也下馬後，以精疲力竭的模樣回到伊庫塔他們這邊。

「……我去獲得許可了，這下行了吧？好啦，你們幾個也趕快給我下來……」

薩扎路夫上尉以無精打采的語調下令，並回想著自己剛才的樣子。他罵了一句：「啊啊可惡！實在有夠遜！」並用力搔了搔腦袋。這時伊庫塔突然開口說道：

「……暹帕．薩扎路夫上尉，可以讓我發表一句意見嗎？」

「喂喂，你還打算繼續虐待大叔啊……是是是，我知道你想說什麼，反正我剛才的態度很沒出息——」

「您是最棒的長官，我打從心底感謝這個事實。」

首先是伊庫塔和托爾威，接下來旁觀事態的騎士團所有成員也以完全一樣的動作敬禮。看到他們對自己送出明確堅定的尊敬和感謝眼神，不習慣這種場面的薩扎路夫上尉一時不知道到底該怎麼回應，只能呆站在原地好幾秒。

「……哈哈，你們幹什麼突然這樣，不可以戲弄大人啊。」

接著薩扎路夫上尉像是要逃離部下們的視線般地轉身面向前方，似乎很難為情地搔了搔臉頰。騎士團五人望著這個背影，產生同樣的想法——自己等人在這場戰爭開始以後，第一次擁有值得尊敬的長官。

*

帝國士兵們正排著隊往前走的懸崖邊道路，往正下方十數公尺後有一條溝渠。在這個由風雨長年侵蝕製造出的天然橫向洞穴中，聚集著四十多個人影。

「……配置於對岸的部隊送來光信號，要開始襲擊了，隊長。」

影子之一在最靠近出口的地方觀察對岸情況後，對著黑暗深處眼神散發出特別危險光彩的那個影子提出報告。接著雖然沒有聽到任何聲音，卻產生有人站起的動靜。

「我等也在錯開些許時間後參加。所有人都開始準備攀登，風槍兵裝備短槍。」

聽到命令的影子們開始把搭檔的身體裝設到槍管已經被截成最短長度的風槍上，還讓搭檔嘴裡含著在皮袋中裝有子彈的彈夾。如此可以省去裝填子彈的步驟，而且讓風槍本身以單手就能使用。這是預設要在近身戰中使用的武器。

「要趁著席納克族發動襲擊時達成任務。我等的目標只有北域鎮台司令長官，塔姆茲庫茲庫・

薩費達一個人，不要去管其他人。只有碰上前來妨礙的對手時，必須迅速排除對方。」

「「「「Yes, sir!」」」」

「任務達成後，或是失敗撤退時，要使用總共設置了十七處的繩索來往崖下移動。此外，這回也不允許戰死。要是在無論如何都無法避免的情況下，嚴記必須摔進谷底再死。那樣一來還有回收的可能，只有把屍體暴露在眾目之下的失態行徑絕不被允許。」

「「「「Yes, sir!」」」」

整齊劃一的回答持續著。那麼已經沒有任何不足之處——影子們的頭目如此判斷並宣布。

「開始作戰——『亡靈部隊』，出陣。」

他們一口氣從黑暗中現身，宛如從巢穴中爬出的螞蟻大軍。

＊

並不是來自伊庫塔持續警戒的對岸，也不是來自亡者集團暗中開始蠢動的懸崖下——開戰的信號是從沿著道路形成長列的帝國軍隊伍的正上方落下。

「山是我們的世界！瞪大眼睛吧！平地的惡鬼們！」

伴隨著少女的號令，火矢一口氣撒向士兵們的頭頂。來自出乎意料角度的襲擊讓所有人都大吃一驚，各處被火矢射中的貨物和士兵衣服開始冒出火焰。

「正……正上方？這是怎麼回事！這個懸崖上根本沒有能夠駐兵的空間吧！」

為了效法伊庫塔先行預測出所有事態的做法，馬修這次在事前就把行軍路線的地形圖記在腦裡，不過也因為如此，他無法掩飾對這次奇襲的訝異反應。看到因為前提被推翻而整個腦袋亂成一團的馬修，伊庫塔冷靜地對他說話。

「鎮靜一點，馬修。基本上你認為這懸崖上沒有空間駐兵的看法並沒有錯，這次只是進退維谷的敵人勉強走了那條路過來。」

「嗯，我也是那樣想。雖然是身手矯捷的席納克族才能使出的伏兵，不過如果只看射下來的火矢所造成的損害，他們並沒有準備好那麼多的數量。衝擊只不過是瞬間的情況，接下來只要混亂能夠鎮靜下來……」

托爾威話才講到一半，就傳出了彷彿在嘲笑他預測的慘叫聲。走在伊庫塔等人前方的薩扎路夫營士兵們從肩膀或側腹流出鮮血，紛紛發出哀號。

「怎麼回事？是槍擊……？這也是來自上方嗎？」

薩扎路夫上尉壓低身子大叫，不過他弄錯了。確認受到槍擊的範圍都集中在靠著懸崖邊前進的士兵後，明白這狀況代表意義的伊庫塔狠狠咋舌。

「不，這是來自對岸……可惡，果然還是出現了嗎！」

「咦？來自對岸……？說什麼蠢話，到那邊的距離有兩百公尺啊！在這種距離下就算用風槍射擊，也不可能確實到達這邊——」

沒等薩扎路夫上尉理解，擁有預備知識的托爾威先掌握了情勢。他的表情立刻蒙上一層恐懼。

「阿伊，這代表……對方也和我們一樣……！」

「嗯，沒錯……是採用膛線風槍為武器的遠距離射擊部隊！」

伊庫塔做出結論，眼前可以看到不知道第幾輪的槍擊又打倒了一群友軍。既然連對方是從哪裡開槍都無從得知，他們自身當然找不出對抗手段──察覺到這點的那瞬間，少年停止觀察。

「托爾威！現在是發呆的時候嗎！快點跑回你自己排上並開始應戰！現在只有用膛線風槍武裝的你們能夠立刻對這些敵人做些什麼吧！」

「嗚！了解……！等我一下，會立刻壓制住對方……！」

了解自己任務的托爾威直直地衝向自己部隊。就算是伊庫塔，對現狀也無法擠出更進一步的對應方式。雖說事前用盾牌保護軍官的做法是個聰明的決定……

「……既然無法避免因槍擊受到損害，我們只要加快進軍的速度，趕快通過山谷就好了。讓部隊逃出膛線風槍的射程範圍後……」

伊庫塔這種偏向樂觀的看法因為推開人群衝來的傳令兵發言而結凍。

「報……報告薩費達中將！隊伍前方受到敵人襲擊，為了迎擊，目前是不得不暫時停止進軍的狀態！請後方的部隊暫時待機──」

「說什麼蠢話！沒看到目前這個狀況嗎！明明這裡也正受到敵人攻擊，進軍速度卻必須在這個時間點放慢……！」

薩費達中將的臉色轉瞬之間變得煞白，只有現在伊庫塔也和他是同樣心情。無法迎擊敵人，也受限無法前進並逃走。如此一來，剩下的手段只有一個──

「……薩扎路夫上尉！要不要讓比這邊更後方的部隊暫時全部後退呢？」

「我雖然贊成──但這種時候要執行戰略性後退不在我的權限之內！」

那麼就像剛才那樣對中將提議──伊庫塔正想這樣說，突然從後方傳來雅特麗的警告。

「所有人都警戒上方！要趁勢殺過來了！」

在場所有人都猛然一驚抬頭往上看，只見空中有人影接二連三地飛出。原來是在懸崖上布陣的席納克戰士們正單手抓著繩索沿著絕壁往下滑降。看到這種無法以常識想像的決死隊，讓士兵們都停止思考。

「馬修！哈洛！快點上近身武器！他們也會下降到這裡來！」

伊庫塔一邊把短矛裝進十字弓裡一邊大叫。這是完全出乎意料的荒謬事態，前後有幾百名士兵，左右還被山壁和盾牌保護著的軍官集團竟然落入受到敵人直接攻擊的狀況。

「啊……啊嗚……為什麼裝不進去……」

哈洛待在和其他騎士團成員有點距離的位置，因為無法順利把短矛裝上十字弓而感到很苦惱。明明乾脆放棄裝上直接拿來使用就可以了，但混亂的腦袋卻連這點也想不到。她大部分時間都待在後方的野戰醫院裡，正是因為如此至今還沒有習慣實戰。

「哈洛，妳冷靜點！我現在就過去妳那邊！」

伊庫塔往前跑。雅特麗是薩費達中將的護衛之首，托爾威去迎擊所以不在場，馬修光是要保護他自己就已經忙不過來，所以基於消去法，能去幫助哈洛的人只有他一個。

士兵的混亂只是不斷增加。那些心無畏懼飛跳進帝國軍隊伍正中央的席納克戰士們在落地後，直接開始襲擊附近的每一個士兵。許多人連近身武器都還沒裝好，還無法對應這個真的是「從天上掉下來」的突然白刃戰。

「哈洛，危險！看上面！」

「咦——」

大概是認為裝武器時遇到困難的她是最適合的獵物吧？沿著懸崖下降到一半的敵人以腳底踢向山壁跳了起來，接著落地——就在哈洛的旁邊。

再這樣下去會差一瞬來不及。剎那間如此判斷的伊庫塔拋開十字弓，以頭部朝向前方對著愣愣呆站的哈洛飛撲過去，接著以抱住哈洛下半身的形式帶著她一起倒下。這時，敵人橫揮的廓爾喀刀掃過了他後腦的頭髮。

「……呼……可惡……！」

沒空去想剛剛真是千鈞一髮。伊庫塔立刻起身，從哈洛手中借走短矛代替自己丟掉的武器。沒能成功解決獵物的敵人立刻過來繼續追殺他們。

他用短矛的矛身勉強接下廓爾喀刀的沉重斬擊。接下來雙方直接開始僵持——也就是演變成和對方比誰力氣大的形式，然而伊庫塔的勝利機會在這時間點已經消失。他因為壓過來的刀刃力量而倒向地面，暴露出似乎在示意對方動手使出最後一擊的無防備狀態。

伴隨著幾乎要連戰友的耳膜都一起震破的大音量，這時出現出乎意料的援手。原來是丁昆准尉

「我前來援助了！」

揮動的大劍把跳過來想要解決伊庫塔的敵人擊飛出去。

斷成兩截的廓爾喀刀掉到地上，連背脊都被斬斷而喪命的敵人身體因為收不住勢頭而從懸崖上滾了下去。就連伊庫塔也不由自主地因為這景象而愣愣地張大嘴巴。

「你還不快點起來，伊庫塔‧索羅克！就算是我也不會救你第二次！」

沒等到他提醒就已經起身的伊庫塔這時才重新觀察丁昆准尉的外型。他身上穿著以胸部為中心，覆蓋著身體各部位的厚重甲冑；雙手還握著騎馬時用的大劍。不管怎麼看都顯得過時的這副模樣正是北域鎮台司令部的最終防衛兵力——也就是身為胸甲騎兵部隊排長的丁昆准尉的正裝。

「……謝啦，丁昆准尉。雖然你說不會救我第二次，不過和上次相加，實際上這已經是你第二次救我了。」

「以前那次不必算進去，那時我也太衝動了。」

丁昆准尉撿起掉在地上的十字弓還給伊庫塔，同時沒好氣地說道。少年感到有點驚訝。他伸手幫助哈洛把她扶起來，另一方面也橫著眼看向巨漢那位於高一個半頭位置的臉孔。

「我想問你一件事。之前你被我毆打倒地時……不但沒有生氣，甚至還能夠開口道謝吧？」

「嗯？噢……因為多虧了你我才免於遭到村民怨恨。」

「但是代價是你的面子應該丟光了，對於必須吞下恥辱的行為你不會心生抵抗嗎？」

這是個正面提出的直截了當質問，也因為這樣，伊庫塔在回答時沒有猶豫。

「──不會。因為我丟臉的事實對於那場面是靠你的充滿力量一擊才得以收拾的事實並沒有造成任何影響。算了，順便講一下……像那種只不過是被人打趴就會丟掉的面子打從一開始就不存在於我身上。」

「……是那樣嗎？那麼反過來會讓你覺得丟了面子的場合是什麼情況？」

「噢，嗯～這個嘛──」

伊庫塔一邊和丁昆准尉對話，同時抽空把確實裝上短矛的十字弓交給哈洛。接著少年用手指幫哈洛抹去沾在她臉上的塵土，並以認真表情回答：

「──在想說的時候無法把該講的話全部說出口，在想保護的時候沒有把該保護的對象確實徹底保護好……大概就是這樣的場合吧。」

這句從伊庫塔自身口中講出來的發言，讓他腦中突然浮現出那個只見過兩次卻沒有獲得第三次機會的女性臉孔……但，他立刻又把這件事封鎖。蓋住記憶，把不科學的追想趕出腦中。

──「那個」是已經喪失的體面。現在自己該注意的對象，是尚未失去的生命。

「……雖然我聽不太懂，但總之明白一件事，就是我和你這傢伙合不來。」

丁昆准尉擺出把大劍高舉過頭的姿勢，很明確地這麼說道。伊庫塔也非常能夠接納。他甚至覺得這件事毫無懷疑的餘地，兩人之間的相剋性大概惡劣到史無前例。然而偏偏……

「不過……結果，你就是那樣的騎士吧。」

聽到這句話的瞬間，少年臉上浮現出絕望般的自嘲表情——真是過分的誤解。在最後的最後用這種善意的方式來結尾，根本是糟蹋了一切。

在敵我雙方交錯混處的吵鬧聲中，雅特麗希諾‧伊格塞姆握著註冊商標的雙刀，一個人瞪著上空。

她在薩費達中將正面占了一個位置，以護衛實質關鍵的身分待在這裡。無論會有什麼樣的敵人從哪個地方前來襲擊，雅特麗都有能夠擊退所有威脅的自信。

雙刀的尖端就像是感覺到異變的觸角般震動。因為她的視線範圍內出現一個光是沿著絕壁往下滑還不滿足，甚至單手拉著繩索朝下面衝的小個子人影。

雅特麗甚至產生不合時宜的感動。即使是在身手矯健的席納克族中，會做出此等胡來行動的人也不多。

「薩費達中將，請絕對不可以從那邊移動…………敵人來了！」

那個人影在來到絕壁途中時就踢向山壁。雖然是利用輕盈身手使出的超乎常人跳躍動作，卻沒有直接衝向薩費達中將。原因就是——她也基於本能察覺到為了達到這個目的，存在著無論如何都必須克服的障礙！

「「喝！」」

在重力幫助下以整個身體往下斬的一擊，與試圖靠反擊來準確瞄準並斬斷要害的一擊同時從上方和下方被施展出。在彼此的斬擊交錯的瞬間，鋼鐵的激烈衝突迸發出火花。

「嘖……！」

在空中結束最初的交手後，小個子的人影以媲美貓的輕巧動作順利著地。

「……又見面了，紅色的傢伙。」

被握在人影雙手上的左右一對廓爾喀刀和持刀者的嬌小身材相比，顯得實在過於粗野。然而只要把視線移到本人身上——首先是可以從寬大斗篷下隱約看到的雖細瘦但卻充滿功能性美感的全身肌肉會引起感嘆；接著對不義燃起怒火的一雙大眼也會讓觀者為之屏息。因為日曬而褪色的黑髮被綁成短短的兩根辮子垂掛在兩側，乍看之下她身邊並沒有帶著搭檔精靈。

「嗯，又見面了。」

即使外貌惹人憐愛，但也絕對不嬌弱。她具備獨當一面的戰士風範，是初次見面時由於相隔長距離因此沒有傳達過來的魄力。

承認對方實力的雅特麗毫無鬆懈地拿好雙刀，並按照騎士的禮儀報上名號：

「我是帝國軍燒擊兵第一訓練排排長，兼輕裝騎兵第一訓練排排長的雅特麗希諾·伊格塞姆准尉。搭檔是火精靈西亞。能和妳再度相見真是幸運，年輕的席納克族長。」

「席納克族長娜娜克·韃爾，赫赫席克是風性的希夏……我雖然報上名號，但妳可別自以為了不起！我才不會記住妳那又臭又長的頭銜！」

娜娜克・韃爾沒好氣地這樣宣言，把雙刀的尖端對準敵手。這單純又率直的敵意反而讓雅特麗也爽快地接納。

「那樣就夠了……妳只需要用身體記住這雙刀的感覺然後離世吧！」

「說什麼大話──！」

娜娜克・韃爾往前奔馳宛如離弓之箭。她對於刺過來牽制的軍刀並不在意，而是以廓爾喀刀的沉重斬擊回敬，就像是要連同刀身一起砍斷。相對之下雅特麗則是抽回刀身來閃過第一擊，隨即逮住空檔再度揮刀攻擊，不過──

「……嗚！」

那瞬間，娜娜克・韃爾把刺在地面上的刀身作為動作的軸心，一邊翻轉身體並橫向砍出第二刀。這是在一般的劍術中不可能發生的連續手法。雅特麗稍微後退完全對應這一擊，但接下來才是少女猛攻的重頭戲。

「呀啊啊啊啊啊啊啊！」

從地面拔起的右手廓爾喀刀並沒有被收回手邊，而是直接猛然往上彈跳襲擊雅特麗。雅特麗一邊用軍刀的刀柄護拳部分來防禦並試圖做出反擊，然而這時卻有瞄準她小腿的左手廓爾喀刀襲擊而來。雅特麗不由得為之驚嘆，明明每一次出手都是誇張的大動作，然而動作之間卻沒有可趁之機。

「怎麼了，紅色傢伙！束手無策嗎！」

娜娜克・韃爾繼續猛攻。周圍軍官雖然想要插手幫忙雅特麗，但無論是哪個人都在出手之際心生猶豫。娜娜克・韃爾的劍技宛如帶著刀刃的風車，要是大意靠近並被捲入就會沒命。

另一方面，雅特麗待在風車中央仔細觀察。移動到刀身上的重心，沒有中斷的迴轉，還有活用嬌小體型的低姿勢——她一邊冷靜地應付激烈的連續斬擊，同時分析這些就是能闡明娜娜克・韃爾使用劍術的關鍵字。

包括伊格塞姆二刀流在內的大部分劍術都把姿勢的重心放在下半身，更進一步的講法就是放在軀幹上。因為這是在攻防雙方面都最安定的形式，一旦無法維持的瞬間就會被視為破綻。無論是擁有多少不同姿勢的流派，要求把重心放在下半身以外的地方在人體的構造上是不可能的事情。

然而娜娜克・韃爾的風格卻不同。每次使出攻擊時，她都極為輕易地把重心從下半身移開。過於沉重的大型廓爾喀刀甩動著那嬌小的身軀，而她並沒有反抗這種物理上的必然並順勁控制姿勢，把移向刀身的重心切換為軸心，還進一步持續動作沒有停止。

——結果就是形成了這種迴轉劍舞……！

砍得很深的「く字形」刀身斬斷幾根炎髮……為了毫無破綻地使用這兩把沉重的大型廓爾喀刀，娜娜克・韃爾在戰鬥中幾乎完全沒有做出「拉回」的動作。每次使出的斬擊不是毫不收勁地揮擊到底才串連到下一擊，要不然就是刺向地面當成迴轉的軸心利用。這種連續動作必然會產生「邊不斷迴轉邊使出的劍技」這種獨特的形式。

「讓人不得不承認……雖是旁門左道卻很精彩……！」

雅特麗口中說出稱讚。席納克族特有的強韌又具備彈性的肌肉，以及娜娜克・韃爾本人的嬌小身材應該是讓這個特異的劍術得以成立的原因吧……就算把簡直像是雜技的姿勢控制練到了爐火純青，但正常來說，用「迴轉」軌道來行動的她不可能有辦法避免讓破綻暴露在用「直線」軌道來行動的雅特麗面前。

讓這種情況化為可能的原因，是和嬌小身軀共存的壓倒性低姿勢。面對處於下方位置的對手，雅特麗被迫必須往下揮劍；相對之下娜娜克・韃爾則是保持壓低身子的動作，狙擊對方的下半身。所以在攻擊到達前需要花費的時間是娜娜克・韃爾較短。這個優勢填補了迴轉軌道造成的動作延遲

——

「……妳差不多也該停下來了！」

雅特麗用短劍的劍柄護拳部分擋下斬擊，略為強制地介入迴轉劍舞。她是基於「既然迴轉是這種劍技的主軸，那麼只要阻止迴轉就可以了」的判斷——然而……

「不，我不停！」

娜娜克・韃爾以被護拳勾住的廓爾喀刀為起點，身體突然浮上半空。接著並沒有減緩迴轉的力量，而是只把主軸往橫倒下——雅特麗這次真的驚訝得瞪大雙眼。

「該不會——把橫向的迴轉移為縱向……？」

「妳猜對了！」

將重力拉攏為助力的斬擊從正上方往下揮落。雅特麗讓雙刀交叉擋下這一擊，接著利用主動往後跳開的動作來減少刀身的負擔。

她認為拉開的間隔立刻又會被逼近而做好準備，但意外的是娜娜克·韃爾在此卻停下動作，隔著光是往前一步還無法攻擊到對方的距離凝視著雅特麗。

「……真虧妳能撐下去。攻擊那麼多次，劍也沒有折斷……」

「我只是在拚命堅持。真了不起，這種從沒見過的劍技讓我只能單方面被壓制。」

「……不，不對。妳一直有餘裕觀察我的劍技並感到佩服。」

面對還沒看出深度的對手實力，娜娜克·韃爾露出嚴厲的表情。不因優勢而驕傲，能夠擊退大意心態的精神水準也讓雅特麗產生率直的好感。

「既然已經被妳看出來那就沒辦法了——不過，在剛剛我已經充分觀察完畢。」

以自然態度這樣說完後，雅特麗重新舉起雙刀——空氣改變。她從以接招為主的架勢切換成決心要分出勝負的進攻架式。這點也傳達給和她對峙的敵手。

「……居然說已經看透，講什麼大話。只靠打到現在，就看透我的劍技？——不可能！」

「妳沒有必要相信我的話。既然是戰士，只需要相信自己的劍技並放馬過來。」

哼！少女口中發出笑聲。她也認為正是如此。

——無論是多麼厲害的高手都無關。像這種在這個時間點就誇口已經把一切都看透的對手，絕對無法打敗自己。

「……這份傲慢，就在那個世界後悔吧，紅色傢伙——！」

胸中抱著必勝確信的娜娜克·韃爾往前衝。相對之下，雅特麗依舊文風不動，做好準備等待敵人。她的目的是後動手為強——不違反先前已經觀察完狀況的宣言，是完全的迎擊架勢。

娜娜克．韃爾使出第一擊。使出了全力中的全力，是試圖讓接招刀身折斷的向下砍擊。然而雅

「喝啊啊！」

特麗卻退後避開，揮空的廓爾喀刀直接刺進地面。

以刺在地上的刀刃為軸心，娜娜克．韃爾的身體往橫向迴轉。這光景是先前的再現，就是連雅特麗在第一次看到時也忍不住吃了一驚的那招在莫名其妙姿勢下使出的橫向斬擊。

不過——當然不會再有第二次。

刀刃從大腿前方掃過。正是在這次揮空後，會閃過在第一次見識時無法掌握的一瞬破綻。娜娜克．韃爾的身體現在依然在迴轉軌道的途中。她那小小的背影在迴轉結束進入下個動作之前，只會一直無防備地暴露在敵人面前——

雅特麗的膝蓋往下沉，化為彈簧並爆發。伴隨著神速的切入動作，她左手上的短劍以最短距離刺出。沒有錯過大好機會而使出的必殺刺擊——這只能說是直達性命的一刀……

「哈——妳上當了，笨蛋——！」

然而這一瞬間，正是娜娜克．韃爾一直等待著的情況。在背後完全暴露的狀態下，席納克的年輕族長露出大膽的笑容。在被斗篷覆蓋的背上，反擊的陷阱發出誕生後的最初哭聲。

空氣炸裂的清脆聲響打破戰場上的喧囂，嘹亮地響遍一帶——

「嘿呀啊啊啊啊啊啊啊！」

丁昆准尉用大劍以一擊就劈開了才剛跳下來的席納克族戰士腦袋。雙方實力懸殊，因為他們使用的廓爾喀刀無法完全擋下准尉那過於沉重的斬擊。

「哎呀，真了不起……雖然都已經過了這麼久，我還是修正一下陪襯用綠葉的評價吧。」

「……你說什麼？」

丁昆准尉橫著眼瞪著伊庫塔，伊庫塔用力搖頭掩飾過去。事實上，靠著丁昆准尉的活躍，擋下了不少席納克族的下降決死隊可能造成的損害。

「看來托爾威有壓制住對方，來自對岸的槍擊比當初安分得多。只要再繼續這樣撐下去就可以越過峽谷——你們再忍耐一下吧，馬修，哈洛。」

「啊……噢……！」「麻煩你們照顧真不好意思……！」

馬修和哈洛待在被伊庫塔和丁昆准尉夾在中間的位置，兩人一起開口回應。

伊庫塔不經意地抬頭環視周遭，只見士兵們雖然還處於混亂，但同時也呈現出最嚴重時期已經過去的感覺——要說當然這的確也是當然。只要撐過奇襲剛發生的訝異狼狽狀態，從上方零零散散下降而來的敵人只能成為被各個擊破的最佳獵物。

「既然使出如此亂來的進攻手法，表示席納克族那邊應該也相當走投無路了……會讓人擔心他們不知道會做出什麼事情，實在不好對應。」

「哼，居然講出這種軟弱的話。無論是什麼，只要把前來攻擊的對手一個個全部打倒不就可以了嗎？」

聽到准尉提出這種單純的解決方式，伊庫塔只是無言地聳聳肩。這時傳來士兵的慘叫聲。

「怎……怎麼了！聲音很近！」

馬修驚慌地看著周遭。因為警戒來自崖上的敵人而仰望上方的所有人視線久違地和地面再度平行。

他們很快就找到慘叫的來源。在伊庫塔等軍官集團的後方，靠近懸崖邊的士兵們從身體右側流出鮮血並倒下。又是來自對岸的槍擊嗎——伊庫塔一開始這樣認為並咂嘴，但接下來的光景卻不是咂嘴就能夠解決。

因為讓他們受傷的射手身影並不是在對岸，而是同樣就在那裡。

「……來自崖下的新敵人？不妙，現在士兵們的注意力集中在上方——」

伊庫塔的嘴巴在話才講一半時就僵住了……爬上懸崖出現的新敵人雖然乍看之下外表和過去見過的席納克族沒有什麼差異，然而水準卻明顯不同。無論是那種一絲不亂的集團統率力，還是熟練運用短槍的手法——在在都顯示出對方具有高水平士兵熟練度的最佳證據。

「真狂妄，我去迎擊！」

「……嗚！不要衝動，丁昆准尉！那些傢伙不一樣！」

丁昆准尉不顧伊庫塔的制止往前奔跑，直直朝著敵人的方向前進——不需要畏懼任何事。他確信憑現在雙手握緊愛用大劍，身上穿著甲冑的狀況，能在近身白刃戰中打倒自己的人大概只有那個炎髮少女。

一名敵人注意到他接近，才剛回頭就投來沒有溫度的冰冷視線。接著敵方的男子一言不發地把短風槍的槍口準確朝向邊吼叫邊跑向這邊的巨漢。

「哼！那種玩具槍有什麼用！」

丁昆准尉不屑地嘲笑敵人的抵抗，用大劍擋在自己的臉孔前方。他是要把寬幅的刀身當作盾牌，遮住敵方應該會瞄準的頭部。至於頭部以外的要害從一開始就受到甲冑的保護。

然而，這同時也是縮減他本身視線範圍的行動。

在被鋼鐵刀身遮擋的視線前方，男子從腰間拔出一把小刀。那不是已經看慣的廓爾喀刀，而是更小更細，刀刃卻蘊含著不祥光輝的小刀——男子用沒有拿著短槍的右手握住小刀，抬腳用力踏地前進。沒有發出任何聲音，宛如亡靈一般。

「嘿呀啊啊啊啊啊啊啊啊啊啊啊啊啊啊啊啊啊！」

丁昆准尉以渾身的力量朝著男子應該在的位置揮下大劍。然而他並沒有感覺到原本預料到的滿足反應，也沒看到噴出的整片鮮血。必殺的一擊僅僅只是空虛地攪亂了空氣。

「唔……？那傢伙跑哪裡——」

在丁昆准尉歪頭感到疑問的那瞬間，他的喉嚨閃過毫無前兆的灼熱感——慢了一拍，那個位置也噴出了大量鮮血。

兩人的時間在決定性的瞬間停止。

「——怎麼會——」

席納克族長娜娜克．韃爾帶著難以置信的表情，以朝著後方的視線望向深深刺進自己背上的短劍，同時擠出嘶啞的聲音。

「——為什麼……妳可以……」

「看穿這個機關嗎？妳是不是想問這個？」

雅特麗維持以左手短劍使出刺擊的姿勢，並輕輕揮動右手的軍刀。

覆蓋著少女背部的斗篷有一半被切下，藏在裡面的東西也正式曝光——用皮帶固定在她背上的風精靈、裝設在風穴上的槍身極短型風槍、還有因為被刺穿而咻咻洩出的內部空氣……一切全都暴露在外。

「我有察覺到幾個不對勁之處。首先，妳看起來似乎並沒有帶著精靈。其次，明明沒看到精靈，但妳之前報上名字時卻沒有忘記連搭檔的精靈名字也一起介紹。」

「什麼……光……光是因為這樣……？」

「不，這兩點只不過成了起因……我是在看過妳的戰鬥方式後，內心的疑惑才開始正式地具體成形。」

雅特麗把視線看向握在少女雙手中的廓爾喀刀，嚴肅地繼續說道：

「……豪爽又大膽的二刀流，妳的迴轉劍舞讓我打心底感到佩服。不過，交戰愈久，妳的大膽就愈讓我不得不感到很不可思議。因為——妳在戰鬥的期間，幾乎沒有警戒背後的狀況。即使身處這種不知何時背後會受到攻擊的亂戰裡也是一樣。」

「…………」

「當然多少是有在注意吧。可是，妳卻沒有提高警覺，讓自己隨時可以用雙手上的刀去對應來自背後的襲擊。因為我本身一直有在維持這種狀況，所以不對勁的感覺變得更加明顯。」

「……嗚……」

「不只伊格塞姆的雙刀，所謂針對多對一狀況的雙刀技術法則原本就是這樣的劍技。必須隨時保持對全方面的警戒，連一瞬間也不能停止，這可是比基本原則更基本的大前提——所以當我明白妳沒有在顧慮這點時，已經能夠確信妳並不是和我同類的純粹二刀使用者。妳還擁有其他隱藏的機關，讓妳可以省去對背後的警戒。」

雅特麗以冷淡的態度凝視著那個隱藏的機關——連同風槍槍身一起被短劍貫穿的風精靈。

即使身體被貫穿，風精靈也沒有表現出痛苦的模樣，只是雙眼中明確地表現出緊張情緒。那並不是在害怕自己會被破壞。正是因為有這個精靈挺身擋下短劍的刀刃，身為他主人的少女才能驚險地保住一條命。所以緊張是源自於對這狀況的危機感。

「你是叫……希夏吧？敢動我就殺了你的主人，這點你當然明白吧？」

「……………」

「已經分出勝負了，率領族人投降吧，娜娜克．韃爾。」

雅特麗以平靜的語氣要求投降……然而，在此她無法預測到兩件事情，第一件——娜娜克．韃爾這個少女絕對不會認輸。第二件——已經摸透她個性的搭檔希夏在這種狀況下會做出什麼樣的行動。

「……………娜娜……………」

由於身體上出現的裂痕，讓精靈呼喚主人的聲音非常不清楚……然而，即使身體即將成為報廢品，他依然毫不迷惘。隨時與主人同在，在對方的人生中提供協助，守護其生命——直到最後一刻，他都要貫徹烙印在身為精靈的自我上的本分。

「……？等一下，你……想做什麼……！」

透過刺在精靈身上的短劍刀身，劇烈的振動傳到了雅特麗的手上——現在希夏正在實行風精靈擁有的壓縮空氣功能。雖然明知自己的身體已經無法承受這負擔，他依然為了要讓主人的生命維繫到未來而這樣做。灌注著被席納克的人們稱呼為「神聖之物」的唯一願望——

「……………活下去……………」

最後留下這句話——風精靈希夏因為來自內部的壓力而自爆。

「……嗚……………！」

雅特麗反射性地往後跳，保護身體不受混在風裡飛過來的碎片傷害。而靠著搭檔最後的犧牲而脫離絕境的娜娜克・韃爾從背後受到爆炸風壓而往前倒的姿勢重新站起，並以茫然的表情凝視著四處散落的搭檔碎片。

「…………咦……希夏……？」

完全失了魂的聲音。眼前的光景和背後應該存在的重量已經消失的事實，讓少女的腦袋陷入混亂。

雖然覺得這模樣很可憐，但雅特麗決定在此逮捕少女的意志卻沒有動搖。她拔起刺在手臂上的碎片，再度走向娜娜克・韃爾。

「——不要衝動，丁昆准尉……！」

這時熟悉的少年聲音以近乎慘叫的聲調傳進了她的耳裡。當雅特麗反射性地把視線轉往聲音來源的那瞬間——隔著約有三十公尺的距離，她目睹到那一幕。

呆站在原地從脖子上噴出鮮血，接著膝蓋一軟直接往下倒的巨漢身影。還有踐踏著他的身體從旁通過的影子們。那絲毫不亂的動作，只消一眼就能看出他們不是普通的高手。尤其是注意到走在最前面那人的瞬間，雅特麗的背脊竄過一股難以言喻的寒氣。

那些影子一邊砍殺擋路的士兵，同時毫不猶豫地在帝國軍的隊伍中前進。不久之後，他們的前進路線和把薩費達中將擋在背後的雅特麗形成了同一條直線。

「————」

即使距離遙遠，但丁昆准尉往下倒的身影，還有致命的出血量仍舊深深地烙印在雅特麗的眼裡。

她的視線多次在准尉和逼近的敵人之間來回，這段期間，大約四秒後——

「…………啊啊……」

——揮動雙刀吧。

從腹部深處湧上的感情只對她下達這個命令。

「……啊啊啊啊啊啊啊！」

「——嗚！」

迸發的劍光化為烈風送來了死亡。在最前方遭到這攻擊出迎的影子頭目從那瞬間開始，就只為了迴避眼前的絕望而不得不投入全副心力。

第一次交手，用小刀承接並推開以軍刀使出的第一擊（手指的感覺消失）。

第二次交手，用短槍的槍身擋下以短劍使出的第二擊（槍身穿孔導致無法使用）。

第三次交手，用雙手的護甲來阻止翻轉刀身再度來襲的第三、第四擊（護甲整副龜裂）。

第四次交手，用雙手來對應並推開瞄準下腹部踢來的腳踝（右手小指以及無名指脫臼）。

「……哼……呼……哼！…………！」

這是只要有任何步驟犯錯就會確實喚來死亡的驚險攻防，然而即使如此，影子依然以驚異的對應力毫無錯誤地完成對戰。他勉勉強強地重新拉開彼此間距，停下腳步。纏頭巾下那不帶感情的相貌第一次浮現出驚訝的表情。

讓他出現這種表情的雅特麗本身對於這究竟有多麼罕見並無從得知。

「……呼嗚嗚嗚嗚嗚嗚嗚……！」

「……嗚！」「嘖……！」

試圖從雅特麗身邊通過並逼近中將的兩個影子，在千鈞一髮之際察覺到自己的莽撞並往後跳開。無法越過。雅特麗那讓人甚至起了雞皮疙瘩的殺氣，在她的位置拉起了生與死的境界線。

「馬……馬修排，包圍那些傢伙！」

後方傳來以變調聲音發出的命令。是伊庫塔在這時指示馬修調動原本位置距離軍官集團較接近的手下部隊。

影子們的頭目來回看看推開人群逐步進逼的風槍兵們以及擋在前方的炎髮劍士，明白適當時機已到。他們立刻朝著懸崖邊跑去，士兵們還來不及阻止，每一個人就毫不猶豫地沿著跟絕壁沒兩樣的陡峭斜坡往下滑。

「什麼！居然跳下去……！啊！可惡！原來這邊也綁了繩索啊！」

馬修雖然很不甘心地把刺刀伸往懸崖下方，但繩索設置於和懸崖邊有段距離的位置所以似乎搆不到。雅特麗原本和馬修一起望著崖下，但突然想起被自己丟下的娜娜克・韃爾，慌慌張張地把視線轉回後方。

「……被她逃了嗎？」

雅特麗狠狠咬牙。果不其然，已經看不到失去搭檔而不知所措的少女身影。不知道她是和影子們同樣逃往崖下，或者是借用了同伴的力量沿著繩索爬上懸崖。

稍微思索了一下去追捕她的可能性，判斷也只能放棄後，雅特麗做了個深呼吸並轉過身子。接下來她直接趕往某個地方，伊庫塔和哈洛也已經在那裡……圍著以臉朝上的姿勢平躺在地，勉強還保持微弱呼吸的丁昆准尉。

「——哈洛，情況如何？」

在丁昆准尉頭部旁邊占了個位置進行止血動作的哈洛一邊繼續處理，同時開口回答：

「頸動脈被割斷了。雖然我試著止血，不過出血量已經……」

不需要根據語氣推測，光看丁昆准尉本人和周圍的地面，就能充分明白獲救的可能性有多微薄……以脖子上的傷口為中心，形成了面積幾乎等於整塊地毯的一灘血，甚至會讓人覺得他失去如此多的鮮血居然還有呼吸是種不可思議的狀況。

「丁……丁……不要死……不可以……」

在哈洛的對面，丁昆准尉的搭檔水精靈尼基正在拚命對著即將喪命的主人說話。他的主人或許也有注意到，同一邊的手臂微微動作，然而卻連把手舉起的力氣都不剩。

「……雅特麗，在他還有意識時，由妳去聽取遺言。」

「嗯，也對……」

雅特麗取代哈洛，來到丁昆准尉臉孔旁邊的位置。她貼著准尉耳邊對他說話，傳達保管遺言的意願，接著把自己的耳朵放到准尉的嘴邊。

發青的嘴唇微微移動，確實地講了幾句話。雅特麗聽完，再度把嘴貼到准尉耳邊回答了幾句。

只見丁昆准尉的腦袋似乎稍微上下點了點頭——以此為最後，微弱的呼吸也完全停止。壓倒性的死亡沉默覆蓋並支配了戰場的喧囂。

「……雅特麗，我可以問嗎？他最後說了什麼？」

伊庫塔有點猶豫地發問，雅特麗卻以意外乾脆的態度回應：

「總共有四句。『帝國的同胞就拜託了』、『搭檔的尼基要讓給老家的妹妹』、『下次妳該好好拿著雙刀跟我較量』……最後一句與其說是遺言，反而該說是獨白吧。」

「獨白？」

「嗯——他說『結果，我到底有沒有守住騎士的體面呢？』」

雅特麗把臉朝向天空，就像是在忍耐某種湧上眼眶的衝動。

「他真是謙虛。因為是名譽的陣亡，臨終時根本不需要對任何事情感到可恥吧。」

「……嗯，是啊……那麼妳說什麼回應他的獨白？」

雅特麗先咳了一聲才回答。她的聲調一如往常地堅毅，不過卻帶著一點沙啞的鼻音。

「……我說『願比誰都勇敢作戰，深愛國家與同胞的騎士，丁昆．哈爾群斯卡的靈魂能與榮耀和祝福同在』。」

這真是適合的送葬禱詞，伊庫塔率直地這樣認為，是他自身不管什麼時候都無法想出來的內容。

「謝謝你沒有發表評論……雖然在思考要講什麼的時候我自己也有感覺，不過即使像這樣實際講出來，果然還是一些陳腔濫調。所謂的貼心發言真的是在有需要的時候偏偏不會出現呢。」

聽到雅特麗喃喃抱怨，伊庫塔帶著苦笑搖了搖頭——這正是所謂的謙遜。作為悼念亡故騎士的真正騎士，當然不可能有其他比雅特麗希諾．伊格塞姆更體貼周到的人選。

不久之後托爾威和馬修，還有薩扎路夫上尉都過來分別向丁昆准尉的遺體致意。接下來又過了一小時，總算再度開始進軍，襲擊造成的犧牲者遺體被送往後方，讓生者和死者今後將前往的方向完全分離。

死亡的人們往後離開，存活的人們往前邁進。為了追求下一個戰場，往前，再往前。

「原本這種嫌疑的可能性就很高，在剛剛的戰鬥中更是得到了明確答案——這場內戰，是齊歐卡共和國在背後操縱。」

行軍的路程已經過了大半。趁著獲得大休息的士兵們都坐下來喘一口氣的時候，伊庫塔．索羅克剛開口第一句話就是對同伴們如此斷言。

「我並不是領悟到散布陰謀論的快感。而是既然出現擁有膛線風槍的敵方部隊，那麼只剩下這個可能性。因為那種新武器目前在帝國內部只有配備給托爾威部隊的那四十把試驗作品而已。」

「要是還有其他，就只有阿納萊博士逃往的齊歐卡共和國有……你的意思是這樣吧，阿伊？」

托爾威讓理論得出結論，覺得不能照單全收的馬修則是開口提問：

「你想主張是齊歐卡在協助席納克族的叛亂……？這種事情有可能嗎？」

「當然有。若以那個國家在軍事上的態度來看，這反而可以說是正統中的正統。因為講到齊歐卡共和國的歷史，他們面對卡托瓦納帝國這種在軍事力層面上若是正面交戰並無勝算的對手時，就是靠著驅使國內外的各式各樣要素才得以存活至今。」

正在用布擦拭保養軍刀刀身的雅特麗也插嘴說道：

「『讓敵人的敵人成為朋友』——不只軍事，這也是齊歐卡的基本外交方針。」

「沒錯。面對帝國這強者表現出的傲慢，以徹底的弱者處世之道來經營就是齊歐卡流的做法。盡量不要由自己去戰鬥，而是煽動其他敵對因子去交戰。而這次他們看上了席納克族。」

「原……原來如此，畢竟席納克族原本的立場就是帝國內的潛在性反叛分子嘛……」

「換句話說……不只是支援席納克族，要是一個不好，這場戰爭本身也有可能打從一開始就是齊歐卡的安排？」

哈洛和馬修露出不安的表情，伊庫塔毫不留情地點頭。

「如果不是那樣，怎麼會演變成如此膠著的事態呢……無論是北域鎮台台柱的特瓦克少校之死，或是之後以山脈為舞台的游擊戰，行動上都過於乾淨俐落沒有絲毫多餘。很明顯在實行作戰這方面他們受過哪個人的仔細訓練。」

「順便提一下，『風臼炮的數量太過充足甚至可和軍隊媲美』這點也符合這推論。只要是在現場戰鬥過的人，都有隱約察覺到在背後另有支援席納克族叛亂的存在……只不過我沒想到他們竟然會像那樣直接出手。」

被對話勾起之前亂戰記憶的雅特麗帶著畏懼這樣說道。伊庫塔一語不發地表示同意，過了一會突然講出一個非常不吉利的名稱。

「……那大概是『亡靈部隊』。」

「亡靈部隊……？真……真是個讓人覺得恐怖的名稱呢。」

「這只不過是俗稱啦，是根據他們不會在戰場上留下屍體這點來命名。真面目則是被齊歐卡陸軍視為手足運用的隱密任務部隊……雖然這種部隊確實存在這點已經是不容置疑，然而關於工作表現方面能聽到的傳聞，就很像是戰場上的傳說。」

暗殺要人、取得機密情報、煽動叛亂、訓練當地的游擊部隊等等……像這種不得公開必須私下處置的祕密工作，據說就是由他們這支部隊根據政府或軍方的需求來一一負責解決。

由於活動的實際狀況隱藏在黑暗中，因此他們很容易被提拔成陰謀論的登場人物。例如「過去的哪個要人其實是被『亡靈部隊』暗殺，換句話說那是齊歐卡的陰謀！」之類的句子，現在已經成為一種典型發言。

「煽動並提昇席納克族原本就對帝國抱有的反感，並對他們實施針對叛亂的軍事訓練，這些應該就是『亡靈部隊』在這裡的工作。也是在這個過程中，才會連『聖戰』這種過於精彩的詭辯也一起輸入這裡。」

「如此一來，我認為擬定『把帝國軍誘入大阿拉法特拉山脈後再展開游擊』這作戰的人恐怕也是『亡靈部隊』。因為至今為止，席納克族很少採用這種先做好周到準備然後再待在山裡面埋伏的戰術。」

「意思是戰爭的作戰、立案是『亡靈部隊』，亦即齊歐卡共和國，而實行則是席納克族嗎……只是齊歐卡表面上看起來是共犯，實際上卻是幕後黑手。」

雅特麗統整出來的單純構圖讓所有人都點頭認同。

「在之前戰鬥中出現的疑似『亡靈部隊』集團，總共有配備於對岸懸崖上的射擊部隊，以及衝進帝國軍隊伍中的白刃部隊這兩支。白刃部隊這邊的組成約等於一個排，射擊部隊根據槍擊火力的規模來看，應該也有以此為基準的人數吧……不過，我不認為這樣是那些傢伙的全力。」

「因為他們教導許多席納克族如何打游擊戰，所以應該準備了相當數量的人員……不過，這點和他們現在還留了多少人在這裡應該是兩回事吧？」

「雖然的確如你所說，不過以可能性而言，最好認定他們的規模有可能是一個連的程度。我想，不違反潛入、潛伏這種祕密部隊方針的人員上限數字大約是這樣吧。」

「我和雅特麗同感。而且棘手的問題是，在至今為止的戰鬥中，那些傢伙恐怕連一個人都沒有折損。換句話說可能有無傷的一整個連偷偷潛伏著，而且還是有一部分士兵甚至裝備了最新膛線風槍的出類拔萃精銳集團。」

沉重的沉默籠罩眾人。覺得自己未免過度煽動大家的警戒心，伊庫塔開口挽回。

「剛剛再怎麼說也只是在討論可能性，就算真的全部符合，那些傢伙接下來會如何行動又是別的問題。在引起內戰造成帝國軍損害的那個時間點，或許他們的目的就已經達成。至於後來試圖殺害薩費達中將的行動，說不定也只是基於如果成功就算賺到的想法。」

伊庫塔一邊說，同時也自覺到這種樂觀預測聽起來真是空虛……到目前為止，戰況一直往想像中的負面方向再負面的方向變化。沒有人會認為這情況將會以現在這瞬間為界一口氣翻轉……也無法這樣認為。

「所有人起立！整頓隊列！再度開始行軍！」

大音量的命令響遍周遭，還以為可以再享受一陣子休息時間的士兵們邊嘀咕抱怨邊紛紛起身。騎士團眾人也跟著動作，但一看到長官回來立刻提出疑問：

「是怎麼了呢？薩扎路夫上尉。時間才經過三十分鐘左右，但這次應該是大休息吧？」

聽到馬修這句不安比不滿更為明顯的問題，薩扎路夫上尉以僵硬的表情回答：

「雖然對士兵們很過意不去，但預定必須提前。先行部隊那邊似乎出了什麼棘手的狀況，如果不早點過去阻止，或許會無法收拾。」

「棘手的狀況……又……又受到敵人襲擊嗎？」

哈洛戰戰兢兢地發問，但上尉卻露出那樣反而還好一點的表情搖了搖頭。

「這真是一場讓當事者不會感到無聊的戰爭……這次是友軍失控。」

＊

少女拖著沉重的雙腳，忍耐背上灼熱的疼痛，繼續往前奔跑。

「呼……呼……嗚嗚……呼……呼……！」

急促的呼吸聲中偶爾會出現痛苦的呻吟。用破掉的斗篷代替繃帶來止血的背上傷口彷彿是在抱怨草率的處理，隨著時間增加，痛感也更為嚴重。

「呼……呼……！……快點……必須快點回去——」

娜娜克．韃爾雖然抓住碰巧看到的繩索連滾帶摔地爬下山崖，僅限於從「被帝國軍士兵俘虜」的命運中完全脫身，然而代價未免過大。

不管是戰鬥造成的傷勢，還是全身的跌打損傷，對她來說都不是問題。只是——現在卻無法感受到總是存在於背上的安心重量感。這份小小的空虛，對少女來說幾乎等於絕望。

「……嗚……希夏……對不起……希夏……」

為了逃離先前的狀況，她甚至沒有餘裕從四散的碎片中撿起魂石。運氣好會被敵人撿走，運氣不好會掉到山崖下……甚至連永遠失去希夏的可能性也不低。由於一想到這點就會讓膝蓋失去力氣，少女拚命地思考別的事情。

「不能原諒……不能原諒……！那些惡鬼……那些可恨的軍人……！」

可以說只有這份憎恨和憤怒，才是現在支撐著娜娜克．韃爾的一切。即使失去等同於半身的搭檔，她還有其他該保護的事物。有許多住處被燒毀的席納克同胞們，以及目前仍在繼續戰鬥的戰士們，正聚集在前方的村莊裡。

「……大家……等我……爺爺……婆婆……娜娜現在就回去……」

娜娜克．韃爾爬上岩石，分開草叢，拚命地往前進。然而——在她幾乎要失去時間感的時候，突然出現一股難聞的味道刺激著她的鼻腔。這味道和她在燒毀村莊中聞過的臭味相同——受到不妙的預感驅使，娜娜克．韃爾腳步踉蹌地加快奔跑的速度。

「——不要啊……住手……快住手……！」

她露出快要哭泣的表情，同時一直線穿過茂密的草叢。然而在越過整片草叢後——她明白自己的願望並沒有傳達給上天。

「——啊——」

在變開闊的視野中，可以看到建築物燒得通紅。在火焰的映照下，是正在村裡進行的殘殺光景。地上倒著累累死屍，還活著的人拚命地四處奔逃。有男性，也有女性；有老人，也有小孩。雙眼發紅的士兵們帶著笑容追殺這些人。

呀啊啊啊！被刺刀貫穿胸口的女性發出慘叫。做出這件事的士兵抬腳把女性踹倒後，還進一步把刺入的刺刀刀刃來回轉動。慘叫變成了淒厲的悲鳴，士兵的笑容也因此變得更深。對現在的他來說，對方受到的痛苦是最上等的愉悅，而追求這愉悅的貪念沒有極限。他把刺刀拔起，這次改為刺進正在慘叫的女性口中。

「……快住手……」

她的聲音發抖，牙齒彼此碰撞發出聲音。僅僅幾天前少女還過著日常生活的村莊現在浮現出地獄。娜娜克・韃爾目睹過去一直被自己等人稱呼為惡鬼的帝國軍士兵們成了貨真價實的邪惡存在。

至今為止她都不知道，原來真正的惡鬼可以那麼——那麼愉快地帶著笑容虐殺其他人。

「……住手啊啊啊啊啊啊啊啊啊啊啊……！」

娜娜克・韃爾握緊雙手上的廓爾喀刀，把背上的痛楚拋到腦後，衝進了地獄的正中央。她把映入眼中的惡鬼一一斬殺並往前衝……然而愈是行動，身體就無法控制地變得更沉重。在勉強帶著傷口趕來這裡的期間，她已經失血過多。

最重要的是，背後很冷。現在已經沒有任何東西會保護她的背後——

「……爺爺……婆婆……」

娜娜克・韃爾一找到位於村莊中心，部族長老們應該都聚集在那的大房子後，毫不猶豫地踹開大門衝進室內。那裡面的地獄比外面還克制幾分。原因是已經結束了，除了想搜刮財物而繼續在屋裡翻找的幾隻惡鬼以外，那裡只剩下喪命的老人屍骸。

「——」

對於平均壽命只有三十年左右的席納克族來說，老人本身就是罕見的存在。無論是否具備血緣關係，年輕人們一律帶著親近感稱呼這些在漫長人生中累積了許多智慧的長者們為「爺爺」「婆婆」，老人們也把所有的年輕人當成親生孫子看待。

在身為族長的娜娜克・韃爾心裡，命喪現場的十七名老人們也同樣是那樣的存在。他們全部都是比親生更親的祖父和祖母，她和每一個人之間都有共同的回憶。

而現在——這些老人家都在她的面前變成了不會說話的屍體。

「——啊啊啊啊啊啊啊啊啊……！」

如果說搭檔的希夏是半身，她感覺到這次是剩下的一切全部被一點不留地奪走。理性的枷鎖完全崩壞，只有全面解放的殺意驅動了娜娜克・韃爾的身體。她在對方做好準備前，就不由分說的斬斷了第一隻惡鬼的腦袋——然而這卻是致命的行動。

「……啊…………！」

最後感受到堅硬的回應後，握在右手中的廓爾喀刀就再也無法移動。這是因為斬下首級的刀刃由於用勁過度，所以砍入了房間的柱子。

……對於行動時需要寬廣空間的迴轉劍舞來說，室內戰是最嚴重的弱點。現在的少女已經因為憤怒而忘我，甚至連這種事情都沒有注意到。

「可惡，這傢伙……！」「開什麼玩笑！快壓制住她！」

周圍的士兵們一口氣襲擊陷入無防備狀態的娜娜克・韃爾。她試圖揮動左手上的廓爾喀刀，卻連手臂帶刀都被壓制住；另外一個士兵則伸手一把抓住她的頭髮。就這樣直接被狠狠摔往地上的少女看到低頭望著自己的士兵模樣，打心底產生毛骨悚然的感覺。

「這傢伙，居然砍下辛哈的腦袋！」

「可惡的山裡老粗……！就讓妳也得到一樣的下場！」

氣到發狂的一名士兵舉起從娜娜克・韃爾手上奪走的廓爾喀刀對準她的脖子。感覺到死亡逼近的她不由得閉上眼睛，然而在反射性想像出的冰冷刀鋒觸感碰到自己前，卻有另一個士兵以莫名沉穩的聲調開口說話：

「喂，等一下——這傢伙是女人。」

聽到這句話，其他士兵們也瞬間停止動作。一股別有意義的沉默擴散開。好幾對被熱氣沖昏的視線帶著和殺意不同的感情來回眺望著少女的全身。

等這些動作都結束之後，剛才那士兵以甚至可以說是率直單純的笑容這樣說道：

「等到用過以後再殺掉也不遲。」

*

「……這是在搞什麼……」

收到同伴失控的報告而急忙趕來的薩扎路夫上尉和伊庫塔等人，在現場看到的是喪失所有規律和統率，徹底化為暴徒的友軍兵士身影。

「這些傢伙的指揮官到底在幹什麼？喂！我們是友軍！該負責的哪個人快點出來！」

薩扎路夫上尉重複喊叫多次後，一個臉上掛著苦笑的中年軍官從有點遠的樹蔭後方往這裡走來。階級章果然也是上尉，不過年齡卻比薩扎路夫大了一輪。

「哎呀，不好意思讓你們特地跑一趟。實在是沒辦法啊，就成了這副樣子。」

「什麼叫就成了這副樣子！為什麼不阻止？這些是你的部下吧！」

薩扎路夫上尉語氣激動地這樣一說，中年軍官就換上不快表情提出反論：

「別緊張得那麼誇大，現在只是他們的戰意有點過了頭而已。是因為在漫長的戰事中累積了很多怨氣吧？長期戰時這是經常發生的事情，一旦發洩過後自然就會恢復冷靜，我對這點非常清楚。」

「在那之前你打算容忍多少非法行徑？就算身處敵地，物資補給目的以外的掠奪行為也違反軍法吧！對非戰鬥人員的暴行也一樣！你這樣冷眼旁觀，不覺得自己事後會被送上軍法會議嗎！」

嘖！中年軍官明顯地咂嘴，就像是在表示他覺得來了個聽不懂人話的傢伙。

「別隨便把軍法拿出來壓人。在現場有所謂現場的臨機應變，看起來你應該是基於野戰任官而晉升沒多久，算了，如果是那樣也難怪你搞不懂狀況——」

「有理說不清。如果你想說的話只有這些，我就要自己開始收拾場面。」

薩扎路夫上尉無視面露不高興表情的中年軍官，經過他身邊往前走，伊庫塔等人也沒有提出任何異議直接跟上。中年軍官還在後面繼續抱怨，但根本沒有人願意聽他說。

上尉正在思考該如何鎮定眼前的慘狀，這時伊庫塔急急開口：

「上尉，請讓我和雅特麗的兩個排衝進去。」

「還不行，暴動的士兵太多，這邊也必須考慮該怎麼做……」

「請聽我說，上尉。我們是要去保護在戰略上具備高度重要性的生存者，要是現在不立刻行動會來不及啊！」

薩扎路夫上尉瞪大雙眼，這少年難得表現出的焦躁模樣也讓騎士團的其他成員留下深刻印象。這時他的老友開口支援伊庫塔這可說是突如其來的懇求。

「上尉，我也想拜託您。看到一般人遭受暴行，身為軍人無法坐視不管。」

「……我知道了。但是你們必須隨時以多人數一起行動，還有，不要太刺激那些傢伙。」

伊庫塔和雅特麗一邊感謝長官如此明理，同時和部隊一起行動。為了提高效率，他們以班為單位分頭搜索。雖然這樣違反上尉要求以多人數一起行動的忠告，不過伊庫塔現在連這種行為也在所不惜。

「那棟房子是最大的建築物，雅特麗，妳也一起來！」

「了解。我要衝了，你可別落後！」

雅特麗以媲美貓科動物的速度全力往前奔馳，伊庫塔也拚命跟在後面。即使如此她還是早了幾秒到達目的地，不過並未立刻踹破大門衝進去。因為應該在裡面的友軍或許會被嚇到而出手攻擊。

「我們是友軍！要進去了，別攻擊！」

雅特麗先以響遍周遭的大音量事先通知後才打開大門，這時伊庫塔也趕到了。

兩人同時進入室內，而迎接他們的是士兵們正在毆打彼此的瘋狂模樣。

「該由身為長官的我先上吧！」

「囉唆！被你髒手碰過的女人還能用嗎！」

「沒辦法排隊的話就滾出去！在外面拿樹枝分岔來用吧！」

在邊咒罵邊互毆的士兵們腳邊，有個手腳被粗魯綁住的少女正畏懼地縮著身子。曾經和對方交手過的雅特麗一瞬間就認出那是誰。她正是席納克族的族長，娜娜克・韃爾。

「喂——你們這幾個傢伙也差不多一點。」

伊庫塔的聲音又低又沉。雅特麗知道他真正發怒時就會變成這樣。

由於在同一空間內有人對他們說話，讓當事者們總算也察覺到有外人闖入。五名在場士兵中有四人看到伊庫塔和雅特麗的階級章後僵住身體，但只有一個例外。在那個人的左胸上，有比伊庫塔他們多一顆星的階級章。

「……你架子擺得很大嘛。不過這些傢伙是我的部下，而且在場所有人裡軍階最高的人是我，憑什麼要我聽從你們這些區區准尉的命令？喂喂？講個能讓我接受的理由來聽聽啊！」

看到那理不直氣卻壯的態度，讓伊庫塔內心有什麼斷了——薩扎路夫上尉的命令、娜娜克・韃爾本身在戰略上的重要性……一一列舉出這類根據並駁倒對方是他平常的做法，而且實際上，這些內容也已經出現在他的腦裡。不過，即使如此。

「……在想說的時候把該講的話全部說出口，這的確是我的座右銘。不過——」

伊庫塔一邊喃喃自語，同時跨著大步走向對方——根據、理論、說服、拉攏。這時的伊庫塔並不是平常的他，所以，他主動把這些熟悉的手法全部封印……

「——別認為我總是會準備要讓你們理解接納的發言！」

改為實行以「往下揮的拳頭全力毆擊對方的臉孔」這種極為原始又武斷而且依賴肉體，換句話

說就是不符合他風格到了讓人感到訝異的方法。

「嗚……！」

由於伊庫塔直到出手之前都沒有表現出要訴諸暴力的徵兆，結果少尉只能紮實地挨下這一拳。他撞開家具，並狠狠地往後坐倒在地。

「雅特麗，保護娜娜。由身為女性的妳過去會比較好。」

面對一連串發生的狀況，連雅特麗也無法掩飾驚訝反應，不過聽到伊庫塔這麼說之後隨即開始行動。她放低姿勢接近娜娜克・韃爾，以發言和肢體動作表示自己沒有做出粗暴行為的意思。同時還以若無其事的態度來確認娜娜克服裝的凌亂狀況，判斷並不是很嚴重之後，雅特麗放心地呼了口氣。

「看樣子趕上了，伊庫塔。」

當雅特麗如此告知的這一瞬間，伊庫塔的身體一口氣失去力氣。他一邊受到簡直想當場直接坐下的放心感鼓動著，同時嘴裡喃喃說道：

「……是嗎，這次只有一人份趕上了嗎？」

實際上，連「趕上了」的發言本身恐怕都算是狂妄的講法吧。在以血洗血的戰火中，這是微不足道的神明一時興致。僅僅只是宛如木屑的渺小幸運，對於許多人來說根本不值一提。

……然而，現在的伊庫塔卻被這個幸運拯救。因為只有在這個結果的範圍內，他能夠不必對自己感到失望；因為他淺薄的體面，只有一小部分沒有被潰滅而得以殘存。

另一方面，惹出問題的少尉流著鼻血在地上爬行，試圖把手伸向自己先前靠在牆上的十字弓。然而，雅特的軍刀卻搶先一步刺中了他的手指。

看到他發出慘叫把手縮回，伊庫塔恢復平常那種帶著諷刺的語氣，對著他如此發言。

「人可以當勇者，也可以成為戰士……不過野獸卻是萬萬不可啊，少尉。」

確實逮捕娜娜克・韃爾並把她交給哈洛的部隊後，伊庫塔等人重新回頭去鎮壓失控的友軍。

雖然這並不是簡單的工作，但是針對已經滲透身心的軍人特有習慣，例如敲擊銅鑼發出大音量的集合信號等方法發揮了效果。士兵們回想起現在不是做這種事情的時候，並依序恢復了正常神智；再配合伊庫塔等指揮官的直接勸告，讓現場的部隊好不容易恢復原本的紀律。

「……真是的，總算平靜下來了嗎？即使如此也造成了相當嚴重的損害……」

薩扎路夫上尉看著遍地的席納克族屍體，重重地嘆了口氣。然而，注意到部下沒有任何人講得出話，上尉決定改變話題。

「……雖然以結尾來說是最糟的情況，不過無論如何，這次的戰爭到此結束。我軍也已經確實逮捕娜娜克・韃爾，想來席納克族應該很難再做出有組織的抵抗。」

上尉帶著複雜感慨這樣說完，後方甚至有人憶起陣亡戰友並開始哭泣……每個人都覺得，這是一場犧牲實在過多的戰爭。只有那種感覺過於遲鈍，或是不知道前線實際狀況的人才會把這樣的結果稱為勝利吧？

「哎呀，諸君！做得好！充分地教訓了席納克的那些蠻族！」

抓準在不懂得察言觀色這方面可說是一流水準的時機，特地千里迢迢來到前線的薩費達中將對著士兵們搭話。騎士團的成員們全都產生相同的感想，那就是原來這世上也有別聽到反而讓人比較舒服的慰勞。

然而，對中將那內容空洞的演說感到厭煩的眾人眼裡，突然出現奇妙的景象。有一群沒見過的部隊正從村莊的另一頭朝著這邊走來。規模約是一個排，但身上穿著的軍裝明顯和帝國軍不同，而且部隊前方還有個像是神官的男子。

薩費達中將直到對方來到能聽見彼此聲音的距離，才察覺到有部隊接近。這時他總算發出警告，阻止對方繼續行動。

神祕的一行人因此停下腳步，只有前方那個貌似神官的男子一個人往前。

「我等是阿爾德拉教的世情檢閱團，此地的責任者在場嗎！」

對手一表明立場，薩費達中將立刻明顯地繃起表情。他先猶豫了一會，才以不得已的態度報上自身名號。

「……我是北域鎮台司令長官，塔姆茲庫茲庫．薩費達中將。這裡是帝國的作戰區域，世情檢閱團前來這種地方有何貴幹？」

「我們收到通報，指稱帝國北域從平日就在實行違反阿爾德拉教戒律的惡行。嫌疑對象是北域鎮台，嫌疑內容則是對四大精靈的虐待行為。」

薩費達中將「嗚」了一聲嘴角扭曲，他對這件事清楚得不能再清楚。

「我等是為了確認實際狀況而被派來此地。不過……」

男性神官講到這邊停口，以彷彿在逐一觀察的視線巡視周遭一帶。看到他這個樣子，伊庫塔皺起眉頭覺得這下不妙。

首先會映入眼簾的是不分老幼都躺在地上的席納克族屍體——然而在目前的情況下，這是無關的事情，阿爾德拉教檢閱團的興趣並不在這方面。他們想追究的重點並不是在戰爭時必然會發生的互相砍殺所造成的結果，而是伴隨著這一切的非人存在是否遭受到殘酷對待。

「……根本不需要正式調查。光是從這裡張望各處，就能夠確認以超過自衛行為的手法對精靈進行攻擊的痕跡，數量多到數也數不清。」

沒錯，他們在意的問題正是這一點。失控狀態下的帝國軍士兵們不只把不抵抗的人類當成破壞衝動的標靶，也沒有放過搭檔的精靈。有頭部被切斷的精靈、四肢殘缺分散的精靈、還有整個都被粉碎的精靈——讓人目不忍睹的殘骸四處都是，要多少就有多少。

「根據此次視察，可以明確得知北域鎮台對精靈的虐待嫌疑是毫無疑問的事實。我等接下來的職責就是回到本部報告這件事。那麼，在此告辭了。」

「等……等一下！」

薩費達中將驚慌地叫住單方面宣布處理事項後就打算離去的檢閱團。他的面孔呈現出過去從不曾有過的鐵青臉色。

「請稍等一下，我等也別有苦衷，讓我說明——」

「我拒絕。我等的職責是直接報告眼見的事實。如果意圖辯解，必須等到本部對帝國發出正式的譴責聲明後才能提出。」

「哪有這麼不知融通的做法！不管怎麼樣，我不能就這樣放你們回去！」

「那麼你打算逮捕我們嗎？別忘了阿爾德拉教的神官擁有外交特權。如果發生試圖違背我本人意志剝奪行動自由的事態，這舉動本身就會成為外交上的重罪。」

薩費達中將很快就理屈詞窮。即使身為北域鎮台司令長官，當然也不能無視貴為帝國國教的阿爾德拉教權威。神官的外交特權是其中最高等級的權力，中將沒有能把對方留在這裡的正當理由。

確定中將完全沉默之後，男性神官不發一語地率領檢閱團離開。如此一來薩費達中將的軍人生命也結束了呢，在場所有人都這樣認為。

針對在北域動亂中產生的龐大不必要犧牲，即使中將能夠靠著藝術般的辯解來克服此難關，精靈虐待這個重大外交問題也會在後方等待。就算身處同樣立場，伊庫塔也無法想像有什麼方法能夠完美迴避這些責任並保住鎮台司令長官的位置。

——這是自作自受。即使要說是報應還太寬大，不過也算是妥當的結果吧。

伊庫塔打算用這種想法來多少消除自身的不平不滿。然而，身為當事者的中將還沒有放棄。

「我……我要去追那些傢伙！你們也跟上來！」

聽到被逼上絕境的長官發出這種命令，眼前的將兵們都露出受夠了的表情。

「……雖然您這樣說，但追上又能如何呢？」

「當然是跟在旁邊前進並想辦法說服他們！薩扎路夫上尉！從你的營裡選出一個還很有活力的連！讓他們跟我同行！」

薩扎路夫上尉壓著額頭像是在忍耐頭痛，並看向自己的部下……說什麼很有活力的部隊，他很想老實對中將報告現在根本沒有剩下那樣的部隊，不過這時他還是選擇以成熟應對來忍耐。

「……伊庫塔連長，不好意思，能派你的部隊出去嗎？」

如果要舉出比較有活力的部隊，這是正確的判斷。伊庫塔邊想討厭的戰爭總是會伴隨著討厭的附贈品，同時很辛苦地逼自己點頭。

「……那麼由伊庫塔．索羅克率領的兩百名成員將與薩費達中將同行。」

要不是薩扎路夫上尉對自己有恩，他正打算宣稱自己突然肚子痛。

檢閱團的腳步似乎比中將想像得更快，伊庫塔等人出發後遲遲無法追上。即使最後來到不知道對方到底轉往哪條岔路的地方，士兵們也持續發出「乾脆放棄回去吧」的訊息，要薩費達中將理解這點還是不可能的事情。

「往上爬！前往視野開闊的地方！」

薩費達中將似乎打算從高處往下看，確認檢閱團的目前所在位置。要是這樣還找不到是不是就肯放棄呢？伊庫塔等人帶著內心期待並爬上山路。

來到一段特別高的山脊頂端後，可以從大阿拉法特拉山脈的此處看遍北方全景。如果是來遊山玩水，這正是享受絕景的地點，然而每個人都已經對高處感到厭煩。

一行人睜大眼睛開始搜索。首先用肉眼四處眺望，發現有可能的目標後再使用望遠鏡。然而，他們遲遲無法找到檢閱團。伊庫塔向中將報告對方有可能正走在視線死角的山路上，中將卻怒吼著要他在檢閱團離開死角時把他們找出來。

視力拔群的托爾威正好在這時候發現了「那個」。

「……啊……呃……阿伊……那個……」

「怎麼了？找到了嗎？就算找到了，也要裝出沒找到的樣子會比較好。」

「不是那樣……阿……阿伊你也來看看……那……那個……」

由於托爾威抖著手把望遠鏡遞了過來，伊庫塔雖然感到訝異但也拿起來使用。他按照托爾威的說明調節視點，過了幾秒鐘後，也找到了相同的目標。

「——那——」

呼吸一時停止——的確那裡出現了人類組成的集團，但絕對不是檢閱團。

那是數量超過一萬人的軍隊。

「——那是什麼……！」

漫長隊列前方飄揚著旗幟，在藏青色旗面上有著一顆純白的星星——那是代表主神星的阿爾德拉教紋章。講到將這個紋章作為旗幟的軍隊，在這世上只有一支。

「拉·賽亞·阿爾德拉民…………阿爾德拉教本部國軍……！」

伊庫塔一邊希望這景象是因為高山症帶來的幻覺，同時講出對方的名號。

拉·賽亞·阿爾德拉民——這是往北越過大阿拉法特拉山脈後存在的宗教國家。除了身為阿爾德拉教總部的立場，本身也具備了單一國家的功能。面對卡托瓦納帝國和齊歐卡共和國，在歷史上都貫徹中立的位置，幾乎不曾加入任何一方。所以絕對不讓外敵通過的「神之階梯」的神話之所以能夠維持至今，這個國家位於大阿拉法特拉山脈北側正是很重要的理由。

「……那個國家只有在執行聖務時，才會在出兵時把一星旗放在正位置吧？」

「他們朝著這邊一直線南下……這代表……」

「——要在神的意志之下，前來給予我們懲罰……是這樣嗎？」

不知何時來到旁邊舉著望遠鏡的雅特麗接替著把話說完。注意到異變的其他人員也接二連三地在周遭聚集。

「怎麼會這樣……那些神官們並不是檢閱團，而是兼任檢閱的軍方先遣隊。北域鎮台的嫌疑早就確定，先前那些只不過是決心開戰前的最後通牒——」

透過望遠鏡的鏡頭觀察大軍的伊庫塔回想起心裡一直存在著的疙瘩。

「……是嗎……那些巡禮服……！」

他內心的邏輯一口氣說通了——特瓦克少校被殺害那天，現場的房子裡留下了許多件巡禮服。伊庫塔自身曾經推論過這現象究竟代表了什麼意義。

其中讓人覺得最有可能的假設，是席納克族的賊假扮成阿爾德拉教教徒進入屋內。如果是這樣，他們那種能在不被外部察覺的情況下殺光屋內人類的異常俐落手法也可以獲得解釋。首先他們是被當成正當的客人邀入屋內，之後趁著家人掉以輕心時才露出利牙。況且連頭部都整個蓋住的巡禮服也能夠掩蓋席納克族特有的外表特徵。

然而，在實行這個計策時還需要一個演員，就是率領巡禮者的阿爾德拉教神官。要是沒有神官在場，根本欠缺信用。話句話說，如果要採用這個假設，那天在那個地方，阿爾德拉教的神官——或者至少是打扮成神官的人物——應該起碼有一人在場。

伊庫塔已經推論到這邊，也評價這是很巧妙的手法。然而，他連想都沒有想過會走上目前這種事態。齊歐卡共和國竟然和阿爾德拉教的神官聯手，以薩費達中將的惡行作為起因，促使拉．賽亞．阿爾德拉民以「執行聖務」為由對帝國發動侵略——更不用說這件事還和由席納克族誘發的內亂同時計畫。若要作為單一個人推測的範疇，這陰謀的規模實在過於巨大。

「……托爾威……幫忙盡量正確測定出拉．賽亞．阿爾德拉民……阿爾德拉神軍和位於後方的本隊之間的距離……」

「阿……阿伊……」

「然後根據結果，計算那個的到達日程。我們必須掌握剩下多少餘裕。計算出會被他們追上的日數，以及能用在全軍撤退上的時間……」

伊庫塔邊說，心裡同時預料到這次計算應該會得出極為嚴苛的數字——如果單純只是要讓軍隊從戰線上撤退還無所謂。倘若可以把沉重又體積龐大的裝備和物資都不管三七二十一地捨棄，那麼只要派出傳令傳達撤退命令，從完成準備的部隊開始依次下山即可。

然而一旦那樣做，下山之後將會如何？派出一萬以上兵力的阿爾德拉神軍的目的是破壞違背宗教戒律的北域鎮台，以及進一步壓制北域一帶，這應該是妥當的推測吧。因為和席納克族長期紛爭而筋疲力竭的北域鎮台將要面對過去從來不曾預想過的北方侵略。這不但是新的威脅，同時也是未知的威脅。要是連完善的迎擊態勢都無法建立，能夠抵抗對方嗎？

根本無須考慮，答案是否。

結論——北域鎮台無論如何都需要時間。需要時間去針對至今為止投入戰線的裝備和物資進行最低限度的回收，再進一步讓全軍撤退，然後等到回平地後還要做好迎擊準備。如果有可能的話，還希望能獲得一些空檔讓得知緊急事態的中央來得及派出援軍……

「真的是一場亂七八糟的戰爭……根本不想要的附贈品居然反而比戰爭本身更巨大——」

原本就費心勞力的工作正轉變成過勞。伊庫塔為了擊退想把一切都拋下不管的誘惑而以顫抖聲音講出的這些胡鬧發言，聽起來帶著極為接近祈禱的音調。

〈待續〉

後記

阿爾德米蘭……不，阿爾德巴蘭……？連我自己也搞混了，我是宇野朴人。（註：本書原名是阿爾德拉民Alderamin，仙王座α星，阿爾德米蘭是阿爾德拉民的原文中有兩個音換了位置，至於阿爾德巴蘭則是金牛座α星。）

好啦，這次是系列作品的第二集。和如果真要分類，身為引言的色彩顯得較為強烈的第一集相比，這一集可以說是終於開始明顯發揮出身為戰記作品的本性。

話雖如此，要是繼續受這種氛圍牽引將會導致內容變得沉重，所以這裡就來刻意換個完全沒有關係的話題吧。無論本傳進入多麼嚴苛的戰場，後記也無時無刻都要顯得明亮開朗！換句話說就是紅薑片在壽司店裡的定位，絕對不是作者本人不懂得察言觀色。

那麼，關於本題。最近我的工作地點來了個新武器，是冷風機。

冷風機？這是什麼？在此為了這樣想的各位加上說明吧。簡單來說，冷風機就是不需安裝工程的簡易型冷氣機。我買的是名為ＴＯＹＯＴＯＭＩ的國內廠商的製品，是性能優越的好東西，據說目前競爭商品還不多。

在這個新武器來到我身邊之前，過程算是有點複雜。之所以會這樣，是因為我現在的工作地點算是有些特殊的環境，半地下＋四周全是混凝土牆壁＋沒有冷氣機專用插座＋沒有安裝冷氣機的空間＋窗戶太小所以連窗型冷氣機都裝不上去……等於是湊齊了一手大爛牌的狀況……啊，不，我並沒有被監禁。

然而，即使是這種所有企業的冷氣機都會異口同聲宣告離婚的環境，新兵器冷風機也簡單地就做出對應。雖然必須把固定排氣通風管用的背板配合窗框的尺寸裁切，不過費工的步驟幾乎只有這樣，與此相比，性能卻在想像之上。四周全是混凝土牆壁的密閉性在這種情況下也成為優勢，只要打開開關，溫度和濕度就會一直下降再下降，讓我差點因為過度高興而忘了要省電。

能對應特殊環境的商品——毫無疑問這正等於伸向遭虐待少數群體的援手。正因為是有限的需求，所以獲得出乎意料的對應時，感受到的喜悅也會更強烈。這是讓我茅塞頓開的經驗。

接下來雖然有些簡短，但我要對這次出版時承蒙照顧的各位致上謝詞。

插畫家さんば挿老師，謝謝您這次也提供了高品質的插圖。

責任編輯的黑崎編輯，您不厭其煩地給出掌握重點的建議和指責，讓我非常尊敬。

在推特上送來作品感想和聲援留言的各位，這些溫暖的文字化成了我的力量。

還有，要對拿起這本書的你，在此獻上最誠心的「謝謝」。

宇野朴人

Kadokawa Light Novels

新妹魔王的契約者 1~4 待續

Kadokawa Fantastic Novels

作者：上栖綴人　插畫：大熊猫介

《無賴勇者的鬼畜美學》作者H度破表力作！
刃更VS保健老師長谷川臉紅心跳的親密接觸！

刃更與保健室老師長谷川的距離急速縮短；不只受邀到她家品嘗她親手作的菜，還被她請進了浴室。然而歸途上，刃更遭到異襲擊，事後某人又給予忠告：「小心長谷川千里。」到了運動會當天，神祕敵人終於正式襲來，將和平時光無情粉碎！

Kadokawa Light Novels

我的腦內戀礙選項 1~7 待續

Kadokawa Fantastic Novels

作者：春日部タケル　插畫：ユキヲ

怎麼回事！毒舌女富良野竟變成害羞乖乖女？
連一向幼稚的小屁孩謳歌都變為優雅大小姐？

甘草奏和造成他心靈創傷的元凶──天上空重逢後，腦內選項竟出現了變化！【選吧：眼前的少女快要摔倒了！①輕輕抱住她。②緊緊抱住她。】怎、怎麼可能……居然兩邊都想選？時間正好遇上排行榜重選，難道這會是脫離「五黑」的大好機會？

各 **NT$180~200/HK$50~60**

台灣角川

Kadokawa Light Novels

絕對雙刃 1~4 待續

Kadokawa Fantastic Novels

作者：柊★たくみ　插畫：淺葉ゆう

別因軟弱而讓惡魔有機可乘
相信持續努力而變得更堅強的心吧！

克服「神滅部隊」襲擊的危機，結束濱海課程回來的昊陵學園學生們，心中卻殘留傷痕。有人就此離開學園，也有人為將來的出路煩惱。我和茱莉恢復每天訓練的日子。但是，對我告白的雅卻不大對勁。此時「Ｋ」突然造訪學園並引起軒然大波……

各 **NT$180~200/HK$50~60**

台灣角川

Kadokawa Light Novels

魔技科的劍士與召喚魔王 1~2 待續

Kadokawa Fantastic Novels

作者：三原みつき　插畫：CHuN

新的勁敵毫無預警登場！
劍×魔的絕技——第二集精采開戰!!

由謎痕(Enigma)決定未來出路的國家當中，本應不該出現轉學生的魔技科，在此迎來神祕的高速詠唱者——綠蒂的加入！新同學所帶來的影響，加上隱含謀略的新任務，將再次給一樹和美櫻的兩人隊伍帶來新的挑戰！

各 **NT$180~190/HK$50~58**

台灣角川

Kadokawa Light Novels

馬卡龍女孩的地球千年之旅

Kadokawa Fantastic Novels

作者：からて　插畫：わんにゃんぷー

**其實，我有些話一直很想對你說……
日本網友感動不已的療癒系作品！**

形影不離的好友某天竟摔進時空隧道的另一端，跑到一千年後去了，為了追尋好友，超愛吃馬卡龍的天真少女參加科學人體實驗獲得了不死之身，開始了千年之旅。其間地球經歷了種種可怕的問題……馬卡龍女孩最後能否得到屬於她的幸福呢？

台灣角川

NT$180/HK$55

國家圖書館出版品預行編目資料

發條精靈戰記 ： 天鏡的極北之星 / 宇野朴人作 ；
K.K.譯. -- 初版. -- 臺北市 : 臺灣角川, 2014.05-
冊； 公分
譯自 : ねじ巻き精霊戦記 天鏡のアルデラミン
ISBN 978-986-325-929-9(第1冊 : 平裝). --
ISBN 978-986-366-121-4(第2冊 : 平裝)

861.57 103005981

Kadokawa Fantastic Novels

發條精靈戰記

天鏡的極北之星 2

（原著名：ねじ巻き精霊戦記 天鏡のアルデラミン Ⅱ）

2014年9月18日　初版第1刷發行
2016年5月19日　初版第2刷發行

作　者：宇野朴人
插　畫：さんば挿
日版設計：AFTERGLOW
譯　者：K.K.

發行人：加藤寛之
總　監：施性吉
總編輯：蔡佩芬
主　編：吳欣怡
文字編輯：黎夢萍
資深設計指導：黃珮君
設計指導：許景舜
美術設計：胡芳銘
印　務：李明修（主任）、張加恩、黎宇凡、張則蝶

發行所：台灣角川股份有限公司
地　址：105台北市光復北路11巷44號5樓
電　話：（02）2747-2433
傳　真：（02）2747-2558
網　址：http://www.kadokawa.com.tw
劃撥帳戶：台灣角川股份有限公司
劃撥帳號：19487412
法律顧問：寰瀛法律事務所
製　版：巨茂科技印刷有限公司
ＩＳＢＮ：978-986-366-121-4

香港代理：香港角川有限公司
地　址：香港新界葵涌興芳路223號
新都會廣場第2座17樓 1701-02A室
電　話：（852）3653-2888